Die Schriftstellerin Úna weiß, dass ihre Tage gezählt sind, weil sie unheilbar an Krebs erkrankt ist. Kurz vor ihrem sicheren Tod will sie sich noch einen letzten Wunsch erfüllen und einmal mit ihrem guten alten Freund nach Berlin reisen. Liam kennt Úna, die zwanzig Jahre älter ist als er, schon lange und hat sich gern auf diese Reise eingelassen, auch wenn er nicht weiß, ob er der Aufgabe gewachsen sein wird. Zwei Tage lang begleitet er seine Freundin durch Berlin, sie besuchen Sehenswürdigkeiten, kaufen ein, treffen Leute, aber vor allem reden sie. Tiefe Zuneigung, Ehrlichkeit und ein unverwüstlicher, vielleicht typisch irischer Humor machen diesen Roman einer Abschiedsreise nach Berlin zu einem ganz besonderen, zuinnerst bewegenden Buch.

HUGO HAMILTON wurde 1953 als Sohn eines irischen Vaters und einer deutschen Mutter in Dublin geboren. Er arbeitete zunächst als Journalist, bevor er Kurzgeschichten und Romane veröffentlichte. Mit seinen Erinnerungsbänden »Gescheckte Menschen« und »Der Matrose im Schrank« erregte er großes Aufsehen, die Werke wurden in 20 Sprachen übersetzt und mit zahlreichen Preisen ausgezeichnet. 2007 erschien »Die redselige Insel«, ein irisches Reisetagebuch auf den Spuren Heinrich Bölls, und zuletzt der Roman »Der irische Freund«. Hugo Hamilton lebt in Dublin.

HUGO HAMILTON BEI BTB
Gescheckte Menschen (73425)
Legenden. Roman (74080)
Der irische Freund. Roman (73982)

Hugo Hamilton

Jede einzelne Minute

Roman

Deutsch von Henning Ahrens

btb

Die Originalausgabe erschien 2014 unter dem Titel
»Every Single Minute« bei Fourth Estate, London.

MIX
Papier aus verantwortungsvollen Quellen
FSC® C014496

Verlagsgruppe Random House FSC® N001967
Das für dieses Buch verwendete FSC®-zertifizierte
Papier *Lux Cream* liefert Stora Enso, Finnland.

1. Auflage
Deutsche Erstausgabe
Genehmigte Taschenbuchausgabe Februar 2016
btb Verlag in der Verlagsgruppe Random House GmbH, München

Umschlaggestaltung: semper smile, München nach einem
Umschlagentwurf von buxdesign, München unter Verwendung
des Gemäldes Martin Kippenberger *Paris Bar* 1991 © Estate of
Martin Kippenberger, Galerie Gisela Capitain, Cologne
Druck und Einband: GGP Media GmbH, Pößneck
CP · Herstellung: sc
Printed in Germany
ISBN 978-3-442-71315-8

www.btb-verlag.de
www.facebook.com/btbverlag
Besuchen Sie auch unseren LiteraturBlog www.transatlantik.de

Für Mary Rose

Where can I find another brother, ever?

Seamus Heaney, *Sophocles*

1

Sie trägt die roten Segeltuchschuhe. Sie sind auf allen Fotos zu sehen. Als man ihr am Flughafen die Stufen hinunterhilft. Im Botanischen Garten. Im Pergamon-Museum. Und vor der Oper. Die kennt jeder. Diese Converse-Schuhe, mit flachen, weißen Gummisohlen und groben, weißen Nähten. Und weißen Schnürbändern. Und Löchern in Metall eingefasst, zwei davon auf der Außenseite.

In diesen Schuhen fühlte sie sich leichtfüßig.

Sie stehen neben ihrem Hotelbett. Sie selbst sitzt auf dem Stuhl, bereit zum Aufbruch. Sie trägt weiße Strümpfe, die sie von einem Langstreckenflug aufbewahrt hatte, und ich ziehe ihr die Schuhe an, die roten Segeltuchschuhe, binde die Schleifen. Dann helfe ich ihr auf. Ich habe den Rollstuhl so hingestellt, dass ich sie herumdrehen und, während ich sie an den Ellbogen halte, langsam wieder absetzen kann. Ich höre ihren Atem.

Ob ihr warm genug ist? Sie sollte einen Schal tragen, denn ihr Hals ist ungeschützt. Es werde schon gehen, sagt sie, im Notfall könne sie ja den Mantelkragen hochschlagen.

Sie wollte nach Berlin. Und ich begleitete sie. Das Reisen war ihr Lebenselixier, und sie wollte unbedingt noch ein letztes Mal wegfahren. Ganz egal wohin, sagte sie. Weg. Einfach weg. Wie wäre es mit Berlin?, schlug ich vor, und sie antwortete: Ja, warum nicht? Sie hatte oft mit Berlin geliebäugelt, die Reise aber immer wieder aufgeschoben, und nun befürchtete sie, es nie mehr dorthin zu schaffen. Ich finde es toll, wie man in Deutschland Kartoffeln zubereitet, sagte sie. Ich möchte das Pergamon-Museum sehen. Den Botanischen Garten. Und die Kirche, die man nach dem Krieg als Ruine stehen ließ.

Dieses Mal ist es anders, sagte sie mehrmals während des Fluges von Dublin nach Berlin. Als die Stewardess ein Foto von uns machte, musste sie weinen. Sie lächelte und weinte gleichzeitig, und sie sagte: Dieses Mal ist es anders, Liam. Dieses Mal ist es anders.

Vielleicht hatte sie Angst, so fotografiert zu werden. Denn das Foto hielt sie fest. Einerseits hielt es sie fest, andererseits ließ es sie stehen.

Ihre Reiselust war ungebrochen, und die Reise nach Berlin gab ihr neuen Auftrieb. Sie war sozusagen ein Zugewinn an Zeit. Überzählige Zeit. Ja, ich sterbe, sagte sie, aber davon abgesehen geht es mir doch prima! Sie versuchte immer wieder, ihr Los mit

Humor zu nehmen, bemühte sich, die Realität auszublenden. Verständlicherweise. Sie war voller Energie und wollte alles sehen. Alle Galerien. Alle Museen, alle Parks, alle Orte, die sie noch nicht kannte. Sie wollte mehr über die Geschichte erfahren, wollte wissen, wie sich die Stadt nach dem Fall der Mauer verändert hatte und wie sie jetzt aussah, in diesem Moment, lebendig, atmend und voller Erinnerung. Alles, was für mich noch möglich ist, sagte sie. Auf dem Briefpapier des Hotels hatte sie eine Liste geschrieben, einen Terminplan, wenn man so will.

Diese Reise werde ich nie vergessen, sagte sie danach zu mir.

Sie habe jede einzelne Minute genossen, sagte sie. Sie werde sich bis an ihr Lebensende an diese Reise erinnern. Angesichts ihrer Krankheit klingt das zwar widersinnig, aber man versteht wohl, was sie damit meinte. Man darf nicht alles wörtlich nehmen. Sie sprach so hoffnungsvoll von der Welt und der Zukunft, als wäre ihr die Angewohnheit, zuversichtlich nach vorn zu schauen, in Fleisch und Blut übergegangen. Und vielleicht ist es ja tatsächlich schwierig, sich die Worte »bis an mein Lebensende« zu verkneifen, selbst wenn man nicht weiß, wie viel Zeit einem bis dahin noch bleibt.

Ihr blieb noch etwas mehr als eine Woche.

Sie bat mich, Karten für die Oper zu buchen. Sie wollte in die Staatsoper, ganz in der Nähe des Adlon, in dem wir wohnten. Damals lief *Don Carlos.*

Verdi, sagte sie. Da müssen wir unbedingt hin. Ich habe *Don Carlos* zuletzt in der Met in New York gesehen.

Leider war die Vorstellung schon ausverkauft. Ich rief bei der Rezeption an und fragte, ob man noch Karten besorgen könne. Der Angestellte war sehr hilfsbereit. Er meinte zwar, wir seien ziemlich spät dran, versicherte mir jedoch, alle Hebel in Bewegung zu setzen. Und wenn es in ganz Berlin nur noch eine einzige Karte gebe, sagte er, dann würde sie sie bekommen.

Ich erzählte ihr, wir hätten gute Chancen.

Vielen Dank, Liam, sagte sie.

Dann greift sie nach der Perücke. Dichte, hellbraune Locken, fast wie ihr echtes Haar. Sie reißt wie ein Kind mit beiden Händen daran und wirft die Perücke quer durch das Zimmer, als hätte sie in ihrem Leben nichts Abscheulicheres gesehen. Als sie die Perücke zum ersten Mal aufsetzte, musste sie lachen. Sie hatte das Gefühl, sich als Erwachsene zu verkleiden. Damit sehe ich zum Brüllen aus, findest du nicht auch?, fragte sie. Auf manchen Fotos erkennt man sie nur, wenn man weiß, dass sie es ist. Ohne ihre Locken sieht sie jetzt fremd aus, irgendwie nackt. Ihr Gesicht ist durch die Medikamente aufgedunsen. Ich glaube, dass sie die Perücke nur trug, weil sie niemanden erschrecken wollte – sie merkte, wie entsetzt die Leute beim Anblick ihres kahlen Kopfes dreinschauten, weil ihnen plötzlich bewusst wurde, dass es jeden treffen kann, unverhofft.

Ich setze das Ding nicht auf, sagt sie.

Kann ich gut verstehen.

Ich will wieder ich selbst sein, sagt sie.

Die Perücke liegt auf dem Fußboden wie ein von einem Auto überfahrenes Tier. Ich hebe sie auf und lege sie in ihren Koffer. Dann nehme ich meine Mütze ab und reiche sie ihr, denn sie kann nicht ohne Kopfbedeckung nach draußen. Es ist Mai, aber wir sind in Berlin, und die Temperaturen sind unberechenbar.

Hier, nimm meine Mütze.

Es ist eine graue, ganz normale Baseballmütze ohne Logo. Sie nimmt die Mütze und starrt sie eine Weile an. Sie sagt nichts dazu, und sie betrachtet sich auch nicht im Spiegel, denn sie misstraut Spiegeln. Die Mütze sitzt wie angegossen, und ich hoffe, sie behält sie auf. Sie steht ihr gut, und ich erlaube mir die Bemerkung, dass sie ganz hervorragend zu den Schuhen passe, den roten Segeltuchschuhen.

Jetzt siehst du aus wie Steven Spielberg.

Sie lacht.

Was soll's, sagt sie. Wir sind ja in Berlin. Hier kennt mich kein Schwein.

Sie hatte eine unvergessliche Art, solche Dinge zu sagen. Man erkannte sie überall an ihrer Stimme: mädchenhaft hoch und immer so erstaunt, als wäre alles neu und wunderbar. Ihre ganze Art erinnerte an ein Mädchen. Alles Unbekannte weckte ihre Begeisterung. Sie konnte mit großer Hingabe die Unwissende spielen, was zur Folge hatte, dass man ihr alles mit klaren, schlichten Worten erklärte, ohne zu erwarten, dass sie etwas erwiderte. Sie legte den Kopf schief und hörte aufmerksam zu, und am Ende erzählte man ihr Dinge, die man einem Erwachsenen, ob Frau oder Mann, niemals anvertraut hätte.

Kinder sind unsichtbare Beobachter, sagte sie.

Ich muss gestehen, dass ich manche ihrer Äußerungen erst nach ihrem Tod richtig verstanden habe. Zu ihren Lebzeiten war ich manchmal etwas schwer von Begriff, vielleicht, weil wir einander so nahe waren. Es mag widersinnig klingen, aber was man direkt vor der Nase hat, wird einem sehr häufig erst im Nachhinein bewusst. Ich hoffe, dass ich nichts verfälsche. Ich will nichts durcheinanderbringen. Ich halte mich an die Fotos und die Orte, die wir gemeinsam besucht haben. Aber ich kann natürlich nicht ausschließen, dass ich ihre Worte nicht mehr ganz richtig in Erinnerung habe.

2

Sie hatte diese Tasche. Aus durchsichtigem Plastik, mit einem Reißverschluss oben, ursprünglich die Hülle eines Kopfkissens, Oberbetts oder dergleichen. Eine stabile Tasche mit weißen Kordeln als Griffen, ohne Logo oder Aufdruck. Der ganze Inhalt war zu sehen. Alles, was sie bei sich trug, ihre gesamten Habseligkeiten. Man konnte ihre Geldbörse, ihre Medikamente, ihre Taschentücher und ihre Lesebrille sehen, ihren Pass, die Schlüsselkarte für das Hotelzimmer und die Zeitungsausschnitte, die sie für später aufhob. Ein Buch, das sie nie lesen würde. Ihr ausgeschaltetes Handy. Dinge aus dem Hotel, zum Beispiel ein Kugelschreiber.

Und Schokolade. Berge von Schokolade.

Im Grunde sind wir doch alle Kinder, oder? Das sagte sie damals zu mir.

Diese Tasche war keine Notlösung. Nein, sie hätte sich jede beliebige Tasche leisten können, aber Handtaschen waren ihr nicht wichtig. Diese durchsichtige Tasche sei absolut in Ordnung, sagte sie, und außerdem zu schade zum Wegwerfen. Sie behielt sie aus ökologischen Gründen, aber auch, um anderen zu signalisieren, dass sie keine jener Frauen war, die Unsummen für Designertäschchen verpulverten. Nein, das war nicht ihre Art. Sie war nicht auf der Welt, um zu protzen. Sie brauchte nur eine Tasche für ihre Sachen. Vermutlich wollte sie damit sagen, dass sie nichts zu verbergen, keine Geheimnisse hatte. Es war ganz eindeutig ihre Tasche, sie konnte niemand anderem gehören. Außerdem war es praktisch, dass sie den Inhalt sehen konnte, wenn sie etwas suchte. Dann wurde ihre Hand zu einem Teil des Inhalts, und während sie nach etwas kramte, zum Beispiel nach der Brille mit dem weinroten Gestell, gab die Tasche knarrende Geräusche von sich. Sie hatte die Brille erst kürzlich in New York gekauft, und sie erzählte mir, dass der Optometriker einen wohlriechenden Atem gehabt habe. Sie wollte ihn in ein Gespräch verwickeln, aber er sagte immer nur: Schauen Sie bitte nach oben, schauen Sie nach unten, schauen Sie auf mein linkes Ohr. Und beim anderen Auge ging es von vorn los: Schauen Sie nach oben, nach unten, auf mein rechtes Ohr. Er kam ihr so nahe, dass sie seinen Atem riechen konnte. Und sein Atem duftete nach Brombeermarmelade.

Wir sind doch alle Kinder. So ist das. Wir sind alle nur Kinder, sagte sie.

Sie stellte sich gern vor, dass mit jedem Tag ihr

Leben neu begann. Sie genoss den Aufenthalt im Adlon. Etwas Luxus ist nicht übel, sagte sie. Mitten im großen Foyer hatte man einen Bereich mit Tischen und Stühlen durch Kordeln abgetrennt, und dort saßen Leute vor Kaffee und Kuchen oder einem Glas Champagner, als hätten sie noch nie etwas anderes getan. Direkt darüber befand sich eine erleuchtete Kuppel mit einer Galerie, die einen Blick auf die unten sitzenden Gäste bot. Wenn ich mich recht erinnere, war die Rezeption links vom Eingang, rechts davon eine Cocktailbar. Ein Marmorflur führte an den Fahrstühlen vorbei zum hinteren Bereich. Trotz der vielen Menschen, der ständigen Klaviermusik, des Geplauders und des Zischens der Fahrstuhltüren war es ein stiller Ort. Sie fand es herrlich, Menschen kennenzulernen, zum Beispiel die Hotelangestellten. Sie knüpfte Gespräche an und schloss sofort Freundschaft, stellte ihnen Fragen, persönliche Fragen wie: Glauben Sie an Geister? Haben Sie einen Freund? Wie finden Sie Lady Gaga? Und jeder antwortete wahrheitsgemäß, allein schon aus Höflichkeit. Sie redete, als wäre sie eine von ihnen, und tatsächlich hatte sie vor vielen, vielen Jahren einmal in London als Zimmermädchen gearbeitet, ein Begriff, den man heute vermutlich nicht mehr benutzt. Sie gehörte sozusagen dazu, vertrieb sich die Zeit mit einem Schwätzchen, hielt die anderen von der Arbeit ab.

Ihr Zimmer war größer und luxuriöser als meines und bot einen Blick auf die betriebsame Straße. Durch das Fenster meines Zimmers sah ich den mit Blumen bepflanzten Innenhof. Die Einrichtung fand ich allerdings etwas überkandidelt – sinnlose Vergeudung natürlicher Rohstoffe. Alle Wände holzvertäfelt, wuchtig und repräsentativ. Wie in einer Vorstandsetage – trifft es das Wort? Und die Bäder waren eine Nummer für sich, sehr groß, mit Marmorfliesen und wunderschönen Handtüchern, die aussahen, als wären sie noch nie benutzt worden. Alles wirkte gleichzeitig nagelneu und alt. Nach dem Fall der Mauer hatte man dieses Hotel von Grund auf neu erbaut. Von seinem Vorläufer war bis auf den Namen und den Ruf nichts übrig geblieben.

Ich frage mich manchmal, was die Leute in Hotelzimmern so treiben, welche Verrücktheiten sich vor mir dort abgespielt haben.

Unerträgliche Vorstellung, sagte sie. Vergiss es. Das möchte man gar nicht wissen. Während ihrer Zeit als Zimmermädchen in London hatte sie genug gesehen, die unglaublichsten Dinge. Und ihre Aufgabe bestand darin, die Beweise zu vernichten. In einem Hotelzimmer darf nichts mehr an die früheren Gäste erinnern. Auch wenn sie vielleicht nur dasitzen, einander in die Augen schauen und ihre Namen hauchen.

Wir sind startklar, und sie holt die Liste aus ihrer Tasche. Ich schiebe den Rollstuhl durch den Flur und drücke den Knopf für den Fahrstuhl. Sie reicht mir die Liste, die ich unten dem Fahrer geben soll.

Wir reden ihn aber nicht mit Fahrer an, sagt sie. Oder doch?

Wir nennen ihn Manfred.

Macht es ihm etwas aus, mit Manfred angesprochen zu werden?

So heißt er nun mal, erwidere ich. Bitte nennen Sie mich Manfred. Das waren seine Worte.

Sie will wissen, wie gut sein Englisch ist.

Ziemlich gut.

Erzähl ihm nichts, sagt sie. Bitte.

Sie möchte nicht, dass Manfred von ihrem Zustand erfährt. Es ist zwar nicht ihre Art, etwas zu verheimlichen, aber es ist wohl keine schlimme Lüge, wenn sie Manfred verschweigt, dass sie bald sterben wird. Das würde jeder tun.

Sie wollte nichts mehr erklären. Wahrscheinlich hatte sie auch keine Lust, die medizinischen Details noch einmal durchzukauen. Was die Ärzte sagten, wie sie mit den Röntgenbildern wedelten, wie man sie im Flur allein ließ. Wie die Ärzte dann zurückkamen und ihr versicherten, dass sie trotz der Hiobsbotschaft munter wie ein Fisch im Wasser sei. Ihr Herz sei topfit, ihr Blutdruck optimal. Sie erzählte mir, dass man über ihre gesunden Organe geredet habe, als könnte man mehreren Frauen die besten Stücke entnehmen und dann zu einem weiblichen Musterexemplar zusammensetzen. Die Krankenschwester machte sogar eine Bemerkung zu der Haut auf ihren Ellbogen, wollte wissen, wie sie es geschafft hatte, immer noch Ellbogen wie eine Zehnjährige zu haben.

Ich habe ihm erzählt, dass du Schriftstellerin bist, sage ich zu ihr.

Gut. Aber mehr wird nicht verraten, sagt sie.

Er hält dich für meine Mutter.

Sie lacht. Ich soll deine Mutter sein?

Mütter sind liebenswert, antworte ich, und sie muss noch einmal laut lachen.

Die Mutterrolle ist mir vollkommen fremd, sagt sie.

Ach, Unsinn.

Sie ist natürlich nicht meine Mutter, aber da sie ein gutes Stück älter ist und im Rollstuhl sitzt, war das Manfreds messerscharfe Schlussfolgerung.

Nur um das klarzustellen: Sie war nicht meine Mutter, und wir hatten auch nie etwas miteinander. Keine frühere Romanze, keine gemeinsame Vorgeschichte. Wir waren nicht aneinander gebunden, lebten nicht als Liebes- oder Ehepaar zusammen, bildeten auch keine verwandtschaftliche Zwangsgemeinschaft. Wir waren nur gut befreundet. Wir begegneten uns zu einem Zeitpunkt, als wir beide in einer Krise steckten. Sie hatte mehr Jahre auf dem Buckel als ich, sie hatte mehr Bücher gelesen, sie hatte mir in fast jeder Hinsicht etwas voraus. Es störte sie nicht, dass ich weniger wusste als sie. Und dass sie nicht kochen konnte, störte sie auch nicht. Ich ließ sie nicht einmal in die Nähe einer Küche. Vermutlich verstanden wir einander so gut, weil wir offen waren und viel lachten. Jeder von uns nahm den jeweils anderen ernst, aber nicht zu ernst. Ich kam oft bei ihr vorbei und spielte, während sie las, mit Buddy, ihrem Hund, warf einen ihrer Schuhe durch das Zimmer, damit er ihn apportierte. Sie konnte beim Lesen die ganze Welt ausblenden. Sie las auch weiter, wenn ich, verfolgt von Buddy, um ihren Stuhl rannte, ja sogar wenn ich den Schuh hinter ihrem Rücken versteckte, damit Buddy über sie hinwegspringen musste. Erst wenn ihr das Buch aus den Händen flog, schaute sie auf und sagte: Ich bringe dich um, Liam.

Manfred wartet schon an der Rezeption. Er kommt auf uns zu, als wir aus dem Fahrstuhl treten, und ich habe das Gefühl, als wäre er schon seit einiger Zeit auf uns zugekommen, vielleicht schon seit Stunden, vielleicht schon seit Tagen. Vielleicht ist er auch schon immer auf uns zugekommen. Ich frage mich, woher er wusste, wann er sich in Bewegung setzen musste. Sein Kopf ist kahlgeschoren. Er ist nicht übergewichtig, aber auf eine durchtrainierte Art gut gepolstert. Ich vermute, dass er Gewichte stemmt. Er trägt Anzug und Krawatte, und als er uns lächelnd eine Hand entgegenstreckt, schwillt seine Brust regelrecht an. Irgendwo spielt jemand Klavier, oben auf der Galerie, nehme ich an.

Ich übergebe Manfred den Terminplan und weise ihn darauf hin, dass wir die Reihenfolge jederzeit ändern können. Außerdem seien wir offen für andere interessante und nicht auf der Liste stehende Ziele, vorausgesetzt, die Zeit reiche. Er starrt die Liste an, als hätten wir uns in der Stadt geirrt. Sie ist nicht der Topographie des Ortes, sondern dem Ablauf der Geschichte gefolgt, und hat weit auseinanderliegende Ziele notiert. Er zeigt auf diesen und jenen Punkt, pustet nachdenklich, ändert die Reihenfolge so, dass sie für ihn als Fahrer sinnvoll ist.

Während ich mit Manfred spreche, dreht sie sich zum Fahrstuhl um, den wir gerade verlassen haben, und betrachtet die altmodische Stockwerksanzeige über den Türen, die Manfred verraten haben dürfte, dass wir auf dem Weg nach unten waren. Diese Anzeige ist eines der wenigen Charakteristika des alten Adlon, die man in das neue Hotel integriert hat. Sie erinnert an einen Film von Hitchcock: eine Art Uhrzeiger, der die Stockwerke anzeigt und Interessierten verrät, wo sich der Fahrstuhl gerade befindet.

Ich kümmere mich um Ihre Mutter, sagt Manfred.

Er nimmt mir den Rollstuhl ab, und schon ist sie unterwegs, mit der Baseballmütze und den roten Segeltuchschuhen, im Arm die durchsichtige Tasche mit ihren Habseligkeiten. Es geht die marmorne Rollstuhlrampe hinunter, durch die automatischen Türen und dann, unter der roten Markise, zu den am Straßenrand wartenden Fahrzeugen. Manfred öffnet die Schiebetür seines Wagens, und nachdem er sie hineingehievt hat, stelle ich fest, dass sich die Tür elektronisch schließt. Bitte nicht anfassen, sagt Manfred, als ich sie mit der Hand zuschieben will.

Auf dem Platz vor dem Brandenburger Tor findet eine Demonstration statt. Eine bescheidene Menschenmenge mit Plakaten, die Polizisten sind weit in der Überzahl. Es geht sehr ruhig zu, und es wird viel gesungen. Man scheint für Tibet zu demonstrieren.

Im Grunde hat Manfred recht: Sie war wie eine Mutter. Sie gab Ratschläge wie eine Mutter, sie stellte Fragen wie eine Mutter, sie kommandierte andere herum wie eine Mutter. Bier und Kuchen, das ist doch kein Essen, Liam. Bestell dir etwas Anständiges. Schau dich nur an: Sogar die Geier würden dich links liegen lassen. So redete sie. Als wäre sie für mich verantwortlich. Aber am Ende bekam man immer, was man wollte, sie war leicht herumzukriegen, und sie bestand jedes Mal darauf, die Rechnung zu begleichen. Ihre mütterliche Ader kam auch darin zum Ausdruck, dass sie sich in mein Leben einmischte und am laufenden Band Kommentare abgab, alles, was ich tat, in die Kategorien Richtig oder Falsch einordnete. Sie nahm mich ins Kreuzverhör wie eine Mutter, hielt meinen Arm fest und musterte mich mit einem Röntgenblick, sprach Dinge aus, die ich niemals laut gesagt hätte. Sie konnte Gedanken lesen. Kein Wunder, dass sie von allen für meine Mutter gehalten wurde. Sie war für jeden wie eine Mutter. Unterschiedslos. Sogar für Manfred, unseren Fahrer. Sie hielt sich an seinem Arm fest, während er ihr in den Wagen half, und löcherte ihn mit Fragen, bis er ihr erzählte, dass er ein halber Türke sei, weil er eine türkische Mutter habe, dass er verheiratet und Vater dreier Kinder sei, alle jünger als zehn. Sie erwiderte, sie sei hundertprozentige Irin, wäre aber liebend gern zur Hälfte etwas anderes.

Vielleicht ist das so, wenn man kinderlos ist – dann behandelt man alle anderen wie Kinder. Sie klang sogar wie eine Mutter, wenn sie über Tibet sprach.

Mein Gott, sagte sie, sie wollen doch nur sie selbst sein.

3

Dann sitzen wir nebeneinander hinten im großen, grauen Auto, und sie erzählt von *Don Carlos*. Im Grunde, sagt sie, sei die Oper eine ausufernde Familiengeschichte, ganz ähnlich wie ihre eigene. Unser Gespräch verläuft anfangs sehr sprunghaft. Sie sorgt sich um ihren Hund. Ob es Buddy gut geht? Was meinst du, Liam? Ich versichere ihr, dass er ganz bestimmt gut aufgehoben ist. Sie sagt, ich müsse sie unbedingt an die Bettwäsche erinnern. Sie plant immer alles im Voraus, und sie hat die feste Absicht, in Berlin neue Bettwäsche zu kaufen und mit nach Dublin zu nehmen.

Manfred fährt uns durch den großen Park, vorbei an der goldenen Siegesgöttin, die in so vielen Filmen und Musikvideos zu sehen ist. Die Sonne scheint, und viele Spaziergänger haben Kaffeebecher in der Hand. Andere joggen mit Wasserflaschen. Und mit Hunden. Sie nehmen ihre Hunde mit, wenn sie laufen. Und wenn sie Fahrrad fahren. Sieh mal, sagt sie und zeigt auf einen Mann, der einen Anhänger für ein Kind an seinem Fahrrad hat. Oder sitzen zwei Kinder darin?

In Dublin sieht man so was selten, sagt sie. Sie wundert sich über die vielen Frauen, die ohne Helm auf dem Fahrrad unterwegs sind. Bei dem dichten Verkehr. Wenn sie durch eine Stadt radeln würde, sagt sie, dann sicher nicht ohne Helm. Wir verlassen den Park und passieren ein großes, gelbes, zirkuszeltähnliches Gebäude. Sieht aus wie ein Piratenhut, sagt sie. Es ist die Berliner Philharmonie. Noch ein Ort, den sie gern auf die Liste setzen würde.

Sie erklärt mir, warum sie *Don Carlos* so heiß und innig liebt.

Wenn ich mich recht erinnere, ist die Handlung kompliziert. Es geht um einen Vater, der seinen Sohn tötet. Der König sieht sich gezwungen, seinen Sohn zu opfern, um seine Macht zu sichern. So könnte man es kurz zusammenfassen. Die Oper spielt während der Inquisition in Spanien. Der König will sein Reich mit Gewalt zur Ruhe bringen, aber sein Sohn, Don Carlos, hält nichts von dieser Brutalität, er will das Morden beenden, damit jeder heimkehren und mit seinem geliebten Menschen friedlich zusammenleben kann. Doch für den König zählt nur die Macht. Er ist süchtig danach, und er schreckt vor nichts zurück, wenn es darum geht, sie zu bewahren, auch nicht vor dem Mord an seinem eigenen Sohn. Die Entscheidung, die er zu treffen hat, ist schrecklich, und er wird von Reue und Schuldgefühlen gequält, da seine väterlichen Instinkte gegen die Tat aufbegehren. Und es gibt noch ein Problem: Don Carlos liebt eine Französin, die sein Vater inzwischen gewaltsam zur Frau genommen und zu seiner Königin gemacht hat. Diese Frau liebt Don Carlos immer noch, und dieser ist untröstlich. Sein Vater hat also einen weiteren Anlass, seinem Sohn zu misstrauen und ihn aus dem Weg zu räumen. Das mag etwas simpel klingen, ist aber mehr oder weniger der Kern der Oper.

Er muss seine Liebe abtöten, sagt sie. Der König muss seine Liebe ersticken, um seinen Sohn töten zu können.

Diese Oper erinnert sie an ihre eigene Familie, und das ist auch der Grund, warum sie sie unbedingt noch einmal sehen will. Sie erzähle die Geschichte einer jeden Familie, sagt sie, und genau darum sei *Don Carlos* nach wie vor so beliebt – jeder Mensch im Publikum könne an die Geschichte anknüpfen, sie sei allgemeingültig. Immer, wenn sie diese Oper sieht, muss sie an ihren Vater und an das Schicksal ihres Bruders denken, ihres kleinen Bruders. Die Dramatik ist so groß, dass man sich einbildet, der eigenen Lebensgeschichte zuzuschauen, sagt sie. Man geht vollkommen auf in dem, was sich auf der Bühne abspielt. Ihre Phantasie, sagt sie, sei zu lebhaft. Sie ist wieder ein Mädchen und sieht zu, wie sich ringsumher die Geschichte ihrer Familie entfaltet. Sie ist jedes Mal so tief ergriffen, dass sie glaubt, ihr Bruder würde auf der Bühne zum Leben erwachen. Sie sieht ihren Vater, der seine Liebe erstickt. Sie muss miterleben, wie ihr Bruder am Ende abgeführt wird. Und sie ist vollkommen hilflos, sitzt wie gebannt da. Sie kann nichts tun, kann nicht einschreiten.

Früher gingen wir in Dublin manchmal gemeinsam ins Theater. Wenn sie Freikarten bekommen hatte, fragte sie mich, ob ich sie begleiten wolle. Wir aßen vorher eine Kleinigkeit und gingen dann früh zum Theater, damit sie noch ein paar Bekannte treffen konnte. Wenn sie eintrat, stupsten die Leute einander an, und ich konnte sehen, wie sie tuschelten. Sie tauchte in die Menge ein, wurde Handschlag um Handschlag immer tiefer ins Gewühl gezogen, von einer Gruppe zur anderen weitergereicht, bis es ihr zu viel wurde. Dann zeigte sie auf mich und verabschiedete sich mit der Ausrede, eine Verabredung an der Bar zu haben. Sie kannte jede Menge Theaterbesucher, die mir gar nichts sagten – Schriftstellerkollegen, Journalisten, Fernsehberühmtheiten, bekannte Gesichter. Am lebhaftesten erinnere ich mich daran, dass in der Pause immer wieder Leute auf sie zukamen, um ihr zu sagen, dass sie ihr Buch gelesen hatten. Wenn sie dann mit Lob überschüttet wurde, wand sie sich, als wäre das Licht zu grell. Einmal drehte sich eine Frau zu ihr um und reckte sich über zwei Reihen, um ihre Hand zu schütteln und sich zu bedanken. Die Frau sagte nur: Danke für Ihre Ehrlichkeit, danke, dass Sie Sie selbst sind und so schonungslos offen über Ihr Leben und Ihre Familie geschrieben haben.

In Berlin sprachen wir meist über Familien. Wir sprachen über *Don Carlos*, über Väter und Mütter und Brüder. Über Männer und Frauen und Tanten und Onkel und Kinder und Jesuiten und Liebe und Hochzeiten und Freunde und Liebhaber und das Leben – über Gott und die Welt, könnte man sagen. Über das, was sich in Familien abspielt. Und das umfasst wohl so gut wie alles. Wir fuhren kreuz und quer durch die Stadt und schauten uns die Sehenswürdigkeiten an, und währenddessen erzählten wir einander Geschichten. Familiengeschichten und Liebesgeschichten, ob mit glücklichem oder unglücklichem Ausgang.

Taugt das Wort Liebe noch als Bezeichnung für Liebe?, wollte sie einmal von mir wissen. Was soll man auf eine solche Frage antworten? Natürlich ist es immer noch ein geeignetes Wort. Das beste Wort für Liebe, das es gibt. Oder gibt es ein treffenderes? Vielleicht Chemie? Sie sagte, man verwandele alte Wörter in junge Wörter, verändere die Bedeutung, so dass man sie nicht wiedererkenne. Und Liebe, das sei ein Wort wie Heimat und Hoffnung, wie Leben oder Leidenschaft – alles Wörter, die man nie wieder an den richtigen Platz gestellt habe, sagte sie.

Ich würde sagen, dass der Aufenthalt in Berlin für eine große Offenheit zwischen uns sorgte. Während dieser Zeit vergaßen wir ihr Schicksal, alles war wie aufgeschoben. Es war wohl ein Trost für sie, nicht daran denken zu müssen, was ihr bevorstand. Solange wir in Bewegung waren und Geschichten erzählten, solange die Straßen vorüberzogen und wir genug Familiengeschichten auf Lager hatten. Wahrscheinlich war alles viel leichter zu erklären, weil gar nichts erklärt werden musste.

4

Sie muss viele Steroide nehmen, damit sie besser atmen kann. Sie kramt in ihrer durchsichtigen Tasche, holt ein Medikament heraus, liest das Etikett, lässt es wieder in die Tasche fallen. Sie hebt die Tasche und mustert sie von außen. So findet sie schneller, was sie sucht. Sie greift noch einmal hinein, holt ein weiteres Medikament heraus, studiert das Etikett, lässt es wieder hineinplumpsen. Schwer zu sagen, ob sie jedes Mal das gleiche herausfischt oder ob es sich um unterschiedliche Mittel handelt.

Das Leben, sagte sie, sei wie die Lungenflügel. Die Zeit sei wie die Lungenflügel. Stimmt das? Man sei immer nur so lebendig wie die eigene Lunge, und ihrer Lunge sei sozusagen die Zeit davongelaufen, so etwas sagte sie zu mir. Sie schilderte mir, wie es ist, wenn man im Krankenhaus seine Atmung untersuchen lässt: Man wird von der Krankenschwester vor einen Apparat gesetzt, der die Lungenfunktion testet. Man schließt die Lippen um eine Gummitülle, die direkt auf dem Apparat sitzt, und wird von der Krankenschwester aufgefordert, tief einzuatmen, bis die Lunge voll ist, und die Luft möglichst lange anzuhalten. Dann muss man die ganze Luft herauslassen. Die Krankenschwester, erzählte sie, habe zu ihr gesagt, es sei wie ein Atemgesang. Tief Luft holen, ganz tief, bis die Lunge prall gefüllt ist, dann die Luft anhalten, anhalten, anhalten, ja, weiter anhalten, anhalten, gut so, und jetzt raus damit, alles auspusten, alles auspusten, weiter so, bis auf den letzten Rest, hervorragend, sehr gut. Danach ist man knallrot vor Anstrengung, und die Krankenschwester sagt, man solle sich entspannen und normal atmen, und dann geht das Ganze von vorn los, noch eine Runde.

Außer den Steroiden nimmt sie auch noch Schmerzmittel. Und man hat ihr Xanax verschrieben, damit sie nachts schlafen kann.

Im Hotel erzählte sie mir, dass sie manchmal Angst habe. Ich habe Angst zu ertrinken, sagte sie. Ich habe Angst, dass meine Lunge vollläuft und dass ich ertrinke. So ist das, wenn man sich eine Lungenentzündung holt – als würde man ertrinken. Ich habe Angst, allein zu ertrinken, sagte sie. Und das Xanax soll die Angst lindern. Sie sagte, es sorge dafür, dass sie wieder wie früher sei, bevor alles anfing, es bringe ihr wahres Selbst zum Vorschein. Denn sie machte sich Sorgen und konnte sich nicht mehr richtig konzentrieren. Den einen oder anderen Zeitungsartikel konnte sie lesen, aber mit zu vielen Neuigkeiten war sie überfordert. Sie wollte jetzt lieber alles mit eigenen Augen sehen und den Menschen zuhören. Sie konnte auch nichts mehr schreiben. Welchen Sinn hätte es noch gehabt, etwas zu Papier zu bringen? Sie hatte keine Zeit mehr für Erfundenes, ertrug es nicht mehr, einen Roman zu lesen oder einen Film zu sehen. Nein, sie hatte keine Zeit mehr für Ausgedachtes.

Aber *Don Carlos* war eine Ausnahme, weil ihr diese Oper so viel bedeutete.

Sie bietet mir im Auto ein Xanax an, als hätte ich dringend eines nötig, als würde sie mir Pfefferminz oder Schokolade anbieten. Sie schüttelt lachend ihre Tasche. Noch jemand ohne Xanax? Manfred überhört sie. Er ist in seiner eigenen Welt, konzentriert sich auf den Verkehr. Und natürlich sollte man niemandem, der am Steuer sitzt, eine solche Tablette geben. Ich brauche auch keine, aber als sie sagt, es könne nicht schaden, willige ich ein. Ich will kein Spielverderber sein, und wer weiß? Vielleicht hat es eine positive Wirkung.

Ich erzähle ihr, dass Maeve, meine Tochter, bald heiraten wird.

Wie schön, Liam.

Sie glaubt, ich wäre besessen von meiner Tochter. Sie mag es nicht, wenn ich zu viel von Maeve erzähle, und das kann ich verstehen, denn sie ist kinderlos, und Vater-Tochter-Geschichten setzen ihr zu. Sie fühlt sich wohl ausgeschlossen. Bittet mich nach einer Weile stets, nicht mehr davon zu sprechen. Also erzähle ich nur das Nötigste und füge hinzu, dass die Hochzeit für August geplant sei.

Das ist nicht mehr lange hin, sagt sie.

Du bekommst natürlich eine Einladung, erwidere ich.

Vielen Dank, sagt sie.

Da wird mir bewusst, was ich gesagt habe. Die Chance, dass sie an der Hochzeit teilnehmen kann, tendiert gegen null. Vielleicht liegt es am Xanax. Vielleicht bringt es mein wahres Ich zum Vorschein.

Ich werde kommen, sagt sie.

Aber bis dahin sind es noch drei Monate.

Ich werde da sein, Liam. Tot oder lebendig. Wo soll gefeiert werden?

Es kommt mir so vor, als hätte die Zukunft sie verlassen. Alles wird ohne sie weitergehen.

Die Hochzeit, Liam! Wo findet sie statt?

Auf dem Hof, antworte ich, auf Shanes Bauernhof. Seine Eltern sind die treibende Kraft, sie wollen auf ihrem Hof unbedingt eine Hochzeit feiern. Sie haben große Scheunen, und außerdem stehen die Ruinen einer alten Kirche auf ihrem Land. Handfeste Pläne gibt es noch nicht, aber so ist es gedacht. Sie möchten, dass die beiden in der Ruine heiraten, und sie werden für alle Fälle ein Zelt aufstellen. Der Hof wird noch bewirtschaftet, und Vieh haben sie auch. Aber wie ich Shane kenne, wird er für alles eine Lösung finden und dabei auch nicht vergessen, dass sich die Hochzeitsgäste schick machen werden.

Eine Bauernhochzeit, sagte sie. Da wäre ich gern dabei.

Einmal gab sie mir ein Foto, das sie in Maeves heutigem Alter zeigte – vielleicht vierundzwanzig, höchstens fünfundzwanzig. Sie hatte üppige Locken. Das Foto entstand, bevor sie aufbrach, um in London als Zimmermädchen zu arbeiten, kurz vor dem Abschied von ihren Eltern und ihrer Heimat. Sie ging furchtlos, aber auch ohne zu ahnen, was ihr bevorstand. Damals, als sie so voller Leben war, hätte ich sie gern kennengelernt. Sie war bestimmt ein großartiges Motiv, wagemutig und bereit, es mit allem aufzunehmen, sogar mit vollkommen unvorhersehbaren Dingen. Dieser Blick. Sie sah einem direkt in die Augen. Ihre Augenbrauen waren vielleicht das Auffälligste. Wie von einem Kind gezeichnet, könnte man sagen. Markant. Auf dem Foto wirken ihre Augen, als hätte sie viele wichtige Fragen.

Hier, in Berlin, schaut sie genauso. Sie hat die Augen einer Vierundzwanzigjährigen. Die Brauen sind noch da, alle anderen Haare sind durch die Bestrahlung ausgefallen. Das Atmen fällt ihr schwer, und sie bekommt nicht genug Luft, um mir alles zu erzählen, was sie auf dem Herzen hat.

Einmal, erzählt sie, habe sie einen Ort besucht, der eine Labsal für die Lunge sei. Ein Salzbergwerk in Rumänien, genauer gesagt in Transsylvanien. Das Bergwerk war noch in Betrieb, wurde aber von Menschen mit Lungenleiden aufgesucht, weil das Salz der Luft die Feuchtigkeit entzog. Damals war sie mit Noleen auf Reisen. Die beiden legten den weiten Weg von der ukrainischen Grenze hinunter nach Tirana und dann längs der Küste bis nach Italien zurück.

Das Salzbergwerk wurde ihnen mehrfach empfohlen. Aus dem ganzen Land, ja aus der ganzen Welt reisten Menschen mit Lungenproblemen dorthin. Man glaubte, auch die beiden wären extra deswegen gekommen, und wollte wissen, woher sie stammten. Aus Irland, antwortete sie, und ihre Lunge würde einem feuchten Cottage gleichen. Worauf man erwiderte, dass sie an diesem Ort goldrichtig sei.

Das Bergwerk ist berühmt, erzählt sie, eine Pilgerstätte, nur dass man dort nicht betet. Die Temperatur bleibt Tag und Nacht konstant. Sie schildert, wie Lastwagen weiße Steinsalzbrocken abtransportierten, während ständig Leute kamen, um die trockene Luft tief zu inhalieren. Viele davon saßen im Rollstuhl. Uralte Frauen. Leute, die sich das Rauchen abgewöhnt hatten, zündeten sich dort wieder eine Zigarette an.

Warum auch nicht? Die Luft war so sauber, dass sie in den Nasenlöchern prickelte, sagt sie. Ganze Familien veranstalteten dort unten ein Picknick, samt Klappstühlen und Kassettenrekordern, die man kaum hörte, weil das Bergwerk so riesig war. Die Kinder atmeten die gute Luft ein und spielten Fußball wie in einem unterirdischen Stadion. Im Schein von Flutlichtern. Die Tore hatten sie auf den Salzwänden markiert.

Und nach dem Besuch im Salzbergwerk, erzählt sie, badeten sie in einem nahe gelegenen Salzsee, der nie zufriert. Es war ein sehr sonderbares Gefühl, wie schwerelos auf der Oberfläche zu treiben. Die Beine ragten wie Schwimmkörper aus dem See, sie wollten nicht unter Wasser bleiben, schienen kein Gewicht mehr zu haben. Und Noleen hatte diese Gabe, über alles zu lachen, was schieflief. Sie schienen eine ziemlich schlammige Badestelle gewählt zu haben, denn als sie aus dem See kamen, waren sie so schmutzig wie Wrestlerinnen, und beide schüttelten sich vor Lachen und mussten sich aneinander festhalten, um nicht umzufallen.

Die große Freiheit des Reisens, sagt sie.

Ihre Lunge, sagt sie, sei in Rumänien geblieben. Sie sagt: Meine Lunge ist in Rumänien, mein Kopf ist in New York, meine Füße sind in Berlin, und der Rest ist in Dublin.

5

Ich habe sie mehrmals vor Publikum sprechen hören. Ich habe sie während des Literaturfestivals in Ennis, County Clare, im Old Ground Hotel auf der Bühne erlebt. Ebenso in Aspen, Colorado. Damals war ich zum ersten Mal in den Rocky Mountains, aber ich kannte das Gebirge längst. Ich kannte es aus Filmen, die ich als Junge im Fernsehen gesehen hatte. Ich kannte auch viele Songs, in denen es um diesen Teil Amerikas ging.

Einiges von dem, was sie in Ennis sagte, wiederholte sie in Aspen. Sie war gekommen, um über sich selbst und ihre Familie zu reden. Darüber, wie es früher für eine Frau in Dublin gewesen war. Wie sich alles verändert hatte. Dass inzwischen vieles besser, manches aber verloren gegangen war. Sie war bekannt dafür, aus ihrem Herzen keine Mördergrube zu machen, egal wo, ob in Ennis oder Aspen. Sie war die weltweit einzige Expertin für ihre Kindheit und das, was sich in ihrer Familie abgespielt hatte, und an diesen Tatsachen konnte niemand rütteln. Überall waren die Zuhörer begeistert und sehr daran interessiert, wie es in Irland zuging und warum sie nicht bereit war, ihren Eltern zu vergeben.

Das Problem bestand darin, dass sie vor Publikum immer aufgewühlter und zorniger wurde und am Ende öffentlich weinte. Heutzutage wollen die Leute alles aus erster Hand erfahren, und es machte sie verletzlich, wenn sie in ihre Kindheit zurückkehrte und sich alles wieder vor Augen rief, als wäre es gestern geschehen und würde nie ein Ende nehmen. Jedes Mal, wenn sie vor einem Publikum über diese Themen sprach, schien sie zu glauben, die Sache mit Tränen emotional unterfüttern zu müssen, damit man sie ernst nahm.

Manchmal befürchtete ich, dass sie ihre Geschichte durch das wiederholte Erzählen immer weiter aufblähte. Man kennt das von sich selbst: Wenn jemand so nett ist, einem zuzuhören, neigt man zur übertriebenen Schilderung seiner Erinnerungen. Gut möglich, dass sie alles so schlimm und drastisch darstellte, weil die Zuhörer jedes Mal wie gebannt an ihren Lippen hingen. Oder es ging nur darum, für das Schlimmste die besten Worte zu finden. Sie hatte ein gutes Gedächtnis für schlechte Erinnerungen, wie sie selbst einmal sagte.

Oder stutzt man alles unter Normalmaß zusammen, wenn man darüber spricht?

Damals hatte ich Bedenken und glaubte, sie könnte

sich zu sehr in die Sache verbissen haben. Es tat mir weh, sie in der Öffentlichkeit weinen zu sehen. Ich fand es schlimm, wenn sie ein Taschentuch aus dem Ärmel zog oder ihren Tränen freien Lauf ließ, ohne auch nur zu versuchen, sie zu verbergen. Also schlug ich ihr etwas vor, mit besten Absichten und als guter Freund. Im fernen Aspen sprach ich Dinge aus, die mir im heimischen Ennis niemals eingefallen wären. In den Rocky Mountains konnte ich sie vorsichtig auffordern, etwas mehr Verständnis für ihre Eltern aufzubringen. Ich wollte weder, dass sie ihnen vergab, noch wollte ich ihre Geschichte anzweifeln oder ihr unterstellen, dass sie sich alles nur einbildete. Nein, ich wollte ihr vor Augen führen, dass es für sie zu quälend war, immer wieder darüber zu sprechen. Wäre es nicht besser, wenigstens den Versuch zu unternehmen, mit allem abzuschließen?

Damit du endlich zur Ruhe kommst.

Mir ging es ähnlich, da ich mich von meinem Vater verfolgt fühlte. Er lebt nicht mehr, aber Tatsache ist, dass er nie verschwindet. Ich fürchte mich noch heute vor seinen Wutausbrüchen. Manchmal denke ich, dass es besser wäre, so zu tun, als hätte man nie einen Vater gehabt, wenigstens ab und zu Urlaub von seinen Erinnerungen zu machen und nicht wie ein Kind die ganze Nacht in der Befürchtung wach zu liegen, dass er zur Tür hereinkommen könnte.

Sie hörte mir zu. Legte wie üblich den Kopf schief und erlaubte mir, auszureden. Ich glaubte, etwas Kluges zu sagen oder wenigstens Argumente vorzutragen, die eine Überlegung wert waren. Im Grunde wollte ich darauf hinaus, dass einen die Erinnerung an die eigene Kindheit in manchen Punkten trügen kann. Außerdem, sagte ich, solltest du deinem Vater das Recht auf eine Erwiderung zugestehen, auch wenn er sich nicht mehr rechtfertigen kann. Andernfalls wäre es wie ein Militärtribunal. Mehr sage ich gar nicht. Du solltest dich in sie hineinversetzen und ihren Standpunkt verstehen.

Das ist doch Quatsch, Liam.

Sie meinte, die Höhe sei mir offenbar zu Kopf gestiegen. Ich könne nicht mehr klar denken. Ich würde die Dinge zu einfach sehen, vielleicht weil das Hotel oberhalb der Wolken liege und die Luft so sauerstoffarm sei.

Es ist mein Leben, sagte sie.

Ich will dir nur helfen, darüber hinwegzukommen, sagte ich.

Du willst, dass ich meinen Bruder im Stich lasse?

Ich weiß noch, dass sie einen Joghurt aß. In ihrem Zimmer mit Blick auf die Berge. Sie erwiderte, dass ihre Erinnerungen ihre einzige Stütze seien. Erinnerungen verändern sich ständig, und man muss Schritt mit ihnen halten, sagte sie. Der Joghurt war alle, aber sie fand immer noch kleine Reste. Dann leckte sie die Aluminiumlasche ab und widmete sich im Anschluss wieder dem Becher.

So machen das Schriftsteller, sagte sie. Ihr Gedächtnis gleicht einem Labor, in dem sie nach Themen suchen, über die sie schreiben können. Etwas aus dem Nichts zu erschaffen, ist fast unmöglich, sagte sie. Man erfindet nichts. Es ist nur so, dass Dinge, die längst passiert sind, in der Vorstellung noch einmal stattfinden, wenn auch in phantastischer Form.

Sie kratzte mit dem Löffel im Joghurtbecher, als wollte sie darin nach einem Thema suchen, über das sie schreiben konnte.

In dem Becher findest du ganz bestimmt nichts mehr, sagte ich.

Sie starrte mich an. Man wusste nie, wie sie auf solche Worte reagierte – sie konnte lachen, aber sie konnte genauso gut explodieren.

Du lebst doch in einer Phantasiewelt, Liam. Genau das sagte sie zu mir. Glaubst du wirklich, man könnte ohne Erinnerungen durchs Leben gehen? Glaubst du ernsthaft, ein Mensch könnte alles zurücklassen und fortgehen wie aus einer leeren Scheune oder von einem leeren Feld?

Oh, Mann, Úna – ich sage doch nur, dass du nicht alles deinen Eltern anlasten kannst.

Was sie mir daraufhin alles an den Kopf warf! Sie

unterstellte mir, ihr die Kindheit wegnehmen zu wollen, ihr alles zu rauben, worüber sie schreibe. Sie klang immer aufgewühlter, als könnte sie die Worte gar nicht schnell genug aussprechen. Ich erinnere mich nicht einmal an die Hälfte dessen, was sie sagte. Sie sprach von Kindern, die ihre Hand in ein Glas mit seidigen Süßigkeiten stecken mussten, damit sie still waren und nicht hörten, was die Erwachsenen redeten. Sie warf mir vor, dass ich behaupten würde, sie wäre ein unsichtbares Kind ohne jedes Interesse an der Welt.

Du bist auch nicht besser als alle anderen, sagte sie. Du willst, dass ich den Mund halte, richtig? Du willst, dass ich so tue, als hätte ich nie miterlebt, was Frauen in ihrem eigenen Zuhause erdulden müssen. Du glaubst, ich wäre bei den Nonnen fröhlich zur Schule gegangen und hätte nachts im Bett die Hände auf der Brust überkreuzt.

Úna – ich bitte dich!

Du denkst, dass ich meinen irischen Akzent nur vortäusche, damit die Leute glauben, ich wäre aus Dublin, stimmt's?

Das Gespräch begann zu eskalieren, ich verlor die Kontrolle. Sie stellte es so hin, als wäre ich nie ein Kind gewesen. Als hätte ich etwas Unverzeihliches gesagt, gegen alle Kinder, gegen alle Frauen.

Ich will dir nichts wegnehmen, sagte ich.

Glaubst du, ich hätte nie die blutigen Sägespäne auf dem Fußboden der Schlachthöfe gesehen?

Ich stelle deine Kindheit nicht in Frage, sagte ich.

Du bist grausam, Liam.

Úna, hör zu: Ich stehe auf deiner Seite, und zwar voll und ganz. Ich will nur, dass du dich nicht als Opfer siehst.

Als Opfer, sagte sie.

Jetzt hatte sie die Nase voll. Sie sah mich böse an.

Ein Opfer? Sie wiederholte das Wort mehrmals, sprach es in Richtung Tür, als würde sie mit jemand anderem reden oder Zuhörer im Zimmer um die Bestätigung dafür bitten, dass ich kein Mitgefühl hatte. Was ich angedeutet hatte, war grundfalsch, zutiefst verletzend und hochgradig unsensibel: Ich wollte ihr nicht einmal zugestehen, dass sie ein Opfer war. Sie sah mich direkt an und sagte, das sei das typische Schicksal von Opfern – man gebe ihnen das Gefühl, selbst schuld an ihrem Schicksal zu sein.

So habe ich das nicht gemeint, Úna.

Aber so fühlt man sich als Opfer, Liam. Man hat das Gefühl, selbst schuld zu sein.

Ich sage nur, dass du die Ungerechtigkeiten auf sich beruhen lassen solltest.

Wir haben nicht das Recht, etwas auf sich beruhen zu lassen, sagte sie. Wie sollen wir etwas verändern, wenn wir uns nicht mehr erinnern?

Ich möchte jedenfalls kein Opfer sein, sagte ich.

Glaubst du etwa, eine Wahl zu haben, Liam? Meinst du wirklich, frei entscheiden zu können, ob du dich als Opfer fühlst oder nicht? Meinst du, es wäre nur eine Frage der Einstellung? Schau dich doch an. Bist du etwa ungeschoren davongekommen? Denk mal gut nach, Liam. Du bist ein Wrack. Jawohl. Ein Wrack.

Ein Wrack.

Sie wusste, dass sie damit zu weit gegangen war. Ich wartete darauf, dass sie ihre Worte zurücknahm, darauf hinwies, dass jeder ein Wrack sei, nicht nur ich, sondern alle, sie selbst eingeschlossen, aber sie schwieg, und deshalb schwieg ich auch. Sie fuhr mit einem Finger über die Innenseiten des Joghurtbechers. Dann leckte sie den Finger ab und schaute aus dem Fenster auf die Berge.

Ich ging. Es war mir egal, ob ich damit einen Schlussstrich unter unsere Freundschaft zog. Ich wollte nichts mehr mit ihr zu tun haben. Und ich wäre bestimmt nicht so blöd, mir noch einmal anzuhören, was sie einem Publikum zu sagen hatte – aber dann rief sie an, um sich zu entschuldigen.

Tut mir wirklich leid, Liam, sagte sie.

Sie sagte, ich sei kein Wrack. Ganz im Gegenteil, sagte sie, und außerdem hätte ich mit allem recht gehabt.

Manchmal versinke ich in Selbstmitleid, sagte sie.

Keine Ahnung, warum das so ist. Es hat mich immer wieder meine Freunde gekostet. Ich bin zu besessen von mir selbst, sagte sie, darum mag mich niemand. Ich kann immer nur daran denken, was mir angetan wurde. Liam, bitte – es tut mir leid. Du bist der einzige Freund, der mir geblieben ist.

Was eigentlich nicht zutraf, denn sie hatte viele Freunde. Aber wir vertrugen uns wieder, jedenfalls in gewisser Weise. So ist das eben, man steht zu jemandem, ob es gut läuft oder nicht. Sie stand ja auch zu mir, wenn ich schlecht drauf war. Wir gingen sozusagen gemeinsam durch dick und dünn.

Am Ende besuchte ich doch ihre Veranstaltung. Sie sprach vor einem großen Publikum. Wir reden hier nicht von Ennis, sondern von Aspen, das heißt aus ganz Amerika kamen Leute, um sie zu hören. Und was geschah? Alles wie gehabt – sie erzählte wieder das Gleiche, Wort für Wort. Sie redete sogar mit noch mehr Nachdruck, als wäre unser Gespräch nur eine Probe gewesen. Sie redete wie eine Frau, die noch nie offen hatte reden können und fest entschlossen war, alles auf den Tisch zu legen. Ich hatte das Gefühl, dass sie mich die ganze Zeit anschaute, mir das Recht absprach, etwas auf ihre Worte zu erwidern. Man konnte hören, wie sie Luft holte. Man konnte sie schlucken hören. Wenn man seine Lebensgeschichte nicht erzählen könne, sagte sie, dann sei man der einsamste Mensch auf Erden. So sei es für sie gewesen, bevor sie begonnen habe, ihre Geschichte zu Papier zu bringen. Man sitze in der Falle des eigenen Schweigens, sagte sie, und man fühle sich wie tot. Bis man die Geschichte niederschreibe, sich das eigene Leben zurückhole und dem, was man erlebt habe, nicht mehr auf Gedeih und Verderb ausgeliefert sei.

Ich war auf Gedeih und Verderb ausgeliefert, sagte sie.

Sie sprach über *Don Carlos*. Sie habe die Oper kürzlich in der New Yorker Met gesehen. Eine großartige Aufführung, sagte sie. Im Grunde sei es die Geschichte ihrer eigenen Familie. Ihr Vater, sagte sie, sei wie der König von seiner Macht und seinem Ruhm besessen gewesen, nur eben in Dublin. Ihr Vater habe seinen Sohn nie geliebt. Und ihre Mutter, dem Alkohol verfallen, habe ihre Tochter nie geliebt. Sie seien als Kinder ohne Liebe zur Schule gegangen. Und ihr kleiner Bruder sei daran zugrunde gegangen. Er war unser Don Carlos, sagte sie. Mein kleiner Bruder Jimmy.

Eltern müssen die Liebe an ihre Kinder weitergeben, sagte sie. In den Augen seines Kindes sieht man sich gespiegelt. Es gibt auf der Welt nichts Schöneres, als ein Kind lachen zu hören, nichts mache einen glücklicher, als einem Kind beim Essen zuzuschauen, sagte sie. Wie konnten sie einen Jungen in die Welt hinausschicken, ohne ihm Liebe mitgegeben zu haben?

Mein Bruder, mein Spiegelbild, sagte sie.

Man konnte förmlich hören, wie das Publikum die Ohren spitzte. Man konnte spüren, wie sich die Leute mit ihrem Zorn und ihrer Trauer identifizierten. Sie beugten sich angespannt vor, stimmten mit ihr darin überein, dass man nur dann Liebe empfangen könne, wenn man auch Liebe in sich trage, dass die Liebe andernfalls an einem vorbeiziehe. Man konnte spüren, wie sich jede Mutter im Publikum fragte, ob sie sich etwas vorzuwerfen, ihren Kindern zu irgendeinem Zeitpunkt nicht genug Liebe geschenkt hatte. Wie alle darüber nachdachten, was sie getan oder zu tun versäumt hatten, ob bewusst oder unbewusst. Auch die Väter. Auch ich. Da war plötzlich die Befürchtung, man könnte im Rückblick – also viel zu spät – begreifen, dass man etwas hätte anders machen müssen.

Sie bedankte sich bei den Zuhörern dafür, dass sie sich ihre Lebensgeschichte angehört hatten, und verneigte sich kurz. Und dann, ganz am Schluss, kam die große Überraschung: Sie sang ein Lied. Wie sie später selbst sagte, massakrierte sie das Lied. Sie sang schnaufend und lachend, hustete und holte immer wieder Luft, hob die Stimme, als müsste sie auf einen Stuhl steigen, um die Töne zu treffen. Es war ein Lied über die Emigration. Alle waren begeistert. Nach der

Hälfte wusste sie den Text nicht mehr. Man hörte nur noch, wie sie ein- und ausatmete, als wollte sie dadurch den Takt halten. Dann fiel ihr der Text wieder ein, und sie sang das Lied zu Ende, bis sie absolut keine Luft mehr in der Lunge hatte.

6

Wir sind unterwegs zum Botanischen Garten, als ich diesen verrückten Anruf aus Dublin erhalte. Sie muss mit anhören, wie ich sage: Warte mal, Gerry, stopp, ich bin nicht allein. Ich bin gerade in Berlin. Sie hört mit, wie ich sage, ich hätte null Interesse an einem Klassentreffen, es sei das Allerletzte, woran ich teilnehmen würde. Das könne er vergessen. Er stellt es so dar, als würde man fest mit meinem Erscheinen rechnen, als wäre das Klassentreffen ohne mich unvorstellbar. Ich antworte, er solle mich von der Liste streichen, aber er versucht weiter, mich zu überreden, indem er Anekdoten aus unserer Schulzeit ausgräbt. Ob ich mich an die beiden Kenny-Brüder erinnern könne, einer von ihnen habe ein großes Muttermal auf der Stirn gehabt, und deshalb habe man ihn immer Star Trek genannt. Ja, klar. Zum Brüllen. Genau diesen Blödsinn will ich nicht mehr hören. Das gilt auch für die Gebrüder Lynch, von denen einer eine Glatze hat, weil er in einem Kraftwerk in Dublin arbeitet. Oder, fragt Gerry, hatte er früher auch keine Haare? Eine idiotische

Frage, denn welcher Schüler ist schon kahl? Ich will nichts mehr davon hören.

Nachdem ich das Gespräch abgewürgt habe, will sie wissen, was los sei.

Du brauchst doch Freunde, sagt sie. Warum willst du deine alten Schulkameraden nicht wiedersehen?

Warum ich das nicht will? Das kann ich dir sagen.

Sei nicht so stur wie ich, sagt sie.

Sie weiß, dass ich nur ungern zurückblicke. Sie weiß, dass ich immer bemüht bin, alles abzuhaken. Sie weiß, dass ich so viel wie möglich vergessen möchte, vor allem Dinge, an denen ich sowieso nichts ändern kann. Aber sie sagt, ich würde meinem Vater immer noch erlauben, die Entscheidungen für mich zu treffen. Sie sagt, meine Beziehungen zu anderen Männern seien stets Abbilder der Beziehung zu meinem Vater. Wenn ich so weitermache, sagt sie, dann werde mein Vater mir bis in alle Ewigkeit im Nacken sitzen, dann seien alle Männer dieser Welt immer nur mein Vater in Verkleidung.

Sei du selbst, Liam, sagt sie.

Keine Ahnung, was Manfred von all den Gesprächen hält, die wir hinten in seinem Auto führen. Ist er jemand, der die Ohren vor dem verschließt, was seine Fahrgäste reden, und sich auf den Verkehr konzentriert, oder hört er mit und tut nur so, als wäre er lediglich der Fahrer?

Ich werde bestimmt nicht an dem Klassentreffen teilnehmen, erwidere ich. Mein Bruder und ich trugen identische Pullover, die wir von unserem Vater bekommen hatten. Man konnte uns nicht auseinanderhalten. Man hielt mich für meinen Bruder. Er musste die für mich gedachten Prügel einstecken. Ich hasste ihn, weil er sich nicht wehrte. Ich hasste ihn, weil ich ihn liebte. Ich liebte ihn, und ich hasste ihn, und heute liebe ich ihn umso mehr, weil ich damals so tun musste, als wäre er nicht mein Bruder.

Es kommt überhaupt nicht in Frage, dass ich dreißig Euro für ein Essen im Camden Hotel ausgebe, nur um mit diesen Wilden zusammenzusitzen und so zu tun, als wäre all das Vergangenheit. Andererseits ist es natürlich Vergangenheit. Das Wiedersehen der Wilden. Die wie Wilde grölen, damit prahlen, wie weit sie es im Leben gebracht haben, so tun, als wären sie keine Wilden mehr.

Reg dich nicht auf, Liam. Du bist in Berlin.

Ich rege mich nicht auf.

Sie möchte mehr über meinen Bruder erfahren, und ich erzähle ihr das Neueste aus meiner Familie. Peadar, mein großer Bruder, ist verheiratet und wohnt in unserem alten Haus, und er hat ein Problem mit dem Wasserschlag. Da sie nicht weiß, was ich damit meine, kläre ich sie auf. Es ist ein Problem, das mein Bruder mit dem Haus geerbt hat und das mit den alten

Rohrleitungen zu tun hat, mit der früheren Arbeitsweise von Klempnern. Wenn man zum Beispiel mitten in der Nacht in der Küche den Wasserhahn aufdreht und gleichzeitig die Klospülung betätigt, beginnt das Wasser in den Rohren zu klopfen und zu dröhnen, weil Luft darin eingeschlossen ist. Das kann das ganze Haus aus dem Schlaf reißen. Es trieb meinen Vater in den Wahnsinn. Heute wäre so etwas undenkbar, weil man anders baut, und es betrifft meist alte Häuser.

Ich erzähle ihr, dass mein Bruder fast nichts am Haus verändert hat. Er hat alles so belassen, wie es war. Er möchte, dass es so bleibt, wie er es in Erinnerung hat. Er hat immer noch das gleiche Problem mit den Mäusen wie mein Vater. Mein Vater ist natürlich auch der Vater meines Bruders, aber jeder hat seinen eigenen Vater, an dem er sich abarbeiten muss. Ich bilde mir beispielsweise ein, dass mein Vater mir nachstellt. Manchmal sogar im Hotel – wenn ich nachts höre, wie eine Tür geöffnet wird, glaube ich, dass er mich holen kommt, obwohl er seit Jahren tot ist. Dann schaue ich nach. Einmal hatte sich ein schwedischer Tourist in der Tür geirrt. Ich erschrecke jedes Mal, obwohl ich natürlich weiß, dass mein Vater Besseres zu tun hat, als mir für den Rest meines Lebens auf den Fersen zu bleiben. Ich bilde mir nur ein, dass er da ist. Und mir ist erst kürzlich bewusst geworden, was in solchen Momenten mit mir los ist.

Hör auf damit, Liam, sagt sie.

Außerdem. Die gelbe Tür. Die Tür, vor der ich mich seit meiner Kindheit fürchte, ist nicht die Tür des Hauses, in das mein Vater mich brachte, als meine Mutter ins Krankenhaus musste und ich glaubte, sie nie wiederzusehen, diese gelbe Tür, die mir jedes Mal, wenn ich daran vorbeigehe, das Gefühl gibt, als würde ich Vanillesoße hinten im Mund schmecken, und es ist auch nicht die blaue Tür in der Schule, denn die Farbe spielt keine Rolle, nein, es ist keine dieser Türen, sondern die Tür des Zuhauses meiner Kindheit, mit ihr muss ich klarkommen, ich muss ohne Furcht hindurchgehen können, egal welche Farbe sie hat, vielleicht Dunkelgrün. Dieser glänzende, dunkelgrüne Lack, mit dem man früher die Haustüren strich, der heute aber selten geworden ist.

7

Im Auto überkam uns manchmal eine tiefe Traurigkeit. Dann verstummten wir, hingen unseren jeweiligen Gedanken nach, sahen aus dem Fenster. Schließlich hielten wir vor dem Tor des Botanischen Gartens. Es schien auf der Welt keine Wörter mehr zu geben, nur noch das Geräusch der elektronisch aufgleitenden Tür, den Verkehrslärm, das Geklapper, mit dem Manfred den Rollstuhl aus dem Auto lud. Und ich konnte nur noch daran denken, wie die Zeit raste und wie bald schon der Tod auf sie wartete. Man versucht natürlich, solche Gedanken zu verdrängen, aber man kommt nicht immer dagegen an. Sie sind stets gegenwärtig, obwohl man sich einbildet, sie längst abgehakt zu haben, obwohl es einem so vorkommt, dass sich nichts verändern wird und dass wir alle ewig leben werden. In Berlin stand sie manchmal kurz vor den Tränen, und ich hätte am liebsten auch geweint, verkniff es mir aber, obwohl ich es gern getan hätte. Schwer zu sagen, ob Traurigkeit das richtige Wort für das ist, was ich empfand, als Manfred ihr aus dem Auto half, sie in den

Rollstuhl setzte und sie sagte: Danke, Manfred, Sie sind ein Schatz. Ich glaube, es war mehr als Traurigkeit. Es war etwas anderes, vielleicht das Gefühl, dass man manchmal trauriger sein müsste, als man ist, die Ahnung, dass man die wahre Bedeutung der Traurigkeit noch ergründen muss. Wir schienen vorübergehend aus der Zeit gefallen zu sein, darauf zu warten, dass sie uns wieder einholte.

Um ganz ehrlich zu sein, wusste ich nicht mit der Traurigkeit umzugehen. Mir fehlten die Worte, um zu beschreiben, was mir in solchen Situationen durch den Kopf ging. Was sagt man, wenn jemand stirbt? Worüber soll man reden? Man redet über alles Mögliche, nur nicht über den Tod, richtig? Man kommt auf das Erstbeste zu sprechen, was einem einfällt, und tut so, als wäre der Tod das Letzte, woran man denkt.

Sie scheute nicht vor Gesprächen über den Tod und das zurück, was er mit einem anstellt. Wenn man erfahre, dass in Kürze alles vorbei sei, sagte sie, könne man die schönen Seiten des Lebens nicht mehr genießen. Dann werde alles schwarz, sagte sie. Worin bestehe der Sinn des Ganzen? Wozu all das Wissen, das man im Kopf habe, wenn es sowieso zunichtewerde? All die Menschen. All die Geschichten, die man gesammelt, all die Bücher, die man gelesen habe. Und die guten Zeiten? Waren sie einem auch vergällt? Oder würden sie in der Erinnerung gute Zeiten bleiben?

Es sei, sagte sie, als würde eine Tür zufallen.

Als würde sie alle Liebhaber verlieren, die sie jemals gehabt habe, als würde sie ihre Freunde verlieren, ihren Bruder, als würden alle Türen gleichzeitig zufallen, als würde jeder wortlos verschwinden, nur dass es dieses Mal sie selbst sei, die verschwinde, sagte sie.

So ist das, Liam – du beginnst, dich zu verabschieden. Du gehst in Gedanken dein Leben durch und verabschiedest dich von jedem persönlich. Du verabschiedest dich von allen Menschen, an die du dich erinnerst. Von allem, was du je besessen hast, der Dose mit Handcreme, deinem Lippenstift, der Delle, die dein Daumen in die Zahncremetube gedrückt hat. Von allen Habseligkeiten, die nie wirklich dein Besitz, sondern nur geliehen waren. Von den gelben Vorhängen, Liam. Den Büchern. Den Schuhen. Der Spur, die du hinterlassen hast. Von allen Orten, die du je betreten, von allen Häusern, in denen du je gewohnt hast, von all den friedlichen Zimmern, den abendlichen Kaminfeuern, den warmen Betten und den über dem Heizkörper hängenden Handtüchern.

Vielleicht erlebte ich auf unserer gemeinsamen Berlinreise zum ersten Mal bewusst, wie jemand starb. Ich erzählte es ihr nicht, aber nach dem Tod meines Vaters stand ich unter Schock. Ich hatte so viel Zeit darauf verwendet, ihm zu entkommen, dass es mich vollkommen unvorbereitet traf, als er plötzlich wie von selbst verschwand. Ich hatte das Gefühl, als wäre er nur kurz in den Garten gegangen, um Laub zu verbrennen, und würde gleich mit verrauchten Kleidern zurückkehren und mich fragen, was ich angestellt hatte. Als mein Vater starb, fühlte ich mich plötzlich uralt. Als würde ich am Ende meines Lebens stehen. Sein Tod war auch mein Tod, dachte ich, obwohl ich mein Leben natürlich fortführen musste. Ich hatte keine Wahl. Ich war nach seinem Tod zwar noch am Leben, aber er hätte mich ebenso gut mit sich nehmen können. Gleichzeitig weigerte ich mich zu glauben, dass er da im Sarg lag. Bei seiner Beerdigung hatte ich das Gefühl, als wäre er körperlich anwesend. In der Kirche schienen sich meine Mutter, die ganze Verwandtschaft und alle anderen Trauergäste in einer fremden Welt zu befinden. Mein Onkel, ein Jesuit, stand vor dem Altar und sagte, sein Bruder sei von uns gegangen, der Herr habe ihn zu sich genommen, aber ich glaubte ihm kein einziges Wort. Ich wäre am liebsten aus der Kirche gerannt und vor all den Leuten geflohen, weil sie mich erstickten.

Wahrscheinlich muss man die Trauer erst erlernen. Damals wusste ich nicht, was Trauer war. Ich erkannte sie zwar in anderen, ahnte aber nicht, dass ich sie selbst in mir trug. Sie sammelte sich in mir an, ohne dass es mir bewusst gewesen wäre, wie ein schlummernder

Virus, der sich regt, wenn man es am wenigsten erwartet. Als ich meine Mutter weinen sah, hatte ich alles vor Augen, ihr ganzes Leben, ihre Kindheit, ihre Erinnerungen, wie verliebt sie damals gewesen und wie sehr sie geliebt worden sein musste, egal wie unbarmherzig mein Vater gegenüber der Familie war.

Wenn Menschen traurig sind, offenbaren sie gleichzeitig ihr Glück. Ich war der Meinung, dass man seine Traurigkeit nicht zeigen durfte, weil dies ein Zeichen von Schwäche war. Indem ich versuchte, meine Trauer zu unterdrücken, glaubte ich, das zu tun, was alle anderen damals auch taten. Ich gab mich dem Glauben hin, dass alle Iren so taten, als würde so etwas wie Traurigkeit nicht existieren, dass sie sangen, tranken, redeten, Geschichten erzählten, alles Mögliche taten, nur um nicht betrübt dreinzuschauen, außer sie sangen traurige Lieder. Ich lachte über mich selbst, ich lachte über die Welt, über den Tod, über den Schmerz, über Dinge, die ich mochte, über die Liebe und alles, was einem wehtun konnte, wenn man es verlor, ich lachte über alles, was mich in die Fänge der Traurigkeit treiben konnte. Alle sollten wissen, dass mir der Tod meines Vaters keine Angst machte, dass mich alles kalt ließ, jedenfalls redete ich mir das ein.

Als meine Mutter starb, hatte ich noch immer Angst vor der Traurigkeit. Nach dem Tod meines Vaters war sie allein, weil sich ihr bester Freund, der Bruder meines Vaters, weigerte, sie zu besuchen. Ich hatte nur gelernt, ihr Sohn zu sein. Doch der Bruder meines Vaters, der Jesuit in der Familie, war ihr ein echter Gefährte gewesen. Und dann stellte er seine Besuche ein. Damals wusste ich nicht, worin der Grund bestand. Es musste einen geben, das war mir klar, aber ich kam erst viel später darauf. Meine Mutter schaute immer aus dem Fenster hinaus und wartete auf den Bruder meines Vaters, sie fragte: Warum kommt er nicht mehr zu Besuch? Er kam dann zu ihrer Beerdigung, der Jesuit. Der Bruder meines Vaters. Er kam, um für sie die Messe zu lesen. Ich war damals nur körperlich anwesend. Ich war mit der Familie gekommen, hielt aber Abstand und ging allen aus dem Weg, gab dem Bruder meines Vaters vor der Kirche wortlos die Hand und wünschte mir, unsichtbar zu sein, als könnte man sein Leben nicht deutlich erkennen, solange man noch mittendrin steckte.

Aber dieses Mal war ich ganz präsent.

So fand ich, während wir in Berlin unterwegs waren und ich beispielsweise den Rollstuhl in den Botanischen Garten schob, die Zeit, mich von meiner Mutter und meinem Vater zu verabschieden, im Nachhinein, aus der Ferne. Dieses Mal war mir voll und ganz bewusst, was es bedeutete, jemanden zu verlieren. Vielleicht gehört es sich nicht, so etwas zu sagen, aber Únas Sterben hatte zur Folge, dass ich mich in gewisser Weise lebendig fühlte. Es gab mir das Gefühl, zum ersten Mal an meinem eigenen Leben teilzuhaben. Ich glaube sogar, dass es mich freute, so kurz vor dem Ende noch bei ihr sein zu dürfen. Ich war heiter. Vielleicht sogar fröhlich. Drücke ich mich richtig aus? Ich war eins mit mir. Oder besser, ich hatte mich selbst freigestellt, gleichsam auf Kaution auf freien Fuß gesetzt, hatte dabei aber das Gefühl, kein Entgelt mehr bezahlen zu müssen, alle Schulden los zu sein. So ungefähr. Die alltäglichen Dinge schienen unwichtig zu sein. So dachte ich damals. Vielleicht war es auch andersherum, und die alltäglichen Dinge waren auf einmal das Wichtigste, etwa der Kauf von Karten für den Botanischen Garten oder das, was ich zu Manfred sagte: Er könne jetzt in aller Ruhe einen Kaffee trinken gehen, ich würde ihn anrufen, wenn wir weiterfahren wollten.

8

Sie erzählte mir von ihrem Liebesleben. Mit fünfzehn habe sie zum ersten Mal Sex gehabt. Der Mann sei doppelt so alt gewesen wie sie. Sie habe die Blicke genossen, die sie in ihrer Schuluniform auf sich zog. Wie hätte sie ahnen können, dass er verheiratet war? Sie könne von Glück reden, sagte sie, dass ihr Vater ihr auf die Schliche gekommen sei, sie eine Hure genannt, sein Auto verkauft und dann eines geliehen habe, um sie in ein Internat im Norden des Landes zu bringen, wo sie nicht mehr an Männer dachte, weil es viel zu kalt und zu klamm war. Abends, beim Zubettgehen, erzählte sie, habe sie ihren Atem sehen können. Dort wurde sie durch nichts abgelenkt, ihre Gedanken galten nur der Mutter Gottes und den anderen Mädchen.

Ich kann sie nicht wörtlich wiedergeben. Was ich hier biete, ist eher eine Rekonstruktion – sie hätte es Resümee genannt – dessen, was sie mir hier und da, nicht nur in Berlin, über Liebe, Sex und Glück erzählte. Sie hatte unglaublich gern Sex. Vor allem an Dubliner Nachmittagen, sagte sie, wenn man hören konnte, wie Busse vorbeifuhren und Bremsen quietschten. Sie liebte das Geräusch der Schritte, wenn die Menschen an ihrem Souterrainfenster vorbeiliefen, während ihr das Wort »fuck« entwich.

Dieses Wort benutzte sie selten.

Sie sagte, Liebe und Sex seien in gewisser Weise wie das Schreiben, denn es gehe darum, etwas zu erfinden. So ungefähr drückte sie sich aus. Ein guter Liebhaber, sagte sie, sei auch ein guter Geschichtenerzähler. Bei vielen Büchern bestehe das Problem darin, sagte sie, dass einem der Autor vorschreiben wolle, was man zu fühlen habe. Das seien Autoren, die sich den Lesern überlegen wähnten und sich ihren Protagonisten aufdrängten. So habe ihr zum Beispiel ein Mann, mit dem sie zusammen gewesen sei, einreden wollen, sie irre sich, denn in ihrer Beziehung geschehe alles immer einvernehmlich, nur sei sie damals noch zu jung gewesen, um den Unterschied erkennen zu können. Sie mochte es nicht, wenn man ihr vorschrieb, was sie zu fühlen hatte.

Sie hatte einmal einen Freund in London, der wissen wollte, warum sie nach dem Sex immer zu einem Buch griff. Er fand es grässlich, dass ich las, sagte sie, so wie andere hinterher im Bett eine Zigarette rauchen. Das tat sie zwar auch, aber immer mit einem Buch. Eine schlimmere Beleidigung konnte es für einen Mann nicht geben, fand er. Ein Buch! Sie gebe ihm das Gefühl, sagte er, als wäre Sex das Gleiche wie Abwasch, als könne sie es nicht erwarten, ihre Nase wieder in irgendein Buch zu stecken. Also schraubte er die Glühbirnen raus. Und zwar alle, sagte sie, damit sie bei ihm blieb und nicht in ein Buch entfloh. Aber ich zog mich sogar im Dunkeln in meine Phantasie zurück, sagte sie, wie es meine Mutter bei meinem Vater getan hatte. Ich verbarg mich sogar ohne Licht und ohne Buch in einem kindlichen Winkel meines Wesens und wiegte mich in den Schlaf.

Ihr Liebesleben, sagte sie, sei ein großes Abenteuer gewesen. Es habe unvergessliche Augenblicke gegeben – Augenblicke wie etwas, das man aus einem fahrenden Zug sehe und gern mitnehmen würde, aber dann sei es schon wieder weg, und man könne es nur noch auf dem Papier festhalten. Köstlich, sagte sie. Sex sei einfach köstlich. Ja, es mag ein altmodisches Wort sein, aber es ist auch ein ehrliches Wort, erklärte sie mir, und ich wüsste nicht, warum ich an ihrer Wortwahl zweifeln sollte. Die Bedeutung von »köstlich« hat sich nicht grundlegend verändert, und Sex hat sich auch nicht grundlegend verändert. All das wurde während ihrer Zeit entdeckt.

Köstlich, sagte sie.

Sie lebte lange mit einem Mann zusammen, der ein leidenschaftlicher Leser war, und bereiste mit ihm fast ganz Europa. Er las ihr nach dem Frühstück vor, aus

Büchern, die ihr bis dahin unbekannt gewesen waren. Sie machten einander auf Themen aufmerksam und sprachen darüber, und so bemerkten sie Dinge, die ihnen allein niemals aufgefallen wären. Es war, als würden sie das Lesen gerade erst lernen. Das sei die einzige Beziehung gewesen, in der sie sich je geborgen gefühlt habe, sagte sie, und eine Heirat wäre durchaus in Frage gekommen, aber dann hätten sie bestimmt nicht mehr so viel reisen können. Sie wisse nicht, sagte sie, warum sie so viel Angst vor einer Heirat gehabt habe. Vielleicht habe sie befürchtet, wie ihre Mutter zu werden. Die Hochzeit wurde kurzfristig abgesagt, und die Gäste standen da wie begossene Pudel.

Sie hatte immer wieder das Bedürfnis, allein zu sein. Sie wollte sie selbst sein. Ihre größte Angst bestand darin, nicht mehr sie selbst zu sein, von einem Menschen, den sie liebte, eingeengt zu werden. Sie hatte Angst, sich zu verlieben, weil sie dann vielleicht nicht mehr frei wäre. Sie konnte sich noch daran erinnern, wie er sie auf der Straße anflehte, ihn nicht zu verlassen, bitte, und sie stand da, einen Fuß auf dem Bürgersteig, den anderen auf der Straße, und ihr schwirrte der Kopf, während sie darauf wartete, dass er endlich verstummte, damit sie gehen konnte. »Schwirren« war noch so ein Wort, das sie oft benutzte, und vielleicht hat sich seine Bedeutung auch nicht groß verändert, vielleicht ist es ebenso unverrückbar wie das Wort »bitte« oder das Wort »aus« oder das Wort »Schluss«. Wie ihre Mutter saß sie gern allein in ihrem Zimmer und trank Wein. Sie ging nicht ans Telefon, als gäbe es in ihrem Leben keine Menschen, sondern nur die Protagonisten der Bücher, die sie las. Sie fand es irgendwie nobel, allein zu sein. Familie war für sie ein Trainingslager für Einsamkeit. Sie glaubte, dass man sowieso von allen Menschen verlassen wurde, die man liebte, und jeden Menschen verlassen musste, den man liebte. Alleinsein war für sie die perfekte Art, sie selbst zu sein.

New York, sagte sie, sei genau der richtige Ort, um allein zu sein. Dort lernte sie viele Leute kennen, und viele Leute kannten sie. Eigentlich war es meist so, dass die Leute sie kannten und ihr zunickten, obwohl sie sich an eine Begegnung gar nicht erinnern konnte. In solchen Momenten wurde ihr bewusst, dass sie die Menschen dringender brauchte denn je. Allein zu sein war so ähnlich, als würde man das Wetter verleugnen, obwohl man den Launen der Witterung nicht entkommen konnte. Ebenso wenig Mutter und Vater, Brüdern und Schwestern oder dem eigenen Glauben. Wenn man eine katholische Schule besucht hatte, musste man wahrscheinlich zwangsläufig fliehen und Schriftstellerin werden.

Sie habe ihr Leben lang nach Männern gesucht, die

ihrem Vater glichen, sagte sie. Und irgendwann, sie war schon nicht mehr ganz jung, lernte sie einen irischen Fernfahrer kennen, der tatsächlich wie ein Vater war. Dieser Fernfahrer wusste, wie man eine gute Geschichte erzählte. Der Fernfahrer mit den falschen Zähnen, sagte sie.

Liebe mit falschen Zähnen.

Liebe ohne Zähne, sagte sie, damit er an meinen Brüsten knabbern konnte.

Ich fände es falsch, wenn sie dieses Detail in ihrem Buch über den Fernfahrer erwähnen würde, erwiderte ich. Wenn ich falsche Zähne hätte, wäre es mir peinlich, wenn die Öffentlichkeit davon erführe.

Gott, ja, sagte sie, ich kann nur hoffen, dass seine Frau das Buch nicht gelesen hat.

Seine Frau hat die falschen Zähne bestimmt erkannt, sagte ich.

Das ist nicht zum Lachen, sagte sie. Dieser Fernfahrer war ein sehr liebevoller und reiselustiger Mensch. Er suchte mich eines Abends auf, schaffte es aber nicht mehr, Sex zu haben, denn er war zu erledigt. Zu lange unterwegs gewesen. Also schliefen wir einfach. Und dann erwachte ich mitten in der Nacht, weil er meinen Rücken streichelte. Wir sprachen kein Wort. Er saß im Bett, streichelte behutsam meinen Rücken, und ich stellte mir vor, wie er durch Europa fuhr, sagte sie, zuerst nach England, von dort nach Frankreich und nach Deutschland und schließlich durch Österreich, endlose Kilometer und unzählige Straßenschilder in unterschiedlichen Sprachen. Wie viele Gesichter muss er gesehen, mit wie vielen Menschen geredet haben, während er nach Italien fuhr, um die Ladung Kacheln einzuladen, und danach auf den europäischen Autobahnen wieder zur Fähre nach Dublin zurückkehrte. Er reiste im Schlaf, in aller Stille, und streichelte meinen Rücken, sagte sie. Dann musste er wieder nach Hause zu seiner Frau. Er ließ mich schlafend und wachend zurück. Er kochte sich einen Tee, nahm sich aber nicht die Zeit, ihn noch zu trinken, und ließ die Tasse auf dem Tisch stehen. Er ging zur Tür hinaus und reiste weiter.

Ich konnte ihn nicht festhalten, sagte sie. Aber ich habe seine Briefe aufbewahrt. Wunderschöne Briefe, die ich noch immer besitze. Ich nahm sie mit, egal wohin ich reiste, und las sie in Abständen. Aber ich konnte ihn nicht festhalten. Ich konnte niemanden festhalten. Wenn ich in meinem Leben etwas festhalten wollte, dann konnte ich das nur in meinem Buch tun.

9

Ich erzählte über mein Liebesleben. Ich verschwieg ihr, wann ich zum ersten Mal Sex gehabt hatte, und sie erkundigte sich nicht danach. Wir sprachen über die Frau, in die ich mich mit neunzehn verliebt hatte. Sie heißt Emily, und sie ist die Mutter meiner Tochter Maeve. Wir sprachen über die Liebe und das Reisen, und sie wollte alles über meine Vergangenheit wissen. Wie ich mit Emily, die vor ihrem Freund floh, nach Milltown Malbay im County Clare fuhr. Emily lebte mit ihm in einer Kellerwohnung, und sie lud mich auf ein Frühstücksei ein. Ihr Freund war gerade nicht da, und bevor er zurückkehrte, bat sie mich, mit ihr wegzufahren. Egal wohin, Hauptsache weg. Und ich entsprach ihrer Bitte und fuhr mit ihr nach Milltown Malbay.

Schon komisch, dass man ins Ausland reist und dort als Erstes über die Heimat spricht und Verbindendes sucht. Ist doch verrückt, oder? Da fliegt man nach Berlin, nur um sich über Clare und Milltown Malbay zu unterhalten. Sie sitzt in ihrem Rollstuhl, und wir reden über unsere gemeinsame Liebe zum Westen Irlands, vor allem zu Clare. Sie besitzt dort ein Häuschen mit zwei Zimmern, in das sie sich oft zurückgezogen hat, um an ihren Büchern zu arbeiten und mit Buddy über den Burren zu wandern. Als sie aus London nach Irland zurückkehrte, fuhr sie zum ersten Mal nach Clare, und das, sagt sie, sei so gewesen, als hätte sie auf der Rückseite der Welt einen vollkommen unbekannten Ort entdeckt.

Wir reden über das Musikfestival, das jeden Sommer in Milltown Malbay stattfindet. Sie kann sich noch gut an die Musiker und die Zuhörer erinnern, denn es herrschte immer ein dichtes Gedränge, und die Pubs quollen über.

Ich weiß noch, dass draußen auf dem Bürgersteig ein Musiker auf einem Stuhl saß, erzählte sie mir, mit einem Dudelsack. Zwischen Männern, die ihre Ärmel hochgekrempelt hatten, um besser fiedeln zu können, Frauen mit einem Akkordeon vor der Brust, und alle hüpften auf und ab wie Kolben in einem Maschinenraum. Man versorgte sie mit Getränken und Schinkensandwichs, damit sie durchhielten. Sie sagte, die Menschen im Publikum seien immer wieder so von der rasanten Musik ergriffen worden, dass sie mitten in der Melodie aufschrien und Beifall riefen, damit auch jeder wusste, dass sie zuhörten. Plötzlich drängten alle wieder in den Pub, als müsste man in diesem Moment unbedingt hinein, obwohl der kleine Raum längst hoffnungslos überfüllt war. Die Menschen hätten sich vor der Tür des Pubs gedrängelt wie die Londoner vor der U-Bahn, sagte sie. Nur dass sie unbedingt einen Sänger hören wollten, der ohne Begleitung und mit geschlossenen Augen ein Lied angestimmt hatte und sich dabei am Tresen der Bar abstützte.

Ich fragte sie, welcher Pub das gewesen sei. Wisse sie noch den Namen? Sie konnte sich nicht erinnern. Mussten die Frauen durch die Küche gehen, wenn sie aufs Klo wollten?, fragte ich. Gab es im Klo eine große, rissige Badewanne? Eine riesige Badewanne mit einer Million winziger Haarrisse in der Emaille? Sie sagte, dass sie sich an unzählige Toiletten in den Wohnbereichen hinter Pubs erinnern könne, alle mit angeknacksten Waschbecken, Spiegeln mit schwarzen Flecken, abblätternden Decken und Boilern über der Wanne, in denen das Wasser brodelte.

Du musst diese Badewanne gesehen haben, erwiderte ich. Die Wanne mit einer Million Haarrissen in der Emaille.

Nicht, dass ich wüsste, sagte sie.

Ich kenne den Pub, sagte ich. Hundertprozentig.

Ich wollte das wissen, weil ich das Festival auch besucht hatte, und zwar in dem Jahr, als ich mit Emily geflohen war, vielleicht sogar im gleichen Jahr wie Úna. Zumindest lauschte ich einem Sänger, der sich am Bartresen abstützte. Er grölte das Lied mit geschlossenen Augen. Und wer betritt da die überfüllte Bar? Emilys Freund. Keine Ahnung, wie er uns aufgespürt hatte, aber Emily glaubte, ihn gesehen zu haben, als er sich durch die Menge drängelte. Ich selbst sah ihn nicht, sondern bekam nur mit, wie Emily plötzlich aufschaute. Scheiße!, sagte sie, und dann ergriff sie meine Hand und zog mich durch die volle Bar zur Hintertür und von dort in die nach Speck, Eiern und Tee riechende Küche. Auf dem Weg durch die Küche sah ich in einer Ecke einen Lehnstuhl und darüber ein Heiligenbild. Emily zog mich durch das ganze Haus bis zu dem Bad mit der rissigen Wanne. Sie verriegelte die Tür, und wir warteten. Der Mann sang immer noch, das Lied hatte offenbar hundert Verse. Man hätte eine Stecknadel fallen hören können, wie man so schön sagt, als wäre der Sänger ganz allein, nur manchmal drangen ein Husten oder ein Klimpern an unsere Ohren, wenn der Barkeeper mehrere leere Gläser zugleich einsammelte, indem er jeweils einen Finger hineinsteckte, so viele Gläser, wie er Finger hatte. Emily saß auf dem Rand der Wanne mit den unzähligen Haarrissen, in einem grünen Kleid, mit schwarzen Stiefeln und einer braunen, oben offenen Strickjacke. Sie hatte lange Haare und viele Sommersprossen. Sie spielte mit der Kette des grauen Stöpsels, schwang ihn hin und her, und ich lehnte mit dem Rücken an der Tür. Wir sprachen kein Wort. Wir lächelten oder lachten nicht, und Emily zuckte nur mit den Schultern, als wollte sie sagen: Was bleibt uns anderes übrig?

Ich weiß nicht mehr, wann wir das Bad verließen. Ich weiß nur noch, dass Emily auf dem Rand der Wanne mit den Haarrissen saß und mir zuflüsterte, dass wir uns die Wartezeit vielleicht mit einem Bad verkürzen könnten, nur gebe es nichts außer Efeuseife, und die sei für den Fußboden, nicht für den Körper. Schade, dass wir keine Kerze haben. Und schade, dass wir unsere Getränke nicht mitgenommen haben, fügte Emily hinzu.

Im Bad leistete uns ein Bild von Papst Johannes XXIII. und John F. Kennedy Gesellschaft, vielleicht das letzte in ganz Irland. Der heiße Dampf der vielen Bäder hatte das Bild ausgeblichen. John F. Kennedy hatte den Kopf schief gelegt, und eine wässerige Wolke verbarg die Hälfte seines Gesichts. Papst Johannes hatte die Hand zur Segensgeste erhoben, sein weißes Gewand war braun und knitterig. Ich kann mich noch daran erinnern, weil Emily dringend pinkeln musste und mich bat, währenddessen das Bild zu betrachten.

Konzentrier dich auf das Lied, sagte sie zu mir.

Am nächsten Tag bekam Emily doch noch ihr Bad. Wir fuhren zu den Seetangbädern, an der Küste entlang bis zu einem Ort mit blauen Türen und Fensterrahmen, der von Menschen aus aller Welt besucht wurde, vor allem jedoch von Deutschen und Skandinaviern. Alle trugen Bademäntel. Es war das Zentrum für heiße Seetangbäder. Emily bekam eine Kabine für sich allein. Das Wasser war so heiß, dass sie anfangs nicht einmal die Zehen hineinzustecken wagte, und die Wanne war bis zum Rand mit bräunlichem, an Lederriemen erinnerndem Seetang gefüllt. Alles war voller Dampf, hinter den hölzernen Trennwänden wurde Schwedisch gesprochen, und wenn sich jemand in der Wanne bewegte, hörte man, wie das Wasser platschte. Schließlich lehnte sich Emily im Bad zurück. Anfangs habe es sich so schleimig angefühlt, als würde sie in Lebertran liegen, erzählte sie später, aber sie fand sich damit ab, weil es angeblich gut für die Gesundheit war und Rheuma vorbeugte – Verheißungen, die Hunderte von Jahren alt waren. Sie bekam ein rotes Gesicht von der Hitze und spielte mit dem Seetang, drapierte ihn wie einen langen, braunen Rock auf ihren Beinen und Hüften, dann auch auf ihren Brüsten und Schultern. Den Geruch von Seetang vergisst man nie, er prägt sich der Erinnerung unauslöschlich ein, und wenn man wieder einmal am Meer ist, erkennt man ihn sofort. Ich weiß noch, dass sich ihre Haut danach ganz besonders anfühlte – mir fehlt das passende Wort, denn die Haut war mehr als zart, so zart, dass sie gar nicht mehr zu existieren schien. Ich hatte eher das Gefühl, die Hand unter laufendes Wasser zu halten. Wir fuhren zu den Pollock Holes in der Nähe von Kilkee, damit sie das ölige Gefühl auf der Haut loswurde. Man nennt diese natürlichen Felsenteiche auch Pollies. Die Leute baden bei Ebbe darin, weil das Wasser in diesen Mulden so klar und warm, so tief und still und voller Mineralien ist. Und ich sah mich ständig um, suchte das Ufer in beiden Richtungen nach einem Verfolger ab.

10

Wir hatten den Botanischen Garten mehr oder weniger für uns allein. Im Grunde waren wir typische Touristen, schauten uns um, machten Fotos. Sie fiel nicht weiter auf, denn man sah ja nur, dass sie im Rollstuhl saß, und ahnte nicht, wie krank sie in Wahrheit war. Sie behielt die Mütze auf, so dass niemand ihren kahlen Kopf sehen konnte. Man nahm uns kaum wahr, streifte uns nur manchmal mit einem Blick. Die Besucher waren vor allem an den Pflanzen interessiert, die gerade zum Leben erwachten. Es war warm, und man spürte, dass sie von der Sonne förmlich aus der Erde gezogen wurden, dass sich alles kreuzbefruchtete.

Wir haben unseren eigenen Sommer mitgebracht, sagte sie.

Eigentlich war Frühling, aber sie zitierte manchmal aus Liedern oder Büchern. Ich wusste nicht immer, was sie meinte, denn diese Worte, die ihr zufällig in den Kopf kamen, waren nicht an mich gerichtet. Sie hatten eine ganz eigene Bedeutung, waren kein Bestandteil des Gesprächs.

Vielleicht wollte sie aber auch sagen, dass jeder sein eigenes Wetter mitbringt. Konnte das sein?

Ich kaufte die Karten in einem kleinen Häuschen, einer alten Pförtnerloge. Das erinnere sie an den Eingang des Dubliner Zoos, sagte sie, an die schwarzen Drehkreuze neben dem Strohdachhäuschen im Phoenix Park, nur dass es hier nicht nach Elefanten rieche. Man reichte uns jeweils eine Broschüre durch das Fenster, die erklärte, was gerade wieder zum Leben erwachte. Außerdem war ein Weg eingezeichnet, der an den schönsten Stellen vorbeiführte.

Die Gärten waren wunderschön. Wirklich. Aber vielleicht sah ich Berlin gar nicht mit meinen, sondern mit ihren Augen. Wir sprachen viel über letzte Dinge. Und ich war zum letzten Mal mit ihr zusammen. Ich würde sagen, dass neunzig Prozent dessen, was man sieht, eigentlich für andere Menschen gedacht ist.

Sie benannte Bäume und Sträucher, als wären sie gute Bekannte. Was mich betrifft, so vergesse ich den Anblick von Gewächsen ebenso wenig wie ein Gesicht, aber wenn ich sie benennen soll, muss ich jemanden fragen oder auf ein Schild schauen. Die Blutbuche, sagte sie. Als gäbe es nur diese eine, als hätte sie immer genau dieselbe gesehen, ob in Irland oder Nordamerika oder auf dem Kontinent. Als wäre dieser Baum extra hierhergekommen, um sich von ihr zu verabschieden.

Ein breiter Weg verlief zwischen einem herrschaftlichen Haus und einem See mit Wasserlilien und Enten. Das entsprach fast dem Klischee eines Botanischen Gartens, und vielleicht lag es daran, dass ich bis auf die Gewächshäuser und den Wasserturm dahinter kaum etwas wahrnahm. Ich fühlte mich an die riesigen Puzzles mit den Bildern romantischer Gärten erinnert, die man uns früher schenkte. Sie brauchten viel Platz, und vor der Fertigstellung gingen immer ein oder zwei Teile verloren. Heute haben die Leute keine Zeit mehr dafür, und mein Vater hielt es sowieso für Zeitverschwendung. Da er der Ansicht war, man müsse möglichst viel aus seinem Leben machen, schmähte er Puzzles und Brettspiele als zeitraubenden Unsinn.

Die Gewächshäuser beherbergten Pflanzen aus den Tropen. Man fühlte sich darin wie in einem anderen Land. Während des ganzen Jahres wird eine Temperatur von fünfunddreißig Grad gehalten. Dazu die Schwüle – wir begaben uns in eine Hitzewelle. Unter dem Glas hingen Heizkörperspaliere, und aus den Rohren drang Dampf, der das Gefühl, im Urwald zu sein, noch verstärkte. Wie eine riesige, gläserne Kathedrale, sagte sie. Die ganze Zeit plätscherte irgendwo Wasser, ein Geräusch wie gemurmelte Gebete. Ich war zwar nie dort, sagte sie, aber Regenwälder erinnern mich immer an Kirchen. Ich selbst musste beim Anblick der stillen, unter dem Glasdach versammelten

Gewächse an das Leben vor dem Menschen denken, daran, wie die Erde vor Jahrmillionen aussah. Einige dieser Blumen konnte man vielleicht auch im Blumenladen oder an einer Tankstelle finden, aber eine Kaffeepflanze hatte ich noch nie gesehen. Ich fand es gut, diese Pflanzen an einem passenden Ort, in einem natürlichen Umfeld zu erblicken. Hier wirkten sie authentischer, ungestört.

Trotzdem fehlte etwas, vielleicht Vogelrufe, ein gelegentliches Kreischen, einige Affen oben in den Baumkronen. Ich rechnete halb damit, einen Leguan oder eine Schlange oder wenigstens ein durch die Blätter lugendes Augenpaar zu sehen. Es gab ein paar flugunfähige Vögel, die man zur Insektenbekämpfung aus den Tropen geholt hatte. Sie gehörten zu den nützlichen Arten. Sonst gab es nur noch Spatzen, die ein Schlupfloch gefunden hatten, aber keinen Schaden anrichteten. Wahrscheinlich kamen die Menschen vor allem wegen der Pflanzen und der Abgeschiedenheit. Sie suchten die Stille. Es war sicher schön, hier zu arbeiten: Man entnahm Bodenproben, prüfte die Temperatur, harkte Laub, lichtete den Bewuchs und achtete darauf, dass die Pflanzen, die sozusagen zur Familie gehörten, gut versorgt waren. Hier konnte man sich heimisch fühlen, dachte ich. Wir sahen ein oder zwei Gärtner, die durch diese abgeschlossene Welt stapften. Auf einer Bank saß ein Paar, das zu meditieren oder zu schlafen schien, es war schwer zu sagen. Und jemand machte mit einer auf ein Stativ montierten Kamera Nahaufnahmen von einer Orchidee. Er hatte wohl eine offizielle Erlaubnis. Alles in allem ein perfekter Ort, nur dass er für sie das falsche Umfeld war. Es dauerte nicht lange, da bekam sie Atembeschwerden.

Ich kriege hier keine Luft, sagte sie. Ich ersticke.

Sie wollte lieber im Freien zwischen den Bäumen sein, an der frischen Luft. Sie bat mich, den Rollstuhl auf eine Wiese voller Schlüsselblumen zu schieben. Sie sprach den Namen aus, als wären diese Blumen aus dem Westen Irlands verschwunden, um in Berlin wieder aufzutauchen. Sie waren ein Teil ihrer Kindheit, und sie schien für einen Moment nicht mehr zu wissen, wo sie sich befand. Die Räder sanken in den weichen Boden ein, während sie versonnen dasaß. Was sie sagte, hätte auch an die Schlüsselblumen gerichtet sein können. Sie schien mich ganz vergessen zu haben.

Das kann ich nicht nur durch ein Foto belegen, auf dem sie sich nach den Schlüsselblumen bückt, sondern auch durch einen kurzen, mit dem Handy gefilmten Videoclip: Sie sitzt mehr oder weniger reglos da, eingemummt in den schwarzen Mantel, ihre durchsichtige Tasche hängt an einem Rollstuhlgriff.

Sie wollte etwas sagen. Über ihre Kindheit. Sie sagte, es sei unvermeidlich, dass man zurückschaue.

Ich stimmte zu. Man trifft in seinem Leben immer wieder auf Dinge, die in die Vergangenheit weisen, Dinge, die ungewollt auftauchen, während man sich bemüht, etwas auszulöschen, das nicht ausgelöscht werden kann. Fotos zum Beispiel. Kleine Beweisstücke, die immer dann auftauchen, wenn sie gar nicht mehr zum eigenen Leben zu gehören scheinen.

Wie meinst du das?

Ich meine, dass es immer dann passiert, wenn man eigentlich nach vorn schauen will.

Quatsch. Ich spreche von der Wahrheit, sagte sie. Von der Unsinnigkeit des Verbergens. Es kostet zu viel Kraft, etwas zu verdrängen, Liam. Ich könnte ebenso wenig auf das Erzählen verzichten wie auf das Atmen. Mehr habe ich in meinem Leben nicht getan, sagte sie, ich habe nur geatmet und erzählt. Außer du willst, dass ich so still bin wie ein Gärtner und den Mund halte. Aber Gärtner müssen auch atmen. Und die Vorstellung, Gärtnerin statt Schriftstellerin zu sein, war nie realistisch. Sie habe einmal von einem amerikanischen Autor gehört, erzählte sie, dem ein Freund geraten habe, nicht zurückzuschauen, weil man sonst verrückt werde. Der Autor beachtete diesen Rat nicht, sondern ging schnurstracks nach Hause und schrieb ein Buch über seine Schulzeit, nur um nicht verrückt zu werden.

Ich kann genauso wenig still bleiben, wie ein Pferd rückwärts laufen kann. Das waren ihre Worte.

Sie konnte sich daran erinnern, als Kind jemanden beobachtet zu haben, der sein Pferd rückwärts aus einer Gasse bugsieren wollte. Inzwischen sah man keine Pferdewagen mehr auf der Straße, und sie fragte sich, ob es überhaupt sinnvoll war, sich an Dinge zu erinnern, die zum Verschwinden verurteilt waren. Als Kind sammelte sie solche Erinnerungen. Denn sie war schon eine Schriftstellerin, bevor sie überhaupt lesen konnte, lange bevor sie nach unten rannte und der Frau im Laden verkündete: Ich kann lesen, ich kann lesen! Und die Frau im Laden erwiderte: Dann bist du ja richtig groß. In Zukunft mussten alle darauf achten, was sie sagten, denn sie war jetzt eine Sammlerin. Sie sammelte alle möglichen nutzlosen Dinge, die sie wie kostbare Steine unter ihrem Kopfkissen hütete.

Der Mann mit dem Karren war Altmetallsammler. Ich war damals noch ein kleines Mädchen, sagte sie, und ich stand auf der Straße, einen Fuß auf dem anderen. Ich hatte viel Zeit und konnte zusehen, wie der Mann seinem Pferd zuredete, damit es den schwer mit Altmetall beladenen Wagen rückwärts aus der Gasse schob. Ich notierte alles im Kopf, sagte sie, die Räder, den an der Achse hängenden Ledergürtel, das Pferd mit den weißen Söckchen an den Hinterbeinen und den langen Wimpern einer Schönheitskönigin. Der Mann redete auf das Pferd ein, aber es hatte keine Lust, den Rückwärtsgang einzulegen. Ich wusste, sagte sie, dass das Pferd befürchtete, die Zeit würde plötzlich rückwärts laufen, wenn es gehorchte, und seine Beine waren nun einmal nur zum Vorwärtslaufen geschaffen. Das Pferd warf mehrmals den Kopf hoch und versuchte, einen Blick auf den Karren zu erhaschen, den es zurückschieben sollte. Sie konnte sich noch an die Angst in den Augen des Pferdes erinnern. An das Klappern der Hufe auf dem glitschigen Kopfsteinpflaster. Das war die erste Erinnerung, die ich in meine Sammlung aufnahm, sagte sie, das Pferd, das nicht rückwärts laufen wollte. In ihrer Erinnerung versuchte der Mann zehn Minuten, vielleicht eine Stunde oder sogar den ganzen Tag, das Pferd umzustimmen. Ein weißer Speichelfaden sei aus dem Maul des Tieres gelaufen, sagte sie. Schließlich zog der Mann dem Pferd einen Sack über den Kopf und zerrte es hin und her, bis es die Orientierung verlor und gehorchte. Das war der Moment, als ich Fragen zu stellen begann, sagte sie, denn wenn man möchte, dass alles ans Licht kommt, muss man zurückgehen. Und am Ende war das Pferd wieder ein Pferd und zog den Karren, der sich unter dem Gewicht des Metalls zur Seite neigte, durch die Straße.

11

Auf der Wiese mit den Schlüsselblumen bittet sie mich, ihr die Schuhe auszuziehen. Sie möchte mir etwas erzählen, das ihr gerade erst eingefallen ist. Etwas, das sich zwischen ihren Eltern abgespielt hat.

Liam, sagt sie, ich will aufstehen.

Hier?

Ziehst du mir die Schuhe aus?

Das geht nicht, Úna. Es ist viel zu kalt.

Ich will das Gras spüren, sagt sie.

Und wenn sie eine Lungenentzündung bekommt? Wenn sie krank wird und die Leute wissen wollen, wie ich auf die Idee kommen konnte, ihr die Schuhe auszuziehen? In einem Park? Im Mai?

Die Kindheit steckt im Gras, sagt sie.

Ich weiß, dass es nicht richtig ist, bin aber schon dabei, die weißen Schnürbänder zu lösen, Schuhe und Strümpfe auszuziehen und sie zu stützen, damit sie barfuß im Gras stehen kann, denn ich kann sie nicht davon abhalten, ihren Erinnerungen nachzugehen.

Eines Nachts, erzählt sie, sei sie durch ein Klopfen

erwacht. Sie stand auf und ging nach unten, weil ihre Eltern nicht im Bett lagen. Damals war sie vier, höchstens fünf, und sie begriff nichts von dem, was sie gleich beobachten sollte.

Unten war Licht, es fiel durch die offene Küchentür. Meine Eltern waren im Wohnzimmer, sagt sie. Meine Mutter saß auf dem Schoß meines Vaters wie auf einem Pferderücken, mit gespreizten Beinen, und schaute ihn an, nicht von der Seite, sondern ganz direkt. Ich konnte eines ihrer nackten Knie sehen. Sie stieß seinen Kopf immer wieder gegen die Wand, und ich glaubte, sie wollte ihn umbringen. Ich stand unten auf der Treppe und wusste nicht, was ich tun sollte, sagt sie, zumal meine Mutter einen Grund dafür haben musste. Sie hatte eine Hand in das Haar meines Vaters gekrallt und knallte seinen Kopf immer wieder gegen die Wand. Dabei schrie sie ihn mit Worten an, die mir fremd waren und die im Laden niemand verwendet hätte, es waren Worte in einer Sprache, die nur dazu dienen konnte, dem Hass auf jemanden Ausdruck zu verleihen.

Meine Mutter sah mich in der Tür stehen, sagt sie. Ihre Augen funkelten wütend. Ich hatte Angst vor ihr. Ich glaubte, sie würde von meinem Vater ablassen und stattdessen mich töten, sagt sie, weil ich anwesend war, weil ich alles beobachtete, weil ich ein spionierendes Kind war.

Ich höre ihr zu, die roten Segeltuchschuhe in der Hand.

Dann seufzte meine Mutter, erzählt sie, und sagte, mein Vater habe etwas Schreckliches getan. Dein Vater war sehr frech, sagte meine Mutter, und deshalb musste ich ihn bestrafen. Sie drehte sich wieder zu ihm um. Tu das nie wieder, sagte meine Mutter zu ihm, und dann knallte sie seinen Kopf noch einmal gegen die Wand. Frech, rotzfrech. Tu das nie wieder, nie, nie, nie.

Mein Vater hat mich nicht angeschaut, sagt sie. Sein Mund stand offen, als hätte er großen Durst. Ich kann mich noch deutlich an den Mondschein erinnern, der aus der Küche ins Wohnzimmer fiel, an das Kruzifix an der Wand und daran, dass mein Vater ein Wort von sich gab, das der Ausdruck großer Schmerzen war.

Ich erzähle nur, was ich mit eigenen Augen gesehen habe, Liam.

Man schickte sie zurück ins Bett. Alle anderen schliefen, sagt sie, ich war die einzige Zeugin dieser Begebenheit. Ich erzählte meinen Geschwistern nichts davon, denn ich hatte zu viel Angst, sagt sie. Ich lag im Bett und versuchte zu verstehen, was mein Vater angestellt hatte. Warum hatte meine Mutter seinen Kopf gegen die Wand geknallt? Warum hatte er sich nicht dagegen gewehrt?

Bitte, Úna – lass dir die Schuhe wieder anziehen.

Warum haben sie mir nicht erzählt, dass sie verliebt waren?

Du hast sicher eiskalte Füße.

War es so falsch, das Wort »Liebe« auszusprechen? Ich habe Jahre gebraucht, um zu verstehen, dass es eine Zeit gab, in der sie einander liebten. Ich habe das herausgefunden, indem ich zurückgegangen bin – wie man eine Leiter hinabsteigt. Außerdem war es kein Mondschein, sondern das Neonlicht in der Küche.

Warum haben sie es nicht einfach gesagt?

Sie betrachtet die Schlüsselblumen.

Warum diese dumme Geschichte von der Bestrafung? Wieso hat meine Mutter nicht gesagt, dass es nur ein Spiel war? Sie hätte auch die Wange meines Vaters streicheln und sagen können, es sei alles halb so schlimm gewesen, sie werde ihm jetzt einen Kakao kochen, und danach würden wir alle zu Bett gehen. Das wäre doch keine große Lüge gewesen. Dann wäre das, was geschah, vielleicht nie passiert. Denn als Kind glaubt man alles, man nimmt die Menschen beim Wort. Man fühlt sich für seine Eltern verantwortlich, sagt sie. Was ihnen widerfährt, widerfährt einem auch. Wenn sie sich fürchten, fürchtet man sich. Wenn sie glücklich sind, ist man glücklich. Und wenn sie nicht offen über alles reden können, dann kann man später auch nicht offen reden.

Endlich darf ich ihr die Schuhe wieder anziehen.

Danach glich der Blick meiner Mutter einer Mauer, die ich nicht mehr durchdringen konnte, sagt sie. Die Welt ohne meinen Vater zu sehen tat ihr weh. Meine Mutter war wie erblindet, sagt sie, denn ihr Mann kam zwar nach Hause, aber sie sah ihn nicht mehr. Ihre Augen waren sogar dann geschlossen, wenn sie geöffnet waren, sie nahm nicht mehr wahr, was sie vor sich hatte. Sie konnte nichts anderes mehr tun, als Bücher zu lesen, sagt sie. Ich weiß noch, wie sie auf einer Decke im Phoenix Park saß und meinen Vater in ihrem Buch suchte. Dort stand ein Schild mit einem auf den Zoo zeigenden Finger. Die Affen schrien. Dein Vater kommt nicht mehr. Und deine Mutter wird ihn in Tolstois Romanen niemals finden. Und mir blieb nur die zufällige Beobachtung dessen, was sich auf der Welt zutrug, sagt sie. Ich sah einen Mann und eine Frau, die im Gras lagen und sich küssten. Ich sah den über der Brauerei aufsteigenden Dampf. Ich sah, wie sich Krähen um ein Stück Brot stritten, das von roter Marmelade durchtränkt war. Ich sah, wie ein Mann ein Hosenbein in den Strumpf stopfte und auf sein Fahrrad stieg, wobei er die Melodie von »From a Jack to a King« pfiff. Ich erkannte das Lied, und ich war danach den ganzen Tag traurig, weil meine Mutter den umgekehrten Weg beschritt. Sie schlief ein, während sie auf meinen Vater wartete, das offene Buch wie ein Dach auf dem Gesicht. Mein Bruder meinte, sie sei tot, und ich erwiderte, sie sei betrunken, und deshalb rannten wir weg und ließen sie allein. Wir zogen die Schuhe aus und liefen lautlos durch das Gras. Ich kann mich an alles erinnern, sagt sie, denn ich stand auf einem Kronkorken, der sich unter meinem Fuß wie eine Muschel anfühlte und dessen Kanten einen sternförmigen Abdruck hinterließen.

12

Es herrscht eine gewisse Verwirrung wegen des Tores. Ich rufe Manfred an, um ihn darauf hinzuweisen, dass er nicht am Tor steht, worauf er erwidert, doch, er stehe am Tor. Wir haben offenbar das falsche erwischt. Er bittet uns, zu bleiben, wo wir sind, er werde uns abholen, und ich sage, nein, es sei Unsinn, den Treffpunkt zu ändern. Also halten wir uns an den ursprünglichen Plan. Wir werden das Tor suchen, an dem er uns erwartet. Das könne etwas dauern, sage ich zu ihm, und er erwidert, es habe keine Eile, er werde am Haupteingang auf uns warten.

Sie hält alle paar Meter an, und ich habe den Eindruck, dass sie sich nicht losreißen kann. Sie möchte in diesen Gärten bleiben, will nicht in der Zeit voranschreiten. Es ist warm. Die Sonne scheint, und hier ist es wunderbar geschützt, man spürt keinen Wind. Wir kommen an vielen Sträuchern und Bäumen vorbei, die sie wiedererkennt, und an anderen, die ihr unbekannt sind. Sie versucht, die Schilder zu entziffern, weil sie wissen will, woher die Gewächse ursprünglich stammen und ob sie die betreffenden Länder bereist hat. Hin und wieder betastet sie die jungen Blätter. Zerreibt sie zwischen den Fingern, um zu wissen, wie sie duften. Danach hebt sie die Hand, damit ich auch daran riechen kann.

Und währenddessen kommen wir darauf zu sprechen, wie es ist, ein Kind zu sein, und wie es ist, Mutter oder Vater zu sein.

Meinen Eltern war alles egal, Liam. Sie waren nicht fürsorglich.

Sie zieht einen Zweig zu sich heran und lässt ihn dann los, so dass der Strauch in die Senkrechte schnellt und sich schüttelt wie ein Tier.

Ich finde, dass sie zu streng mit ihren Eltern ist. Als Vater hat man wenig zu sagen, erzähle ich ihr. Man kann nicht für alles verantwortlich gemacht werden, was im Laufe der Zeit passiert, denn man hat nicht alles unter Kontrolle. Im Grunde kann man nur darauf achten, die Bedürfnisse seines Kindes zu befriedigen. Man liebt sein Kind bedingungslos, aber man hat auch sein eigenes Leben. Ich sage das als Elternteil. Denn ich habe einige Erfahrung mit der Rolle als Vater.

Ich meine damit, dass ich der Gnade der Zukunft ausgeliefert bin. Sie ist der Gnade der Vergangenheit ausgeliefert, ich der der Zukunft.

Sie hebt eine Hand, um mir zu signalisieren, dass sie etwas verpasst hat, weil ich zu schnell schiebe. Wir müssen ein Stück zurück. In meinen Augen sehen die Büsche gleich aus, aber sie kennt die Unterschiede.

Man sucht es sich nicht aus, auf die Welt zu kommen, sagt sie.

Wir folgen wieder dem Weg, auf dem wir gekommen sind, vorbei an der Wiese mit den Schlüsselblumen. Wir können die terrassenförmig angelegten Gärten sehen, die symmetrischen Hecken, die Rasenflächen zwischen den Pfaden. Danach die zwei Statuen, Junge und Mädchen, links und rechts des Weges. Die Gewächshäuser und dahinter den grünen Wasserturm mit dem Unterbau aus rotem Backstein. Er ist auf einem der Fotos zu sehen.

Ich nehme an, dass sie sich unter anderem deshalb gegen Kinder entschieden hat. Sie wollte nicht ihrer Mutter gleichen. Wie ich nicht meinem Vater gleichen wollte – obwohl man im Grunde keine Wahl hat.

Sie wollte sich nicht für die Zukunft verantwortlich fühlen.

Für die Bevölkerung, wie sie es nennt.

Vielleicht wollte sie auch die Zukunft ausbremsen. Sie wollte ihr eigenes Kind sein, ihr eigener Nachwuchs. Sie wollte, dass Frauen die Freiheit hatten, sie selbst zu sein, dass sie nicht zwangsläufig schwanger werden und wie ihre eigene Mutter das ganze Leben dem Großziehen ihrer Kinder opfern mussten, sondern Malerinnen, Schriftstellerinnen oder Musikerinnen werden durften. Sie fand es unsinnig, dass man Emily damals einredete, sie dürfe bei der Geburt keine Schmerzmittel nehmen, sondern müsse sich den Schmerzen hingeben, weil sie sich ihrem Kind dann tiefer verbunden fühle. Ich nehme an, dass Úna nach einer Verbundenheit mit der Welt strebte. Sie bestand auf dem Recht, sich selbst etwas anzutun. Anders gesagt: Sie wollte einem Kind nicht das antun, was ihr selbst angetan worden war. Und sie wollte nicht für den Rest ihres Lebens von ihrem Spiegelbild verfolgt werden. Sie wollte während ihres Lebens nur für sich selbst verantwortlich sein, für ihre eigene Person, ihren eigenen Körper.

Das sind dic Schlüssc, die ich im Rückblick ziehe.

Es hatte sie so viel Kraft gekostet, aus ihrer eigenen Familienstruktur auszubrechen, dass sie keine neue schaffen wollte. Die Familie, das Land – man sucht sie sich nicht aus, man wird hineingeboren. Der Eintrittspunkt, wie sie es nannte. Man kann ihn nicht abschütteln, egal wohin man sich begibt.

Er steckt sozusagen in den Schuhen.

Sie wünschte sich die Freiheit zu schreiben. Die Geschichte erzählen zu können. Dein Leben ist dein Erzählstoff, sagte sie immer. Und sie sagte das auch oft vor Publikum, ob in Ennis oder Aspen. Wir sind nur Geschichten, keine Frage. Mehr nicht, Liam, nur Geschichten auf zwei Beinen. Wir sind auf Gedeih und Verderb unseren Geschichten, Kindern und Familien ausgeliefert. Denn es gibt nur die Geschichten, die wir über uns selbst erzählen, die Geschichten, die über uns erzählt werden, die Geschichten, die wir voneinander erzählen. Und natürlich die unterdrückten Geschichten. Jene Geschichten, die wir erfinden müssen, weil sie uns vorenthalten wurden.

13

So offen mit ihr reden zu dürfen gab mir ein Gefühl großer Freiheit. Ich erzählte ihr Dinge, die ich fest in mir verschlossen hatte, alle möglichen Dinge, die sie sicher bald vergaß. Während jener letzten Tage konnte ich ihr erzählen, was ich niemandem jemals sagen würde, denn ich wusste, dass sie mir alles von den Schultern, alles mit sich nehmen würde.

Verschweigst du mir etwas?

Sie bremst den Rollstuhl mit einem Hacken. Sie fordert mich auf, vor sie hinzutreten. Stell dich so hin, dass ich dich sehen kann, Liam. Schau mir in die Augen. Hast du mir etwas zu sagen?

Sie kann in meinen Kopf greifen und herausfischen, was sie sucht. Mit meiner Einwilligung oder ohne. Das ist eine der Gaben, die sie von ihrem Vater geerbt hat. Sie dringt durch die Augen ein und nimmt sich, was sie will. Ihr Vater war ein berühmter Journalist, und sie wurde eine berühmte Autorin. Er hatte diese Augen, von denen alle gesehen werden wollten. Er konnte den Menschen Dinge entlocken, von denen sie selbst nichts geahnt hatten. Diese Gabe, durch offene Türen zu gehen und sich zu bedienen, hat sie von ihm. Die Sachen anderer unbemerkt zu durchwühlen. Sie hat ein scharfes Auge für alles Verborgene, für alles, was man der Öffentlichkeit vorenthält, sogar für das, was man vor sich selbst versteckt. Ihr Blick lotet alle Untiefen aus, und das zeichnet sie auch als Schriftstellerin aus. Nach einem Gespräch mit ihr fühlt man sich wie ausgeplündert. Sie interessiert sich für alles Unentdeckte. Für alles, was unter Verschluss ist. Und sie ist nicht mehr zu bremsen, wenn sie herausfinden will, was sie nicht weiß – ob intuitiv, im Ausschlussverfahren oder dadurch, dass sie ihr Gegenüber in die Leere ihres Schweigens lockt.

Du kannst mir alles erzählen, Liam.

Sie weiß, dass meine Augen offen sind, dass man durch sie hinein- und hinausschlendern kann wie bei einer Auktion. Sie weiß, dass ich über mein Leben reden möchte, nur habe ich dann immer das Gefühl, als würde mir etwas geraubt werden.

Das kann nicht sein, sagt sie.

Wenn ich über mein Leben spreche, habe ich das Gefühl, es wäre Raubgut.

Dein Eigentum kannst du nicht rauben, Liam.

Ich erwidere, dass ich nicht wisse, was mein Eigentum sei. Ich glaubte immer, mein Leben und meine Tochter würden mir gehören, aber inzwischen frage ich mich, ob man tatsächlich der Eigentümer seines Lebens ist.

Wenn du etwas für dich behältst, tut dir das nicht gut, sagt sie. Muss ich erst ein Loch in deinen Dickschädel bohren?

Ich habe nur ein einziges Thema, meine Tochter.

Dann los, sagt sie.

Meine Tochter, erzähle ich ihr, sei ins Grübeln geraten. Maeve. Sie ist jetzt fünfundzwanzig und in ihrem Job, den sie auch mag, sehr erfolgreich, aber irgendetwas stimmt nicht. Sie arbeitet bei einer dieser Online-Firmen, und dort redet man ihr ein, die Firma sei jetzt ihre Familie. Ich weiß, dass man das den Angestellten sagt, damit sie sich am Arbeitsplatz, in ihrer neuen Familie wohlfühlen. Aber sie grübelt viel. Das hat sie vermutlich von mir.

Irgendetwas fehlt.

Zum Beispiel?

Ihre echte Familie.

Der Haupteingang kommt in Sicht, dahinter der Verkehr auf der Straße. Wir stehen mitten auf dem breiten Weg. Auf der einen Seite liegt der See, auf der anderen steht die Villa, nur dass die Seiten jetzt vertauscht sind, weil wir aus der anderen Richtung kommen. Und ich erzähle ihr den ganzen Kram über meine Tochter, will wissen, ob es gute Gründe für all das gibt.

Du siehst das zu dramatisch, sagt Úna.

Ich erwidere, dass meine Tochter Fragen gestellt habe.

Welche Fragen?

Maeve möchte wissen, wer sie ist. Sie fragt nach mir und nach Emily, ihrer Mutter. Nach den wahren Hintergründen. Sie glaubt uns nicht.

Sie ist einfach nur nervös wegen der Hochzeit, Liam.

Sie überlegt, alles abzublasen, sage ich.

Das darfst du nicht zulassen, sagt Úna.

Sie hat Zweifel.

Du darfst nicht zulassen, dass sie zweifelt, Liam. Oder die Heirat absagt. Ich habe auch eine wunderbare Hochzeit und eine vielversprechende Ehe ausgeschlagen. Ich glaubte damals, es wäre zu schön, um wahr zu sein. Liam. Hör mir gut zu: Richte Maeve aus, dass sie die Hochzeit nicht abblasen soll. Bitte. Sonst wird sie es ihr Leben lang bereuen.

Vielleicht ist sie noch nicht bereit.

Du bist überbehütend, Liam. Deine Tochter ist dein kleines Juwel. Du musst sie loslassen.

Ich möchte ihr beistehen.

Du bist abhängig von deinem eigenen Kind, Liam. Komm, reiß dich zusammen. Diese väterlichen Instinkte! Väter, die ihre Töchter zugrunde lieben. Das ist widerwärtig. Mir wird gleich schlecht. Denk an die Gefühle anderer Menschen, sagt sie. Ihr habt eine kuschelige Vater-und-Tochter-Kiste, die alle anderen ausschließt. Du willst nicht, dass sie erwachsen wird. Genau darum geht es, Liam. Du möchtest, dass sie ein Kind bleibt. Und zwar das Kind, das du in ihr siehst. Ich wette, du lässt sie nicht mal über die Straße gehen, ohne dabei ihr Händchen zu halten.

Ich liebe sie.

Pah. Deine Liebe für sie gleicht einem überheizten Raum, sagt sie. Sie gleicht der Glaskathedrale dort drüben, in der während des ganzen Jahres fünfunddreißig Grad herrschen. Du erstickst sie.

Du hasst es, wenn ich von Maeve erzähle, richtig?

Sie wird heiraten, Liam. Lass sie los. Sie ist jetzt für sich selbst verantwortlich.

Du erträgst es nicht, wenn meine Tochter im Mittelpunkt steht, oder?

Liam. Ich will dir nur helfen, dein Leben in Besitz zu nehmen.

Manfred wartet auf uns. Er steht am Eingangstor, blickt in den Park, hält Ausschau nach uns. Ich will den Rollstuhl weiterschieben, aber sie bremst mich wieder.

Warte, sagt sie. Komm, lass dich drücken.

Also bücke ich mich und überlege, wie ich sie im Rollstuhl am besten umarmen kann. Sie lässt die durchsichtige Tasche mit ihren Habseligkeiten los und streckt mir die Arme entgegen. Und als ich mich drücken lasse, stelle ich fest, dass ich meine Arme nicht ganz um sie legen kann, und der Rollstuhl bewegt sich plötzlich rückwärts, und ich muss ihre Tasche festhalten, die zwischen uns zu Boden zu rutschen droht. Ich fange sie mit den Knien auf. Wenn ich vorher die Bremsen arretiert und ihre Tasche abgestellt hätte, wäre die Sache wohl etwas zu förmlich gewesen. Deshalb improvisiere ich. Ich bemühe mich, alles im Griff zu behalten, ohne den Eindruck zu erwecken, dass ich mir zu viele Gedanken über Dinge mache, die jetzt unwichtig sind. Sie zieht vor allen Leuten im Botanischen Garten mein Gesicht auf ihre Schulter. Ich bücke mich so tief wie möglich zu ihr hinab, doch der Körperkontakt beschränkt sich auf ihre Wange, und sie zieht mich am Hals immer tiefer, bis ich den Rollstuhl kaum noch festhalten kann. Ihr Atem geht laut, ich kann seinen Rhythmus hören.

Noch bin ich da, Liam, sagt sie.

Ich bringe kein Wort hervor. Bin stumm. Ich bücke mich zu ihr hinab, wobei ich versuche, ihr nicht wehzutun. Sie hat natürlich trotzdem starke Schmerzen, aber sie verschweigt und verdrängt sie. Außerdem hat sie keinen Sohn, den sie drücken könnte, nicht einmal ihren Bruder.

Manfred wartet am Tor, die Hände hinter dem Rücken verschränkt. Er steht breitbeinig da. Die Brust gereckt.

Sieht aus, als hätte er schon eine ganze Weile so dagestanden und uns beobachtet. Er regt sich nicht. Ich winke, damit er weiß, dass wir kommen, aber er steht weiter so reglos da, als hätte er uns nicht gesehen. Er blickt unverwandt in unsere Richtung, als würde er immer noch auf unser Erscheinen warten.

14

Ihr Testament. Sie hinterließ ein Testament wie eine Kurzgeschichte, die das gesamte Personal ihres Lebens beinhaltete. So versammelte sie alle Menschen um sich, die ihr etwas bedeuteten, sprach sie nach ihrem Tod persönlich an, vermachte jedem Einzelnen neben dem, was sie ihm oder ihr zugedacht hatte, auch noch ein paar Worte. Das Testament war so lebendig abgefasst, dass es schien, als wäre sie anwesend, würde das Gespräch bestimmen und allen anderen wie üblich Anweisungen für die richtige Lebensführung geben. Als wollte sie immer noch wissen, was los war und wie es ihren Freunden ging. Was es Neues gab. Zum Beispiel, wer der nächste Präsident der Vereinigten Staaten sein würde.

Da sie bei ihrem Tod nicht mehr auf ihrem Geld sitzen wollte, vermachte sie den Großteil ihres Vermögens einer Stiftung, die sich dem Wohl von Kindern widmete.

Ihr letzter Wille, ihr Testament. Man könnte sagen, dass sie dadurch noch ein wenig – für ein paar Seiten –

weiterlebte. Verschwinden und verstummen die Menschen durch ihren Tod einfach so? Nein, meinte sie, man setze das Gespräch trotzdem fort, und zwischenmenschliche Beziehungen entwickelten sich weiter, nur dass man den Verstorbenen plötzlich viel besser verstehe. Er würde sich in eine Geschichte verwandeln, die man unbedingt erzählen wolle.

Sie hat niemanden vergessen. Gedenkt jedes Einzelnen persönlich. Und zwar mit individuellen Worten.

Was sie mir in ihrem Testament mitteilte, hatte sie mir schon zu ihren Lebzeiten gesagt. Es waren schlichte Worte. Solange ich lebe, werde ich dir nie vergessen, dass du mit mir nach Berlin gefahren bist. Vielen Dank, Liam. Danke. Danke.

Was soll man darauf erwidern? Ich habe sie überlebt, und im Grunde wäre es an mir, mich zu bedanken. Aber das geht natürlich nicht mehr. Jedenfalls nicht mündlich. Sie hat das letzte Wort, denn keiner von uns hat noch die Chance, ihr zu antworten. Das wird vielleicht erst möglich sein, wenn wir unser eigenes Testament aufsetzen.

Das Schreiben, sagte sie, gleicht der Aufstellung einer Liste. Man legt eine Liste an. Eine ganz eigene Liste.

Und so setzte sie ihre abschließende Liste auf.

Ich übergebe und vermache, hieß es anfangs, und danach führte sie jeden auf, den sie mit Geld oder Besitz bedenken wollte. Sie setzte das Testament nach ihrer Rückkehr aus Berlin auf, und der Text verriet, dass sie gründlich nachgedacht hatte. Sie hatte sich die Worte für jeden Einzelnen in aller Ruhe überlegt.

In liebender Erinnerung an all die Biere.

Für eine neue Teekanne, nachdem ich die alte zerbrochen habe.

Für all die Nachrichten, die du mir telefonisch hinterlassen hast und die einem warmen Feuer glichen, zu dem ich heimkehren konnte, und bitte entschuldige, dass ich nicht immer gleich geantwortet habe.

Für ein neues Paar Handschuhe – wenngleich! Das schien ein Witz zu sein, den nur sie und die Person verstanden, die das Geld für Handschuhe bekam.

Dafür, dass du dich so liebevoll und aufopfernd um Buddy gekümmert hast, während ich auf Reisen war.

Für deine Phantasie und deine Schlagfertigkeit.

Für deine Geduld während meiner mürrischen Momente. Weil du nicht wütend wurdest, wenn ich dir den Rücken zukehrte, nach der Zeitung griff und alle anderen am Tisch ignorierte, als würde mir meine eigene Gesellschaft genügen.

Für den Tag, als wir beide klitschnass wurden, weißt du noch? Als wir den Wellen zusahen. Über ihre Wut staunten.

Für damals, als ich mich in Wicklow verfranste und das Cottage nicht finden konnte und es dann doch noch fand.

Weil du alles über Dublin wusstest, was ich vergessen hatte. All das, was mir immer nur einfiel, wenn ich jemanden zum Reden hatte. Weil du mir gezeigt hast, wo sich die Tür zur Damentoilette im Kehoe's befand, bevor sich alles veränderte. Weil du dich an den verrücktesten Barkeeper der Welt erinnert hast. Weil du genau wusstest, was es in Dublin früher gab, die Straßen und die Ecken, die Blumenmädchen und das Bewley's in seinem ursprünglichen Zustand, als man dort den ganzen Tag vor einer Tasse Kaffee und einem immer matschiger werdenden Brötchen mit Kirschkonfitüre sitzen konnte und nur ab und zu den Kopf hob, um die Leute in Augenschein zu nehmen. Weil du noch die alten Geschäfte kanntest, zum Beispiel den Buchladen in der Grafton Street, und in der South Anne Street das einzige Restaurant, das wir uns leisten konnten. Weil wir in einem Nobelrestaurant ein feistes Essen mit der Absicht in uns hineinstopften, die Zeche zu prellen und heimlich zu verschwinden, nur dass mir das Essen dann so schwer im Magen lag, dass ich kaum noch laufen, geschweige denn rennen konnte, und als wir hastig aufstanden und zur Tür eilen wollten, entschied ich mich in letzter Sekunde anders und stelzte zur Toilette, als müsste ich dringend, und dann bezahlte ich die Rechnung doch noch. Für alle Dinge, die ich andernfalls längst vergessen hätte. Für die Erinnerung an ein Dublin, das nur aus ein paar Pubs bestand. Weil du dich an alle Leute und die Reihenfolge erinnern konntest, in der sie an der Bar standen, sogar daran, was sie erzählten, und wo in aller Welt sind sie alle geblieben?

Weil du die Zeit bewahrt hast. Unsere Zeit.

Sie bedachte jeden Menschen, der ihr wichtig war. Sie verteilte einige ihrer Möbel und führte manche Stücke einzeln auf, dachte an bestimmte Gäste und den Platz am Tisch, auf den sie sich gesetzt, die Tasse, aus der sie immer getrunken hatten. So hinterließ sie zum Beispiel jemandem ihren zweitbesten Stuhl, wahrscheinlich auch ein privater Scherz, über den sie zu ihren Lebzeiten gelacht hatten.

Einigen Freunden vererbte sie aus Dankbarkeit Geld, für Lieder und Inspiration, Ermutigung und Unterstützung. Weil ich mit dir ich selbst sein durfte, schrieb sie, weil du mich angespornt hast, als ich es brauchte. Ihr Testament zeugte von großem Optimismus. Sie sparte nicht an Lob und erinnerte die Leute daran, dass ihre guten Seiten viel wichtiger waren als ihre schlechten. Man solle der guten Zeiten gedenken, schrieb sie, die Zukunft könne man getrost sich selbst überlassen.

Schwer zu sagen, ob die betreffenden Personen ihren Rat beherzigten. Außerdem konnte sie niemanden juristisch dazu verpflichten, die Möbel zu behalten oder das Geld auf die von ihr gewünschte Art zu verwenden. Sobald man geerbtes Geld in der Hand hat, wird es anonym. Vielleicht münzte man es auch in Erinnerungen um, verpulverte es für eine Kneipentour, um sich ihr zum Gedenken sinnlos zu betrinken. Wer weiß, wofür das Geld am Ende ausgegeben wurde? Vielleicht für die Kraftfahrzeugsteuer, vielleicht floss es ins Haushaltsgeld und wurde für den Kauf von Pizzen verwendet, auch eine Form des Gedenkens. All das wäre in Ordnung gewesen, Hauptsache, man spürte das Geld wenigstens für einen Augenblick in der Tasche.

Einer befreundeten Autorin schenkte sie die gelben Vorhänge, die im Fenster ihres New Yorker Zimmers geweht hatten.

Einem anderen Schriftstellerfreund vermachte sie etwas Geld für all die Wege, die noch nicht ohne Karte abgewandert worden waren.

Noleen bekam Geld, um weiter reisen zu können.

15

Ich musste gerade an ihre Schuhe denken, die Schuhe, die sie in Berlin trug. Die roten Segeltuchschuhe. Ich werde sie bis an mein Lebensende nicht vergessen. Wo mögen sie geblieben sein? Denn niemand geht seinen Schuhen verloren. Man wird von seinen Schuhen aufbewahrt. Klingt das einleuchtend? Die Füße stecken selbst dann noch in den Schuhen, wenn man sie abends ausgezogen und unters Bett gestellt hat. Selbst wenn man sie nicht trägt, hat man sie noch an. Sie erwecken den Eindruck, als könnten sie von selbst losmarschieren.

Vielleicht wurden die Schuhe mit ihren Kleidern weggegeben, vielleicht wurde alles verstreut oder verteilt oder was auch immer mit Dingen geschieht, die nicht in einem Testament aufgeführt oder weitervererbt werden können. Ob ihre Schuhe zwischen den Schuhen anderer Menschen in einem sozialen Kaufhaus gelandet sind? Trugen sie ihren Teil zu dem Geruch des Gebrauchten bei, der abgelegten Kleidern und Schuhen anhaftet? Stehen sie zwischen all den Dingen, die nicht nur getragen, sondern auch geliebt wurden? An einem der Orte, wo man in den Habseligkeiten Fremder wühlt, weil man hofft, noch etwas von Wert zu entdecken? An solchen Orten findet man Puppenhäuser, ein vollständiges Monopoly-Spiel oder gut erhaltene Lampen, deren Pendant leider fehlt. Man stößt auf Unerwartetes, zum Beispiel auf St.-Patrick's-Day-Medaillen, die man seit der Schulzeit nicht mehr zu Gesicht bekommen hat, einen Hurling-Schläger mit Grasflecken und Autogramm oder Leuchtfiguren des heiligen Christophorus, die man auf dem Armaturenbrett seines Autos anbringt. Mein Vater, ein Sicherheitsfanatiker, besaß auch eine. Teekannen mit Tierkopf, Toby-Krüge, einen Becher mit dem Hochzeitsfoto von Prinz Charles und Lady Di und kaputtem Henkel. Eine Milchflasche mit dem Logo einer Fußballweltmeisterschaft. Man beachtet die anderen Kunden kaum, hält nur manchmal Ausschau nach ihren Funden, als wüsste man erst, was man sucht, wenn es ein anderer gefunden hat. Während man sich durch einen Kinderwagen voller alter DVDs wühlt, stöpselt jemand gerade einen intakt aussehenden Fön ein, um zu prüfen, ob er noch funktioniert.

Und all die Schuhe, Regale voller Schuhe, die Menschen überall im Land getragen haben. Wer weiß, welche Wege damit zurückgelegt wurden? Schuhe, die Menschen um die Welt beförderten, durch Züge, Flughäfen, Einkaufszentren, Kinos, Schuhe, die von Reisen erzählen. Aus rätselhaften Gründen entsorgte Schuhe, makellos und wie neu und vielleicht nur kurz in Gebrauch, weil Größe oder Passform nicht stimmten. Laufschuhe, Slipper, Segelschuhe, Stiefel mit pelzbesetztem Schaft, Schuhe mit so hohen Hacken, dass sie unmöglich jemand getragen haben kann, zahllose gewöhnliche Schuhe und Leben, die eigentlich niemand geführt haben kann.

Ich kann mich daran erinnern, dass sie mir von dem Besuch bei einer auf dem Land wohnenden Künstlerin erzählte, die Schuhe an die Wand geklebt hatte. Sie schilderte dies in einem ihrer Bücher. Wie sie auf Schuhe stieß, die jemand in Kunstwerke verwandelt hatte. Ich hätte das gern mit eigenen Augen gesehen. An der ganzen Wand, vom Fußboden bis zur Decke. Und vielleicht ist das meine Hoffnung – dass ihre Schuhe am Ende zum Bestandteil einer Montage geworden sind, dass man sie aufbewahrt hat, die roten Segeltuchschuhe.

Sie waren etwas ausgefranst und verblasst, von ihren Füßen ausgebeult, mit abgestoßenen Kappen und schiefen Hacken. Und einer mit abgerissenem weißem Schnürband. Ja, so habe ich sie in Erinnerung.

16

Sie half mir, in die Vergangenheit zu schauen und mit meinen Erinnerungen klarzukommen. Ich erzählte ihr von der Sache, die in meiner Familie schwelte, seit ich denken kann. Ich weiß bis heute nicht genau, was es war, weil sich kaum jemand dazu äußerte. Das passiert Menschen, die den Mund nicht aufbekommen, sagte sie, sie verhalten sich wie ihr Vater, wie ihre Mutter oder, in meinem Fall, wie der Onkel. Ich gab mir große Mühe, nicht wie mein Vater zu werden, und glich am Ende eher seinem Bruder. Dem Jesuiten. Ein wortkarger Mann. Er sprach nur, wenn es unbedingt erforderlich war.

Unser Jesuit war in der Familie sehr beliebt. Väterlicherseits hatte ich eine Tante, die ihren ganzen Besitz dem Gnadenhof für Esel und den Jesuiten vermachte. Man kann natürlich nicht erwarten, dass einem nach dem Tod eines Verwandten ein Vermögen in den Schoß fällt, und man darf das Andenken an einen Verstorbenen nicht von der Höhe des Erbes abhängig machen. Im Falle meiner Tante sah die Sache sowieso anders aus, weil sie ganz reizend zu uns war. Wir liebten sie. Einmal fuhr sie mit meinem Bruder und mir nach Cork zum Gnadenhof für Esel, ein Besuch, den wir immer noch in bester Erinnerung haben. Ich wusste, dass ihr der Gnadenhof viel bedeutete. Und genauso die Jesuiten.

Als wir nach Cork fuhren, war ihr Mann erst kürzlich verstorben. Sie trug noch Trauer und wollte die weite Fahrt nicht allein machen. Wir sollten ihr Gesellschaft leisten. Diese Fahrt werden mein Bruder und ich nie vergessen, denn unsere Tante brach unterwegs immer wieder in Tränen aus, erklärte uns aber alle Sehenswürdigkeiten, so auch den Rock of Cashel, der irgendwann hinter einer Biegung in Sicht kam. Wir hätten nie gedacht, dass es noch etwas so Uraltes wie den Rock of Cashel gab. Vermutlich fühlte sich unsere Tante besser, wenn sie auf Achse war. Und dann blieb das Auto in Cork City auf dem steilsten Hügel ganz Irlands stehen. Ich kann mich noch an das Sprotzen des Motors und das Lachen meiner Tante erinnern, ein verängstigtes Lachen, das uns beide in Furcht versetzte, weil wir glaubten, sie hätte die Handbremse nicht angezogen, so dass wir gleich bergab rollen würden. Sie stellte ihr Auto quer auf die Straße, und wir stiegen aus. Sie sagte, in Cork, am Fuß des Hügels, kenne sie jemanden, der das Auto wieder in Gang bringen könne. Sie kaufte uns Fish and Chips, etwas, das wir noch nie gegessen hatten, weil mein Vater alles ablehnte, was nicht zu Hause gekocht wurde. Fish and Chips, das war in unserer Familie ein Fremdwort, etwas, das nie erwähnt und auch nie verlangt wurde. Fish and Chips, das war etwas für andere Leute. Deshalb vergaß ich nie, dass ich in Cork Fish and Chips essen durfte. Es war ein großes Geschenk, fast wie ein Erbe, etwas, das ich behalten konnte, das sich nie erschöpfte.

Meine Tante hatte ein umwerfend schönes Lächeln, wobei sie meist mit den Augen lächelte, und sie war sehr spendabel. Sie spendierte uns in Cork ein Hotel. Sie hatte ein Zimmer, und wir hatten ein Zimmer. Ich musste mir allerdings mit meinem Bruder ein Bett teilen, in dem wir möglichst weit auseinanderrückten. Wir wünschten meiner Tante eine gute Nacht, aber dann standen wir wieder auf. Keine Ahnung, warum. Vielleicht wollten wir einfach wach sein. Vielleicht hielten wir es für Zeitverschwendung, in Cork zu schlafen. Wir wechselten kein Wort miteinander, aber ich wusste, was mein Bruder dachte, und er wusste, was ich dachte. Wir stimmten wortlos überein, sprachen nur das Allernötigste. Wir verließen das Zimmer und machten einen Erkundungsgang nach unten. So nannten wir die Sache wohl insgeheim.

Wir gingen durch das Foyer zur Tür. Vermutlich wollten wir die nächtliche Straße und den erleuchteten

Hoteleingang mit der kaputten Glühbirne sehen. Wir wollten Leute sehen, egal wen, die draußen rauchten, wollten den Zigarettenrauch im Freien riechen. Die Nachtluft in den Straßen. Wir wollten unseren Atem sehen, der wie Nebel wölkte. Und die vorbeifahrenden Autos. Anhand der Scheinwerfer und des Motorengeräusches das Modell erraten, vor allem bei Motorrädern, die PS-Zahl und die Höchstgeschwindigkeit.

Und als wir dort standen, sahen wir ein Paar, das Händchen haltend aus dem Hotel kam. Wir begriffen erst verspätet, dass wir die beiden kannten. Da war meine Tante, sie ging auf uns zu. Ich befürchtete schon, sie würde uns wieder ins Bett schicken, denn sie hatte uns nicht erlaubt, nach draußen zu gehen. Ihr Begleiter trug einen hellgrauen Anzug, und deshalb erkannten wir ihn nicht sofort. Es war der Bruder meines Vaters, der Jesuit. Obwohl er nicht wie ein Jesuit gekleidet war, erkannten wir sein Gesicht und seine Stimme. Er war vor wenigen Wochen auf der Beerdigung des Mannes unserer Tante, unseres Onkels, gewesen und hatte für ihn die Messe gelesen.

Wir standen vor einem Geländer, und sie hätten uns eigentlich bemerken müssen. Ich dachte vergeblich über eine Ausrede dafür nach, dass wir uns draußen aufhielten, obwohl wir schon gute Nacht gesagt hatten. Aber sie liefen blind an uns vorbei. Vielleicht, weil sie nicht mit uns rechneten. Der Bruder meines

Vaters sah mir zwar in die Augen, erkannte mich aber nicht. Er hielt uns offenbar für fremde Jungs, die vor dem Geländer herumlungerten.

Meine Tante lächelte. Aus ihrem Lächeln sprachen sowohl Glück als auch Traurigkeit. Auf der Beerdigung ihres Mannes konnte sie sich kaum auf den Beinen halten und wurde auf beiden Seiten gestützt. Auf der Treppe verlor sie einen Schuh, den man ihr wieder anziehen musste, denn ihre Füße waren wie taub, und sie schien keine Bodenhaftung mehr zu haben. In meinen Augen war sie die personifizierte Trauer, und genau das verwirrte mich. Wie konnten Trauer und Freude so nahe beieinanderliegen?

Vielleicht sind Trauer und Freude das Gleiche, dachte ich.

Der Bruder meines Vaters, der Jesuit, hob den angewinkelten Arm, und sie hakte sich bei ihm ein. Wir sahen, wie sie Arm in Arm davongingen und am Ende der Straße stehen blieben. Meine Tante legte ihren Kopf auf seine Schulter, und dann waren sie außer Sicht. All das beobachteten wir, mein Bruder und ich. Ich fand es nicht verdächtig, sondern fragte mich nur, ob unser Onkel Süßigkeiten in der Tasche hatte. Mein Bruder hatte den gleichen Gedanken, wir hatten immer die gleichen Gedanken. Hatte der Bruder meines Vaters, der mit unserer Tante davonschlenderte, Süßigkeiten in der linken Tasche, vielleicht Weingummis? Wir behielten die Sache für uns. Wir konnten niemandem davon erzählen, nicht unserer Mutter, nicht unserem Vater, weder dem Jesuiten noch unserer Tante, nicht einmal uns selbst. Wir hatten Angst, dass man uns auf die Schliche kommen würde. Wir wussten nicht, wie wir uns zu dem verhalten sollten, was wir beobachtet hatten, und deshalb taten wir so, als hätten wir nur Autos und Passanten gesehen, sonst nichts. Wir gingen in unser Hotelzimmer und zogen den Schlafanzug an und versuchten zu schlafen, Seite an Seite, und mein Bruder zog mir immer wieder die Decke weg.

17

Sie macht sich Sorgen um Buddy. An der Berliner Mauer dreht sie sich zu mir um und will wissen, ob es Buddy gut geht. Sie will von mir hören, dass alles in schönster Ordnung ist, dass er lang ausgestreckt auf dem Fußboden liegt, mit gespitzten Ohren auf jedes Geräusch horcht und die Tür in der Erwartung anstarrt, dass sie hereinspaziert kommt, damit er aufspringen, sie umtanzen, ihre Ankunft auf Art der Hunde feiern kann. Er ist rundum glücklich, antworte ich. Ob du nur kurz eine Flasche Wein kaufen gehst oder nach Berlin reist – das ist für ihn das Gleiche. Außerdem ist er an ihre Abwesenheit gewöhnt. Wenn sie nach New York flog, blieb er bei Mary, ihrer Nachbarin. So war er immer daheim. Und wenn sie wieder zu Hause war, fuhr sie als Erstes mit ihm nach Clare, damit sie gemeinsam über den Burren laufen konnten. Dort rannte er voran, kehrte aber immer wieder um, weil er wissen wollte, ob sie noch da war.

Ob es ihm gut geht, Liam, was meinst du?

Er ist in guten Händen, Úna.

Glaubst du, dass er das weiß?

Was soll ich darauf antworten? Ihr ist bewusst, dass Hunde wissen, was los ist, denn sie können Krankheiten wittern, aber ich will sie nicht daran erinnern. Außerdem kann sie davon ausgehen, dass Mary ihn wie ein Familienmitglied behandelt und dass seine Freude umso größer sein wird, wenn er sie schließlich wiedersieht.

Wir stehen vor den Resten der Berliner Mauer, gehen auf der Seite mit den vielen Graffiti entlang. Schwer zu sagen, ob wir uns vor oder hinter der Mauer befinden. Wir betrachten sie von oben bis unten und stellen fest, dass sie nicht so hoch ist wie gedacht, jedenfalls im Vergleich mit ähnlichen Mauern. Sie ist begeistert von den Farben und den Zeichnungen. Sie bringt Manfred dazu, ihr Geschichten über den Bau der Mauer und fliehende Familien zu erzählen, über Mütter, die ihre Babys über den Stacheldraht reichten, über Tunnel, Spione und die absurden Begebenheiten nach dem Fall der Mauer, etwa die eines Mannes, der ein geliehenes Buch nach dreißig Jahren zur Bücherei zurückbrachte.

Was ging diesen Menschen durch den Kopf?

Sie stellt Manfred mädchenhaft naive Fragen. Denn sie geht gern in der Zeit zurück, bis ganz an den Anfang, um danach alles Schritt für Schritt und logisch nachzuverfolgen. Sie gibt ihm zu verstehen, dass sie einem weißen Blatt Papier gleicht und nichts über den Kalten Krieg oder das zwanzigste Jahrhundert weiß. Sie möchte, dass Manfred alles noch einmal aufrollt, als würde sich dieser Abschnitt der Geschichte vor unseren Augen abspielen.

Wie kann man mitten in der Stadt eine Mauer bauen?, fragt sie. Können Sie mir das erklären, Manfred?

Also fasst Manfred zusammen, was sich vor seiner Geburt zugetragen hat, und das ist komplizierter, als man meint. Er seufzt leise und zählt dann Fakten auf, wobei ihn der Verkehr fast übertönt. Und sie hakt im Kopf einen Punkt nach dem anderen ab und wartet darauf, etwas Neues zu erfahren. Sie mag die Geschichte von der Frau, die sich auf der Flucht unten an ein Auto klammerte, aber im Grunde geht es ihr um Manfred selbst. Sie würde gern wissen, auf welcher Seite der Mauer er aufgewachsen ist. Auf der westlichen Seite, erzählt er, und wenn die Mauer nicht gefallen wäre, hätte er Olga, seine polnische Frau, nie kennengelernt.

Die Vergangenheit ist so kindisch, sagt sie.

Sie bittet Manfred, ihr eine Flasche Wasser zu besorgen, sie sei durstig. Als er losgeht, ruft sie ihn zurück, um ihm Geld zu geben. Sie kramt eine ganze Weile in ihrer Tasche, obwohl das Portemonnaie von außen gut zu sehen ist. Nachdem Manfred gegangen ist, beugt sie sich mit verschränkten Armen im Rollstuhl nach vorn und versucht, sich sein Leben auszumalen.

Stell dir vor, sagt sie, Manfred wäre auf der einen Seite der Mauer und Olga auf der anderen, und sie könnten nicht zueinander kommen. Stell dir vor, wie die Mauer fällt und wie Olga in Manfreds Arme eilt, wie sie in rascher Folge drei Kinder bekommen. Stell dir vor, zum richtigen Zeitpunkt geboren worden zu sein, sagt sie. Stell dir vor, zu früh oder zu spät geboren worden zu sein. Stell dir vor, wie es wäre, wenn du nicht wüsstest, dass sich alles verändern kann. Denk an die vielen Ereignisse, über die noch nicht berichtet wurde. Dinge, von denen wir nichts ahnen. An all die Menschen, die nach mir kommen werden, sagt sie.

Stell dir vor, du wüsstest nicht, was in der Vergangenheit geschehen ist, sagt sie. Stell dir vor, dass etwas vollkommen Unvorstellbares geschieht.

Stell dir vor, du wüsstest nichts von 9/11.

Vielleicht hat sie den Faden verloren. Die Sorge um Buddy holt sie ein, denn er verschwand einmal während eines Spaziergangs, und sie glaubte schon, er würde niemals zu ihr zurückkehren. Das sei der schlimmste Moment ihres Lebens gewesen, sagt sie.

Mach dir keine Sorgen, erwidere ich. Buddy geht es gut.

Er vermisst mich, sagt sie.

Ich versuche sie mit den Worten zu beruhigen, dass es in ganz Irland keinen Hund gebe, der es besser habe als Buddy. Er lebe wie ein Prinz, wie ein Prominenter.

Manfred kehrt mit dem Wasser zurück. Er öffnet die Flasche für sie, und sie trinkt einen Schluck. Dann reicht sie die Flasche samt Schraubverschluss an mich weiter und holt eine Tafel Schokolade heraus. Ich frage, ob sie etwas essen möchte, vielleicht ein Sandwich, aber sie meint, die Schokolade reiche ihr.

Ich fühle mich federleicht, sagt sie.

Sie kann die Schokolade nicht auspacken. Sie hat nicht mehr viel Kraft in den Händen, und ich biete ihr meine Hilfe an, aber sie entzieht mir die Tafel und sagt, das schaffe sie schon noch.

Sie stirbt, das darf man nicht vergessen.

Sie reißt die Verpackung auf, als wäre es der Umschlag eines lang ersehnten Briefes. Ich kann das Geräusch der Silberfolie trotz des Verkehrs hören. Sie mampft, wie sie sagen würde, schlägt ihre Zähne in die Schokolade, als wäre es die letzte Tafel auf Erden. Ich kann hören, wie die Stücke in ihrem Mund zerbrechen, von ihren Zähnen zermalmt werden, als würde sie schwarze Fliesen essen. Sie hält die Tafel so, dass sie sie immer sehen kann, wartet darauf, das nächste Stückchen abbeißen zu können, bevor etwas passiert, bevor ihr die Schokolade von jemandem entrissen wird, der sie noch dringender braucht. Und sie stampft immer wieder mit dem rechten Fuß auf. So habe ich es in Erinnerung: Sie stampft mit dem rechten Fuß auf, als wäre dies eine Hilfe beim Kauen. Sie wiegt sich sanft und rhythmisch hin und her, und aus ihrer Kehle dringt eine Melodie, ein hoher Ton, in dem unausgesprochene Dinge mitschwingen. Ihre Lippen sind schwarz verklebt, ihre Kaugeräusche vermischen sich mit dem Verkehrslärm. Manfred und ich behalten sie verstohlen im Blick.

Entschuldigung, sagt sie.

Dann bietet sie uns die Schokolade an, spricht mit schwarzem Mund, ist aber kaum zu verstehen.

Hier, sagt sie, in meiner Tasche gibt es noch mehr.

Als ich sehe, dass eine Wange mit Schokolade beschmiert ist, hole ich ein Papiertaschentuch heraus, befeuchte es mit Mineralwasser und putze ihr die Wange ab. Sie bemerkt es gar nicht. Stattdessen packt sie meine Hand und erkundigt sich wieder nach Buddy.

Kannst du Mary anrufen, Liam?

Jetzt gleich?

Ich muss wissen, ob es ihm gut geht, sagt sie. Bekommt er auch genug Wasser?

Du willst, dass ich sie gleich hier anrufe?

Bitte, Liam. Er braucht Bewegung an der frischen Luft. Wenn er nicht ab und zu rennen kann, wird er trübsinnig.

Also rufe ich in Dublin an, denn sie wird unruhig und könnte einen ihrer Angstanfälle bekommen. Gut möglich, dass sie gleich in Tränen ausbricht. Sie stopft sich immer größere Schokoladenstücke in den Mund, zwei Stücke auf einmal oder mehr, samt Alufolie und allem, und ich telefoniere mit Mary, erzähle ihr, dass wir schon viel gesehen haben und jetzt vor der Berliner Mauer stehen. Wir gehen nicht chronologisch vor, erkläre ich Mary, nicht in der historischen Reihenfolge, sondern nach dem Zufallsprinzip. Dann füge ich hinzu: Nichts für ungut, Mary, aber wir haben ein kleines Problem. Es geht um Buddy. Ich glaube, sie vermisst ihn.

Ich will ihm nur hallo sagen, ergänzt Úna.

Ich übermittle diese Bitte an Mary und frage, ob sie ihr Telefon an Buddys Ohr halten oder auf Lautsprecher umschalten kann. Natürlich ist das kein Problem, Mary ist zu allem bereit. Ich reiche Úna das Telefon, damit sie Buddy etwas sagen kann. Sie gibt mir die Schokolade, die ich wieder in die Tasche stecken soll, und spricht zu Buddy, lächelt mit schwarzen Zähnen.

Komm her, Buddy, sagt sie. Na, komm, braver Kerl. So ein guter Bursche. So ist es brav, Buddy. Ja, komm.

Du bist in Berlin.

Eigentlich ist die Sache Unsinn. Aber ich weiß, was sie damit bezweckt, sie will ihm das Gefühl geben, dass sie in der Nähe ist. Sie klatscht immer wieder auf ihren Oberschenkel und sagt: Braver Kerl, komm her, Buddy.

Er kann mich hören, Liam.

Manfred steht bereit, falls wir ihn brauchen.

Er bellt, Liam. Er erkennt mich.

Sie reicht mir das Telefon, als würde ich ihr nicht glauben.

Hier, Liam, sprich mit ihm.

Da stehe ich, direkt vor der Berliner Mauer, und sage: Bei Fuß, Buddy. Schuh, Buddy. Hol den Schuh. Das ist sein Lieblingsspiel. Schuh.

Lass das, Liam, sagt Úna, sonst überdreht er.

Er bellt jetzt wie verrückt. Er kann mich zwar nicht sehen, aber ich trickse ihn wie üblich aus, indem ich so tue, als würde ich einen Schuh werfen, den ich in Wahrheit hinter meinem Rücken verstecke.

Er ist ein Border-Collie, Liam. Du putschst ihn auf. Er wird noch das ganze Haus durchwühlen und alles zerfetzen, und die arme Mary wird ihm einen ihrer eigenen Schuhe vorwerfen müssen, damit er sich wieder beruhigt.

Schuh, Buddy. Schuh.

Hör auf, ihn zu quälen, Liam. Gib mir das Telefon.

18

Buddy war auf der Beerdigung. Er saß in der Kirche ganz vorn neben Mary und bellte ein- oder zweimal laut. Bestimmt war er verwirrt durch die Umgebung. Ob er die Kirche für ein freies Feld hielt? Als Úna im Sterben lag, gaben sich die Besucher die Klinke in die Hand, was Buddy sehr beunruhigte. Das Haus war überfüllt. Die Besucher drängten zur Tür herein, um Úna ein letztes Mal zu sehen – Menschen, auf die sie Wert legte, aber auch solche, auf die sie keinen Wert legte. In Buddys Augen waren sie alle gleich. Aber was rede ich da? Er kann die Menschen sehr wohl an ihren Kleidern und ihrem Geruch unterscheiden, und er unterscheidet auch zwischen Frauen und Männern. Er ist ein kluger Hund, und ich glaube nicht, dass er jemals ein Gesicht vergisst. Außerdem war es nur eine kleine Doppelhaushälfte im Stil eines Handwerkerhäuschens. Die Haustür führte von der Straße direkt ins Wohnzimmer.

Er lag auf ihrem Bett, als sie starb.

Er fragte sich vermutlich, wohin sie verschwunden

war. Wusste er, dass sie da mit dem Kopf zum Altar im Sarg lag? Es war eine große Beerdigung, die Kirche war bis auf den letzten Platz besetzt. Vielleicht bellte er, weil er jemanden erkannte, der seinen Kopf getätschelt hatte. Es wurde viel gesungen, Úna hatte die Lieder selbst ausgesucht. Buddy war daran gewöhnt, dass gesungen wurde. Das kannte er aus Clare. Auf dem Fußboden eines Pubs liegend, hatte er oft miterlebt, wie irgendjemand, auf den Tresen der Bar gestützt, ein Lied angestimmt hatte. Er kannte vielleicht sogar ihr Lieblingslied, wer weiß? Ein Lied auf Gälisch. Ein Lied, das sie selbst sang oder vor sich hin murmelte, vor allem die letzten Verse, in denen es um unwiederbringliche Verluste geht.

Sie glaubte nicht an ein nächstes Leben. Ein Leben nach dem Tod gibt es nicht, sagte sie. Wenn es ein nächstes Leben gibt, dann führen wir es mit jeder neuen Minute. Ihr Leben sei nicht anders als das von Buddy, sagte sie, nur dass sie lesen und schreiben könne und den Text eines Liedes auswendig wisse.

Sie wusste selbst nicht, warum sie sich kirchlich beerdigen ließ, aber gab es für so etwas einen anderen Rahmen als eine Kirche? Man bemüht sich nach Kräften, allem zu entkommen, und am Ende landet man doch wieder am Ausgangspunkt. Sie wollte immer in Dublin sterben, als ganz gewöhnliche Person, und sie wünschte sich eine ehrliche, bescheidene, traditionelle

Dubliner Beerdigung. Das dafür erforderliche Geld hatte sie schon vor Jahren zusammengespart. Sie sei zwar nicht gläubig, sagte sie, aber auf eine typisch irische Beerdigung könne man sich sogar als Verstorbene freuen. Und sie hatte recht: Ich sah noch nie so viele Menschen an einem Ort, unter einem Dach, die alle wieder Freunde waren. Sie bestand darauf, dass allen Trauergästen zum Abschluss im Hotel ein Menü serviert wurde. Allen und jedem, ganz gleich, ob jemand schlecht über sie geredet hatte oder nicht. Manche Menschen mochten mich, sagte sie, und andere mochten mich nicht, und das ist in Ordnung.

Einige Menschen haben mich sehr gemocht, sagte sie.

Buddy war auch im Hotel. Wo hätte er sonst sein sollen? Er bekam sein Essen und sein Getränk wie alle anderen auch. Es war ein schöner Tag, sehr sonnig, und wir aßen draußen. Ich saß als einziger Mann an einem Tisch voller Frauen, die Verse aus ihren Lieblingsgedichten zum Besten gaben. Als ich an der Reihe war, fielen mir nur die letzten Verse des Liedes ein, das Úna am liebsten gemocht hatte, *Trathnóna beag aréir*. Was übersetzt so viel wie »kurzer Abend« oder »letzter Abend« bedeutet. Die Verse lauten ungefähr folgendermaßen: Ja, letzten Abend hatten wir einen tollen Abend, und nun hat er sich in den gestrigen Abend verwandelt und ist unwiederbringlich verloren.

Das werde ich am meisten vermissen, sagte sie an der Berliner Mauer. Das Spazierengehen mit Buddy. Wie er unterwegs abzischt. Ich werde es auch vermissen, auf Reisen zu sein und Zufallsbekanntschaften zu machen. Und ich werde es vermissen, im Wind zu stehen, der mir die Wörter aus dem Mund reißt, so dass ich kaum reden kann.

Manfred ist schon zum Auto gegangen, und sie erzählt mir von den Dingen, die sie glücklich machen.

Menschen mit Muße, sagt sie. Ich finde es großartig, wenn sie mir Fragen stellen, wissen wollen, ob ich fort gewesen oder gerade zurückgekehrt bin. Ich genieße es, diesen Farmer in der Nähe von Doolin zu besuchen, sagt sie, der mehr über Elvis weiß als Elvis selbst, die genauen Daten all seiner Hits, die gesamte Discographie, die nutzlosen Informationen auf den Plattencovern. Genauso viel, wenn nicht noch mehr, weiß er über Chuck Berry, sagt sie, obwohl es im Grunde ein Rätsel ist, wozu er all das Wissen braucht, wenn er draußen über die Felsen geht. Er hätte mir das nie im Leben selbst erzählt, sagt sie, aber ich habe gehört, dass er einmal am Finale von *Mastermind* teilgenommen hat. Er hat alle anderen ausgestochen und ist erst an einer Frage zu *Die nackte Kanone* gescheitert.

Und Josie, deren Bruder Packo vor kurzem gestorben ist. Habe ich dir je von ihnen erzählt, Liam? Die beiden waren ein wunderbares Gespann, sagt sie. Ich habe sie immer für Mann und Frau gehalten, bis ich nach Jahren wissen wollte, wie sie sich kennengelernt hatten – vielleicht bei einem Tanz? Sie mussten lachen und antworteten: Nein, wir sind Zwillinge. Und Josie, sagt sie, ist meine einzige Bekannte, die noch eines dieser durchsichtigen Kopftücher aus Plastik trägt, wenn sie zur Messe geht. Packo benutzte bestenfalls eine Zeitung als Kopfbedeckung, er ist immer ins Pub gesprintet. Ihre Freunde hatten alle Namen wie Rosie und Peig und Jerome und Bapty, eine Abkürzung von John the Baptist.

Ich liebe es, jungen Menschen zu begegnen, sagt sie. Junge Augen. Junge, noch nicht erfundene Geschichten. Ich finde es toll, mit den jungen Männern im indischen Restaurant darüber zu reden, woher sie stammen, ob aus Karatschi oder Nepal.

Sie möchte wissen, was mich glücklich macht.

Damit meine ich nicht das Übliche, sagt sie, wie Liebe, Alkohol, Drogen oder den Tag, an dem deine Tochter geboren wurde.

Was denn sonst?

Dinge, die dein Herz aufgehen lassen, Liam.

Ein Leuchtturm.

Welcher Leuchtturm?

Jeder beliebige Leuchtturm. Wenn ich einen Leuchtturm sehe, erkläre ich ihr, bin ich jedes Mal glücklich. Keine Ahnung, warum. Vielleicht gibt mir dieser Anblick das Gefühl, zu Hause zu sein. Es hat etwas mit dem Sommer zu tun. Ich bin sogar beim bloßen Klang des Wortes »Leuchtturm« glücklich. Nicht, dass ich gezielt danach suchen würde. Nein, ich meine Leuchttürme, die ich zufällig sehe oder von denen ich höre.

Ja, du hast recht, sagt sie. Leuchttürme.

Wie jeder andere, erzähle ich ihr, reise auch ich gern. Ich liebe es, Sprachen zu hören, die ich nicht verstehe. Entlegene Sprachen, zum Beispiel Japanisch. Auch wenn ich nicht weiß, worüber man spricht. Ich finde das toll. Ebenso Gälisch. Ich bin immer ganz aus dem Häuschen, wenn ich im Auto zufällig *Radio na Gaeltachta* höre, obwohl ich meist weniger als die Hälfte verstehe. Wenn jemand ohne Punkt und Komma auf Gälisch redet.

Go mbeirimíd beo ar an ám seo arís.

Das heißt: Auf dass wir im nächsten Jahr um diese Zeit noch lebendig sind, sagt sie.

19

Wir kehren in einem Café Einstein ein. Ich helfe ihr aus dem Mantel, aber ihr ist weiterhin sehr heiß. Sie habe das Gefühl, einen inneren Mantel zu tragen, sagt sie. Dann muss sie für kleine Mädchen, wie sie es nennt. Ich schiebe sie zur Damentoilette und helfe ihr aus dem Rollstuhl. Sie bedankt sich und sagt, den Rest schaffe sie allein. Sie kann gehen, braucht aber etwas, worauf sie sich abstützen kann. Sie verriegelt die Tür vorsichtshalber nicht, zieht sie nur zu. Ich warte draußen im Flur, halte sozusagen Wache, damit sie keinen ungebetenen Besuch bekommt.

Wenn ich mich recht erinnere, sprachen wir im Café Einstein hauptsächlich über Väter.

Bei unserer Rückkehr an den Tisch ist ihr immer noch zu heiß oder zu kalt, sie kennt den Unterschied nicht mehr. Sie hält sich zunächst am Tisch fest und bleibt kurz stehen, vielleicht hat sie Schmerzen. Dann setzt sie sich und nimmt die Mütze ab. Jetzt wissen alle Bescheid. Sie lächelt die Leute an. Sollen sie nur starren.

Sie erzählte von ihrem Vater, und ich erzählte von meinem Vater.

Sie bestellt einen Kaffee für sich und einen Tee für mich. Mehr will sie nicht. Der Kaffee reicht ihr, sie hat schon genug Schokolade gegessen. Als man den Kaffee mit einem winzigen Glas Wasser serviert, trinkt sie das Wasser und bewundert das Glas. Sie reißt ein Zuckertütchen auf, verschüttet den Inhalt aber auf dem Tisch. Sie fegt alles zusammen und zieht den Zucker mit einer Hand zur Tischkante, lässt ihn auf die andere Hand rieseln und gibt ihn in den Kaffee. Danach klatscht sie in die Hände, um die letzten Körnchen loszuwerden. Sie rührt den Kaffee um und nippt daran, lehnt sich dann zurück und betrachtet die Gesichter. Sie mustert alle, die Kellnerin und die beiden gegenübersitzenden Frauen, die jeweils auf ihr Handy starren.

Sie konnte sich an die Augen ihres Vaters erinnern. Sie wollte ihrem Vater gleichen, nicht ihrer Mutter. Seinen Augen war es egal, was er hinter sich zurückließ. Ihr Vater war glücklicher als ihre Mutter, denn er liebte sich sehr. Im Gegensatz dazu hatte ihre Mutter nur wenig Liebe für sich selbst.

Ich habe Apfelstrudel bestellt, und als er serviert wird, beugt sie sich neugierig vor. Sie bemerkt, dass man mir Soße aufgetan hat, obwohl ich keine haben wollte, da sie mich an die gelbe Tür erinnert, aber egal.

Auf der Speisekarte steht Soße, sagt sie. Vanillesoße, um genau zu sein. Sie ist nicht so knallig wie unsere Soße.

Sie nimmt meine Gabel und trennt ein Häppchen Apfelstrudel ab. Sie taucht das Stück in die Vanillesoße und schiebt es in den Mund, einen Teigstreifen, der ein wenig an weiches Leder mit Zuckerguss erinnert. Sie nickt mir zu und sagt, es schmecke köstlich, fragt, warum ich keine Soße mag. Danach isst sie weiter, als hätte sie den Strudel bestellt. Als nur noch die Hälfte übrig ist, legt sie die Gabel weg und überlässt mir den Rest.

Úna! Du hast eine ganze Hälfte gegessen.

Sie lacht. Entschuldige.

Jetzt kannst du das Stück auch aufessen, sage ich.

Ich platze gleich, sagt sie, schiebt den Teller von sich fort und dreht sich zu den beiden gegenübersitzenden Frauen um, die offenbar gemeinsam reisen. Eine blättert im Reiseführer, um zu entscheiden, wohin es als Nächstes gehen soll. Die andere hantiert mit einer Kamera, geht vermutlich die Aufnahmen der Orte durch, an denen sie schon gewesen sind.

Im Blick meines Vaters lagen sowohl Stadt als auch Land, sagt Úna.

Ihr Vater, erzählt sie, habe die Menschen zu den Städten in Beziehung gesetzt. Er wusste, woher die Leute stammten, was sie in die Stadt geführt hatte.

Er durchschaute, was sie besaßen, was sie begehrten, was sie verloren hatten. Er sammelte ihre Worte, ihre Geräusche, den Geruch von Bier und Qualm, der in ihren Kleidern hing. Das Gerede der dicht an dicht an der Theke stehenden Leute. Sie kann sich noch an die Bar in Dublin erinnern, die er oft besuchte. Dort gab es eine Telefonzelle mit einer Tür, so dass man den Kneipenlärm aussperren konnte, wenn man zu Hause anrief und behauptete, man sei aufgehalten worden.

Sie reißt noch ein Zuckertütchen auf. Nein – sie schwenkt es vorbereitend hin und her.

Die Augen ihres Vaters bewahrten alles, was sie sahen. Die Augen ihrer Mutter verleugneten alles, was sie sahen. Die Augen meines Vaters, sagt sie, speicherten alle Ereignisse, die Promi-Hochzeiten und die Bälle im Mansion House. Die zahllosen Schwarzweißfotos aus dem Dublin der sechziger Jahre, als die Leute den in Irland ungewohnten Wein tranken. Leute, die viel lächelten. Leute mit Schamgefühl, für die Besitz noch nicht im Vordergrund stand. Damals galt es noch nicht als Schande, kein Geld zu haben, denn damals konnte kaum einer die Rechnung begleichen, und jeder ließ im Lebensmittelladen anschreiben. Damals ging es langsam aufwärts. Das war eine Zeit, sagt sie, als Tanzhallen und Mehrzweckräume nach Rauch und Schweiß und Parfüm stanken. Männer mit Fliege, Frauen in schulterfreien Kleidern und mit gut versteckten Medaillons für die Heiligenbildchen. Die Leute gaben sich mondän, sahen wohlhabend aus und taten modern, aber es war trotzdem Dublin, und jeder kannte jeden, sagt sie, jeder wusste, was der andere hatte oder nicht. Es war unmöglich, anonym zu bleiben.

Was es nicht wert war, von den Augen ihres Vaters gesehen zu werden, war auch das Geschehen nicht wert. Als Journalist musste er wissen, welches Ereignis die Teilnahme lohnte und welche Person ein Gespräch wert war und woran man sich erinnern sollte. Welcher Politiker sich gern mit Frauen sehen ließ, die noch richtig damenhaft waren. Irland hatte nie glanzvollere Zeiten erlebt, sagt sie. Damals war es glanzvoll, Stewardess oder Journalist zu sein, ja sogar Priester waren glanzvoll. Das war die Zeit vor den Avocados. Die Zeit vor dem Joghurt. Das war sogar die Zeit vor den getoasteten Schinken-Käse-Sandwichs.

Ihr Vater, sagt sie, habe darüber geschrieben. Über all die Leute, die eifrig damit beschäftigt waren, Anschluss an die Zukunft zu finden. Leute, die verschwiegen, woher sie stammten. Als der Geschmack der Freiheit noch ganz neu und die Geschichte Irlands gerade erst Vergangenheit war. Als das Land noch kleiner wirkte als heute, sagt sie, kompakter und unschuldiger. Als der goldene Lichtschein der Pubs die einzige Farbe in den Straßen war, sagt sie. Als man in der Entbindungsstation sang, als man unter den Betten frischgebackener

Mütter leere Guinnessflaschen fand. Als Scheidung ein Unwort war, als man »ich fahre nach London« sagte, um eine Schwangerschaft zu umschreiben, als ein noch ungeborenes Baby mehr bedeutete als seine Mutter. Als das Wort Frau hieß, dass man kein Mann war. Als das Wort Reise gleichbedeutend mit einer Fahrt auf den Kontinent war. Als Irland noch entlegen war, eine Insel mit malerischen Landschaften, Flaggenparaden, Autokolonnen und Hurling-Finalen, dem auf Granitwände gepinselten Hinweis, dass man im Meer nicht nackt baden dürfe. Mit Gesprächen nur unter Männern, mit rosigen Männerkörpern, die dem kalten Meer entstiegen.

Und ausgeleierten Badesachen.

Ihr Vater habe sie einmal zum Pferdemarkt in Smithfield mitgenommen, sagt sie. Sie weiß noch, dass sie hinten im Auto saß und seine Augen im Rückspiegel betrachtete. Ich versuchte, seinen Blick zu halten, sagt sie, denn ich wollte ein Mann sein. Ich wollte Auto fahren, Zigarettenrauch aus dem Fenster pusten, ab und zu in den Spiegel schauen. Ich wollte als Frau einem Mann gleichen. Eine Frau mit der Sichtweise eines Mannes sein. Ein Mann, nur eben als Frau und so, wie es nur einer Frau möglich ist. Ich war damals sechs und bewunderte ihn unendlich, sagt sie, sein Selbstvertrauen. Nach dem Motto: Zigaretten stärken das Selbstvertrauen, und einem Mann mit einer Schachtel Zigaretten gehört die ganze Welt. Ich prägte mir alles ein, sagt sie, die Leute, die ihm die Hand gaben, ihm eine Zigarette, einen Drink, ihre Freundschaft anboten. Ich kann mich daran erinnern, dass die Leute ihm ihre Lebensgeschichte darboten wie kostbare Erbstücke. Schüchterne, aber beflissene Leute wischten ihre Hände an der Hose ab, bevor sie ihm die Hand gaben, weil sie kurz vorher vielleicht eine Schaufel oder eine Kuh oder ein Pferd berührt hatten. Frauen klatschten sich das Mehl von den Händen.

Mit seinem Anzug verkörperte er die Stadt, sagt sie. Er besaß die Macht der Worte, bevor man den Begriff »Medien« überhaupt benutzte.

Sie konnte sich daran erinnern, wie die Männer ihren Pferden ein Lächeln entlockten. Wie ihr Vater in das Lachen einer Frau einstimmte, die nicht ihre Mutter war. Und die Frau, die nicht ihre Mutter war, lächelte genau wie die Pferde. Dann preschte ein Junge auf einem scheuenden Pferd durch die Menge. Er war nicht zu bremsen, und die Frau, die nicht ihre Mutter war, ergriff sie bei der Hand, und sie drückten sich mit dem Rücken gegen den Pub. Und sie verschüttete die rote Limonade auf ihrem Kleid.

Diese Frau, die nicht ihre Mutter gewesen sei, habe dann begonnen, sie zu Hause zu besuchen, erzählt sie. Ich weiß noch, wie sie beim Abendessen stritten, sagt sie, am Tisch, mein Vater, meine Mutter und die

Frau, die nicht meine Mutter war. Die Frau, die nicht meine Mutter war, regte sich über eine Bemerkung meiner Mutter auf und marschierte zur Tür hinaus, und mein Vater rannte hinterher, und meine Mutter lief ihm nach. So habe ich es in Erinnerung, sagt sie. Mein Bruder und ich konnten nicht in Worte fassen, was sich in unserer Familie abspielte. Wir waren nur kleine Zuschauer, die nichts begriffen. Es glich dem Anblick der eigenen, im Wasser stehenden Beine, die nicht mehr die eigenen Beine zu sein scheinen, sagt sie. Erst Jahre später habe sie begriffen, was damals am Tisch passiert sei, dass die Frau, die nicht ihre Mutter war, ihren Vater gebeten hatte, mit ihr nach Australien auszuwandern. Sie wollte uns meinen Vater abkaufen, sagt sie. Sie war sehr reich. Sie wollte, dass mein Vater uns zurückließ und nach Australien ging, sagt sie, ohne seine Kinder.

Daraufhin habe ihre Mutter etwas erwidert, erzählt sie. Ihre Mutter habe schnippisch gesagt, hier gehe niemand irgendwohin. Schon gar nicht, bevor nicht alles aufgegessen sei. Sie sollten wenigstens das Essen würdigen, das sie für sie gekocht habe. All die Liebe, die ihr noch geblieben war, hatte sie in dieses Essen gesteckt, und dann hatte sie ihren Wein sehr hastig und mit großen Schlucken getrunken, weil mein Vater erwog, nach Australien zu gehen und uns alle zurückzulassen. Ihr Vater stand auf und sagte, ihm sei der Appetit vergangen. Die Frau, die nicht ihre Mutter war, sprang auf und rannte zur Tür hinaus. Wir standen am Fenster, erzählt sie, und schauten zu, wie sie nacheinander davongingen. Meine Mutter stolperte und blieb auf der Straße sitzen wie ein Häufchen Elend.

20

Die beiden Frauen, die im Café Einstein am Tisch gegenüber sitzen, drehen sich zu uns um. Sie glauben offenbar, dass wir sie angestarrt haben. Wir erwidern ihren Blick. Dann schauen wir alle desinteressiert in andere Richtungen. Die Kellnerin kommt an unseren Tisch und nimmt den leeren Teller mit. Sie erkundigt sich nach weiteren Wünschen. Vielleicht ein Wasser?

Sehr leckeres Wasser, sagt Úna. Aus dem Wasserhahn, richtig?

Ja, antwortet die Kellnerin. Gewöhnliches Leitungswasser.

Úna sagt, sie sei anfangs darauf bedacht gewesen, nicht wie ihre Mutter zu werden. Und am Ende habe sie ihrem Vater geglichen. Oder war es andersherum? Wechselte es vielleicht? Ich bin nach London gegangen, sagt sie, weil ich ganz ich selbst sein wollte. Aber je besser mir das gelang, desto mehr ähnelte ich meinen Eltern.

Ich hatte das Gefühl, dass sie mich verfolgten, egal wo ich war. Ich konnte ihnen nicht entkommen. Sie schickten meinen Bruder zu mir nach London. Mein Vater hatte das veranlasst, weil er nicht mehr für ihn verantwortlich sein wollte. Er hatte die Nase voll davon, dass sein Sohn sich in Dublin herumtrieb und für Scherereien sorgte und den Namen seines Vaters in Verruf brachte. Denn mein Vater war der König, sagt sie, der König des Journalismus, der König der Stadt und all jener Menschen, die sich bei Empfängen trafen. Er wollte nicht, dass sein Sohn zu seiner Achillesferse wurde. Er wollte weder an seine Rolle als Vater erinnert werden, noch wollte er seinen Sohn lieben müssen. Sein Sohn sollte aus seinem Blickfeld verschwinden und keinen Schaden mehr anrichten. Deshalb schickte er ihn nach London, wo er unter meiner Obhut stand. Jimmy, sagt sie, er war damals noch unter achtzehn. Er war im Grunde ein Kind, und ich hätte mehr für ihn tun müssen.

Sie habe ihren Bruder so geliebt, sagt sie, dass sie Angst vor ihm gehabt habe. Er war unser Don Carlos, sagt sie, vom eigenen Vater getötet, der ihn nach London schickte, ohne ihm Liebe mitgegeben zu haben.

Er war das Nesthäkchen in der Familie, sagt sie. Mit den Locken und den großen, offenen Augen seines Vaters. Bei seiner Geburt war ich schon auf der weiterführenden Schule, sagt sie, und ich kann mich noch daran erinnern, wie er auf meinen Knien saß. Ich wusste, wie es war, seine Mutter zu sein. Ich zog ihm die Schuhe an und brachte ihm bei, eine Schleife zu binden. Ich erzählte ihm Geschichten und hörte zu, wenn er sie nacherzählte und durch seine Phantasie bereicherte. Ich weiß noch, wie verschlafen er war, wenn ich ihn weckte, und wie ich versuchte, ihn zum Lachen zu bringen. Man konnte ihm nicht böse sein. Er blieb mir im Haus immer auf den Fersen, beobachtete alles, was ich tat, fragte, warum ich meine Augenbrauen mit einem Stift nachzog und wohin ich wollte und wovon das Buch handelte, das ich gerade las. Er ließ mich keine Sekunde aus den Augen. Er wartete jeden Morgen darauf, dass ich aufstand, weil unsere Mutter den Rausch vom Vorabend ausschlief.

Er war ein Kind, das nicht erwachsen werden konnte. Wie sein Vater lief er zur Bestform auf, wenn er im Pub unter Menschen war. Wie seine Mutter war er gut darin, zu trinken und seine Augen davor zu verschließen. Es war absehbar, dass er wie seine Eltern enden würde, und vielleicht hatte ich deshalb Angst vor ihm – Angst vor seinen Schwächen.

Mein Bruder, meine Schwäche, sagt sie.

Er blieb ein paar Nächte bei mir in London, sagt sie, und schlief auf dem Fußboden. Ich ging zur Arbeit, und wenn ich nach Hause kam, wartete er schon auf mich. Er hatte diesen Blick, der mich anflehte, ihm zu raten, was er tun, welchen Weg er einschlagen sollte. Er hatte nicht einmal genug Selbstvertrauen, um ein

Formular auszufüllen oder irgendwo anzurufen. Er war ein Schussel, vergaß Termine und verlor Dinge, die er in den Taschen trug, sagt sie. Er glaubte, die Bewohner Londons wären eine große Familie. Er erwartete, dass die ganze Welt sein Freund war, so wie er sich wünschte, dass seine Mutter eine Mutter und sein Vater ein Vater war und nicht jemand, der ihn mutterseelenallein nach London schickte.

Damals, sagt sie, sei auch sie noch unreif gewesen. Verstehst du, was ich meine, Liam? Ich verstand noch nicht einmal etwas von Freundschaft. Ich gab meinem Bruder Geld, aber er konnte damit nicht umgehen und bat ständig um mehr. Ich sagte zu ihm, ich sei nicht seine Mutter, und er müsse wie jeder andere lernen, wie man mutterseelenallein lebt.

Liam, sagt sie. Er sah mir in die Augen, aber ich konnte ihn nicht einlassen.

Sie habe seinen Geburtstag nie vergessen, sagt sie. Auch wenn ich mich manchmal erst einige Tage oder eine Woche später daran erinnert habe. Und wenn ich seinen Geburtstag versäumte, lag das daran, dass er gerade unauffindbar war. Ich schwöre bei Gott, Liam, ich habe seinen Geburtstag kein einziges Mal vergessen. Ich war ja seine große Schwester.

Sie greift nach der Serviette und hält sie eine Weile in den Händen. Sie faltet sie zusammen, wieder auseinander, führt sie aber nicht an die Augen.

21

Ihre Hände sind geschwollen. Sie kramt in ihrer Tasche und holt eine Handcreme heraus, die ich noch nie bei ihr gesehen habe. Vielleicht war sie zwischen anderen Dingen versteckt. Sie öffnet den Deckel und reibt ihre Hände ein. Die Creme duftet nach Vanillesoße.

Sie will mehr über meine Kindheit erfahren, aber ich kann ihr kaum etwas erzählen. Ich erinnere mich nur daran, wie ich in einem Boot saß, das mein Vater ruderte, und wie Wasser von den Ruderblättern tropfte. Ich erinnere mich daran, wie mein Vater beim Frühstück flugs den Löffel drehte, damit der Honig nicht tropfte. Ich erinnere mich daran, wie das Wasser nachts in den Rohren dröhnte und wie die Mäuse über den Fußboden huschten.

Das können nicht deine einzigen Erinnerungen sein, sagt sie.

Ich erwidere, ich hätte alles vergessen. Mein Bruder könne sich viel besser erinnern. Ich wollte alles so rasch wie möglich abhaken und überließ ihm die Erinnerungen. Er behält alles im Gedächtnis, damit ich vergessen kann. Daten, Zeiten, Orte, die Details aller Ereignisse. Er hat die gleichen Erinnerungen wie ich, keine Frage, nur weiß er, wo sie zu finden sind.

Ist doch absurd, sagt sie.

Sie hält es für unmöglich, dass ich so wenige Erinnerungen habe, meint, ich würde sie verdrängen. Ich weise sie darauf hin, dass mein Gedächtnis unzuverlässig sei. Wenngleich unzuverlässig oder untreu nicht die passenden Worte dafür sind. Widerstrebend oder widerspenstig wäre besser.

Ich verdränge nur das, woran ich mich sowieso nicht erinnern kann.

Sie schließt die Dose mit der Handcreme und gibt sie wieder in ihre Tasche. Dann beugt sie sich vor, um mir etwas zu erzählen. Sie habe einmal, sagt sie, von einem Schriftsteller gelesen, der behauptet habe, man krieche immer in Richtung Wahrheit. Und das stimmt, sagt sie. Sie wuchs in einer Zeit auf, die im Schneckentempo in Richtung Wahrheit kroch, und weil sie nicht warten wollte, bis das Ziel erreicht war, sprach sie alles aus. Die Wahrheit steckt in meinen Büchern, sagt sie. Ich habe nichts beschönigt. Ich habe es weder besser noch schlimmer dargestellt, als es war. Ich wollte nur ehrlich sein.

Der Rhythmus der Ehrlichkeit, wie sie es nennt.

Sie befürchtet, dass ich keinen Rhythmus habe.

Sie sagt, ich müsse alles ans Licht holen. Ich könne doch nicht einem leeren, unbebauten Feld gleichen. Keine Erinnerungen zu haben sei unmöglich, wenn man lebendig sei.

Erzähl mir von deinem Vater, sagt sie.

Also versuche ich, in einen Rhythmus zu finden, dort, im Café Einstein. Sie ist eine gute Zuhörerin, und sie lässt mir Zeit, mich zu erklären.

Wir waren viel zu ehrlich, erzähle ich. Genau darin bestand das Problem – in zu großer Ehrlichkeit. Mein Vater war Lehrer, und deshalb kannte er Methoden, um den Dingen auf den Grund zu gehen. Er nahm meinen Bruder und mich einzeln ins Kreuzverhör, damit wir uns nicht abstimmen konnten. Die Details dessen, was wir erzählten, waren nie ganz gleich. Ich war das Spiegelbild meines großen Bruders, aber unsere Erinnerungen wichen oft voneinander ab. Wir waren leicht zu verwirren, wurden immer ertappt.

Mein Vater wollte die Wahrheit herausfinden, sage ich zu ihr.

Worüber?

Über den Jesuiten. Über meinen Onkel, den Jesuiten.

Es war das Schweigen, erkläre ich. Der Bruder meines Vaters brachte unsere Familie zum Verstummen. Wir hielten es für eine Tugend, so still zu sein. Wir versuchten, so still zu sein wie ein Jesuit, wir wollten ungeschoren davonkommen, indem wir schwiegen und unsere Gedanken verbargen. Wir spielten oft Hurling, mein Bruder und ich, schlugen einander den Ball zu, hin und her. Ich habe heute noch das Geräusch im Ohr, mit dem der Lederball auf das Holz traf. Ich weiß noch, wie mein Bruder den Ball fing, er fischte ihn aus der Luft, wie man einen Apfel pflückt. Einen brennenden Apfel. Dann holte er aus und warf den Ball zurück. Das taten wir stundenlang. Es war wie ein Gespräch, das nur aus einem Wort bestand. Wir waren so ehrlich, dass wir nur das Allernotwendigste zueinander sagten. Ich glaube, wir verhielten uns wie mein Vater und sein Bruder, so still wie möglich. Wenn sich die beiden Brüder unterhielten, dann nur über weltpolitische Ereignisse, über Geschichte und Wirtschaft. Mein Bruder und ich, wir hatten einander auch nichts zu sagen, jedenfalls nichts, was je in ein Gespräch hätte münden können. Wir sprachen nur über das, was gerade anlag. Über Fakten. Und über wissenswerte Tatsachen, mit denen wir unseren Vater beeindrucken konnten, zum Beispiel die höchsten Berge, die größten Seen, die längsten Straßen. Dinge, die man in der Schule lernt.

Einmal bestiegen wir einen Berg und schwiegen einander den ganzen Tag an. Aus Angst, der jeweils andere könnte von dem Abend anfangen, als wir unsere Tante mit unserem Onkel aus dem Hotel hatten kommen sehen. Wir mochten nicht einmal zugeben, dass wir an dem Abend gemeinsam in Cork gewesen waren. Wir verkniffen uns den Hinweis darauf, dass die beiden Cousin und Cousine waren. Je weniger wir wussten, desto weniger konnte man aus uns herausquetschen. Mir war bewusst, dass man irgendwann alles aussprach, was man im Stillen zu sich selbst sagte, und deshalb taten wir voreinander so, als wüssten wir von nichts.

Die Geräuschkulisse im Café Einstein dringt wieder an unsere Ohren. Tassen und Teller und Kaffeekännchen klackern beim Servieren. Sie hört mir aufmerksam zu. Dann fischt sie einen Lippenbalsam aus der Tasche, den ich auch noch nicht kenne. Woher hat sie diese Dinge? Ihre Lippen sind ziemlich trocken. Sie dehydriert, obwohl sie viel Flüssigkeit zu sich genommen hat.

Wir haben mal einen Angelurlaub gemacht, erzähle ich ihr. Wir wohnten in einem Hotel, das direkt an einem See stand. Der See hieß Lough Conn. Und aus den Fenstern des Hotels sah man einen Berg namens Nephin.

Dieser Berg verlangte geradezu danach, bestiegen zu werden. Jeden Morgen, wenn wir frühstückten, ragte er auf wie eine Herausforderung. Also erlaubte uns mein Vater eines Tages, den Berg zu besteigen.

Damals waren wir erst dreizehn und vierzehn, mein Bruder und ich. Wir packten die gleichen Sandwichs und Säfte in unseren Rucksack. Wir verließen das Hotel, den See im Rücken, vor uns den Berg. Die Rinder käuten wieder. Auf den Feldern wuchsen Binsen wie Augenbrauen. Eine Straßenseite war von Fuchsien gesäumt, unter denen leuchtend roter Staub lag. Ich habe noch deutlich vor Augen, wie ein Traktor vorbeifuhr, gefolgt von einem Hund, gefolgt von Dieselgestank. Der Mann auf dem Traktor hob eine Hand, ohne sich umzuschauen. Und der Berg kam immer wieder überraschend hinter Wegbiegungen in Sicht, jedes Mal näher und größer als zuvor.

An all das kann ich mich erinnern, doch wir sprachen nie darüber, wir trauten einander nicht.

Wir schienen durch eine stumme Welt zu wandern. Als die Felder in das Moor übergingen, bogen wir vom Weg ab. Das Moor war voller Heidekraut, das sich sowohl struppig als auch weich anfühlte. Ich konnte die Brise unter den Achseln spüren. Die Felder schrumpften hinter uns zusammen, wir waren allein auf weiter Flur. Auf halbem Weg den Berg hinauf setzten wir uns und aßen die Sandwichs. Von dort oben wirkte der See viel größer, wie eine glänzende, blaue Kachel. Wir lagen eine Weile auf dem Rücken und schauten den Wolken zu, die am Himmel dahinzogen. Wenn sie die Sonne verdeckten, schien der Abend zu dämmern, und wenn die Sonne wieder zum Vorschein kam, schien ein neuer Tag anzubrechen. Manchmal sah es aus, als stünden die Wolken still, als würden wir uns mit dem Berg von ihnen wegdrehen.

Und da begann mein Bruder zu reden. Er sprach den Jesuiten an und meinte, wir sollten uns vorsichtshalber auf einen Plan einigen. Also verpflichteten wir uns, den Mund zu halten. Wir vereinbarten, stumm zu sein wie unser Vater und der Bruder unseres Vaters und mit keinem Wort zu erwähnen, dass wir Fish and Chips gegessen, in dem Hotel in Cork übernachtet und den Bruder unseres Vaters mit unserer Tante gesehen hatten, Cousin und Cousine, Hand in Hand.

Ich weiß noch, dass ich aufstand und weitergehen wollte, bevor es zu regnen begann. Mein Bruder erwiderte, ich solle schon aufbrechen, er werde mich einholen. Also ging ich los und ließ meinen Bruder zurück. Wenn ich mich umdrehte, lag er noch da und sah zu den Wolken auf, die ihn immer weiter davontrugen. Ich kann mich an den stürmischen Wind und die Felsen erinnern, vor denen kein Heidekraut mehr wuchs, und an den kleinen Steinhaufen auf dem Gipfel. Dort oben hatte ich keine Sicht mehr, und dann begann es zu schütten. Ich stand in einer Wolke.

Mein Bruder war wie vom Erdboden verschluckt. Während des Abstiegs hielt ich Ausschau nach ihm. Ich rief seinen Namen. Vielleicht, dachte ich damals, hatte ich einen anderen Weg genommen als er. Also musste ich ohne meinen Bruder zum Hotel zurückkehren. Von dem Gedanken beunruhigt, dass unser Vater etwas aus ihm herausquetschen könnte, eilte ich auf demselben Weg zum See und versuchte, ihn einzuholen, vorbei an den Rindern, die sich in einer Ecke der Weide zusammengedrängt hatten, und den tropfnassen Binsen, immer das Geräusch rauschenden Wassers im Ohr. Ich glaubte die ganze Zeit, meinen Bruder bald einzuholen, aber ich hatte mich geirrt.

Ich kam zuerst im Hotel an. Mein Bruder war noch nicht da. Mein Vater befragte mich, aber ich erzählte nur, dass wir uns getrennt hatten. Dass es nach dem Erreichen des Gipfels zu regnen begonnen und dass ich meinen Bruder aus den Augen verloren hatte. Mein Vater meinte, wir hätten uns nie trennen dürfen, aber meine Mutter bat ihn, nichts zu überstürzen, sondern auf die Ankunft meines Bruders zu warten.

Wir warteten und starrten dabei Löcher in die Luft. Im Zimmer hingen Fotos des Sees und des Berges, als müsste man an den echten See und den echten Berg draußen erinnert werden. Und Bilder vom Angeln. Überall, ob in den Fluren oder Schlafzimmern, stieß man auf Fotos von Männern, die Lachse und Forellen hochhielten oder den Fang an die Waage hängten. Männer in Booten, Männer in Ölzeug, Männer, die hinterher lächelnd mit Whiskey anstießen. Berühmte

Gäste des Hotels, die während ihres Aufenthalts das Glück gehabt hatten, einen Fisch zu fangen. An der Rezeption konnte man Fliegen kaufen. Tausende herrlicher Köder in unglaublichen, fast märchenhaften Farben. Man bot Kurse an, in denen einem beigebracht wurde, Fliegen aus Hühnerfedern und Rehhaaren zu basteln, und ich wusste, dass ich geschickt darin gewesen wäre, wenn ich nur gewollt hätte. Der größte Hecht, der je aus dem See geholt worden war, wurde mit offenem Maul und spitzen Zähnen hinter der Bar in einer Vitrine präsentiert. Neben ihm lagen die bunte Fliege und der Haken, in den er gebissen hatte.

Die Zeit verstrich. Meine Mutter hielt es auf dem Stuhl nicht mehr aus und stand auf, aber das steigerte ihre Besorgnis nur noch. Sie wollte schon die Polizei anrufen, denn die Nacht brach an. Und da spazierte mein Bruder zur Tür herein.

Er hat sich zur Rückkehr entschlossen, sagte mein Vater.

Meine Mutter rannte auf meinen Bruder zu, schloss ihn in die Arme, obwohl er klitschnass war. Nach der wohlbehaltenen Rückkehr meines Bruders war mein Vater noch ärgerlicher als zuvor, und nachdem meine Mutter meinem Bruder trockene Sachen angezogen, seine Haare mit einem Handtuch abgerubbelt und ihm zur Beruhigung ein Lied vorgesungen hatte, verlangte er eine ausführliche Erklärung. Mein Bruder erzählte, er sei mir gefolgt, aber bei seiner Ankunft auf dem Gipfel sei ich weg gewesen. Meine Mutter wollte sich einmischen, aber mein Vater verbot ihr den Mund. Sie solle sich heraushalten, denn sie sei nicht auf dem Berg gewesen. Mein Bruder sagte, dass es geregnet habe, und ich bestätigte das, aber mein Vater meinte, er glaube uns beiden kein Wort.

Und was ist dann passiert?

Mein Bruder knickte ein. Vermutlich wollte er mich vor einer Strafe bewahren. Er erzählte meinem Vater, dass unsere Tante uns in Cork Fish and Chips spendiert hatte. Dass das Auto auf einem Hügel absoff und dass jemand kommen musste, um es wieder zum Laufen zu bringen. Mein Bruder erzählte, dass wir in einem Hotel übernachtet hatten, aber nicht müde gewesen und deshalb ohne Erlaubnis nach unten gegangen waren, um uns ein wenig umzuschauen. Wir hätten nichts angestellt, beteuerte mein Bruder. Zufällig hätten wir dann gesehen, wie unsere Tante mit dem Bruder unseres Vaters aus dem Hotel kam. Wir lehnten gerade an einem Geländer, sagte mein Bruder. Er erzählte unserem Vater von dem Lächeln unserer Tante, von der Traurigkeit und dem Glück in ihren Augen. Und dass sie Arm in Arm mit dem Bruder unseres Vaters davongegangen war, der nicht die Tracht der Jesuiten getragen hatte, sondern einen hellgrauen Anzug wie ein gewöhnlicher Mann.

Meine Mutter brach in Tränen aus.

Mein Vater sagte, er sei froh, endlich die Wahrheit zu hören.

Meine Mutter sagte weinend, nun wisse sie, warum der Bruder meines Vaters, der Jesuit, uns nicht mehr zu Hause besuche.

Mein Vater bestrafte uns nicht, sondern nahm mich in den Arm. Er drückte mich an seine Brust, und ich konnte die Spitze des Stiftes in seiner Brusttasche an meiner Wange spüren. Er drückte mich lange an sich, und ich hätte mich am liebsten losgerissen. Je mehr er mich herzte, desto tiefer drückte sich der Stift in mein Gesicht. Ich fürchtete seine Liebe mehr als seinen Zorn. Liebe und Zorn waren in seinem Fall nahezu gleich, da gab es kaum einen Unterschied, beides hatte mit nie wiedergutzumachenden Dingen in seiner Familie zu tun, mit seiner einsamen, vaterlosen Kindheit in West Cork, mit vielen Grausamkeiten. All das hatte zur Folge, dass er mein Gesicht immer stärker gegen seine Brust drückte. Er hielt mich mindestens zwei Minuten, vielleicht sogar drei oder vier. Nachdem er mich endlich losgelassen hatte, drückte er meinen Bruder genauso lange an sich, damit wir wussten, dass er uns beide gleich lieb hatte, unterschiedslos.

Danach teilten wir unsere Erinnerungen nicht mehr, mein Bruder und ich. Genau wie mein Vater und sein

Bruder. Wir waren Spione im eigenen Haus, Spione gegnerischer Lager. Wir frühstückten gemeinsam, aber auf der Treppe huschten wir aneinander vorbei.

Vielleicht sollte ich mit deinem Bruder reden, sagt sie.

Ich habe nicht sein Gedächtnis, Úna.

Du hast zu viele Drogen genommen, Liam.

Nein. Das ist nicht der Grund.

Es habe nichts mit Drogen oder Gedächtnisverlust zu tun, erzähle ich ihr. Stattdessen gehe es darum, wem die Erinnerungen gehörten, meinem Bruder oder mir. Er wollte die Geschichte des Berges. Wie er die Geschichte unseres Onkels und unserer Tante wollte, die Arm in Arm auf der Straße davonschlenderten. Bitte, sagte er immer wieder, lass mir die Erinnerung an den Berg. Und ich willigte ein. Ich beschloss, dass er sie bewahren sollte. Ab jetzt gehöre sie ihm, sagte ich, und er solle sich keine Sorgen machen, denn ich würde sie ihm nicht wegnehmen oder anderen gegenüber behaupten, sie gehöre mir.

22

Wir verließen das Café Einstein. Manfred half Úna ins Auto, und als sie den Sicherheitsgurt schloss, bemerkten wir die auf dem Bürgersteig stehende Kellnerin. Sie war uns nachgelaufen, mit dem Geld in der Hand.

Das stimmt so nicht, sagte die Kellnerin.

Eine peinliche Situation, denn sie sprach so laut, dass alle Passanten ihre Worte hörten: Hallo? Entschuldigung, aber das stimmt so nicht. Sie müssen sich geirrt haben. Nur ging es nicht um den Irrtum, an den die Leute gedacht haben dürften, als sie die Kellnerin mit dem Geld in der einen und der Rechnung in der anderen Hand dastehen sahen. Im Gegenteil: Úna hatte ein so fürstliches Trinkgeld gegeben, dass die Kellnerin von einem Missverständnis ausging.

Úna lächelte die Kellnerin an und sagte, das Geld sei für sie. Es liege kein Irrtum vor, denn sie wisse, was es heiße, als Kellnerin zu arbeiten, sie wisse, dass es oft leichter sei, Geld zu geben als anzunehmen.

Stecken Sie es ein, sagte sie. Behalten Sie es bitte.

Sie sprach wie eine Tante. Wie eine Mutter. Die Kellnerin wiederholte zwar, dass es sich um einen Irrtum handeln müsse und dass sie das Geld nicht annehmen könne, bitte, es sei viel zu viel, aber sie ahnte wohl, dass sie, ein kerngesunder Mensch, Geld von einem todgeweihten Menschen erhalten hatte, denn sie war den Tränen nahe. Sie winkte uns nach, als wir losfuhren.

23

Dann schläft sie ein.

Ihre Mutter schläft, sagt Manfred. Soll ich anhalten?

Ich frage, ob sie sich hinlegen will. Möchtest du ins Hotel zurückkehren und dich ein bisschen hinlegen? Aber sie antwortet nicht. Ihre Augen sind geschlossen, und sie hört mich nicht.

Ich bitte Manfred, weiterzufahren.

Wohin?

Ganz egal. Fahren Sie einfach weiter.

Ihr Kopf pendelt hin und her, wackelt, wenn man so will. Bis ihre Stirn schließlich an der Wand des Autos lehnt. Die Tasche entgleitet ihr. Ich kann sie gerade noch auffangen, bevor alles herausfällt, und stelle sie neben Úna auf den Sitz. Ich lege ihre Hände in ihren Schoß, übereinander, mit den Handflächen nach oben. Ihr Mund steht offen. Sie könnte auch tot sein.

Sie schläft, während die vielen Gebäude vorbeigleiten. All die Straßen, deren Anblick sie verpasst. Ich würde ihr am liebsten sagen: Sieh mal, die Leute, die an uns vorbeilaufen! Während sie schläft, nehme ich alles stellvertretend für sie wahr. Die Häuser. Die Geschäfte. Den Verkehr. Die Hochbahn. Eine ganze Stadt zieht an uns vorüber, Straße um Straße. Mit Graffiti auf den Wänden und Türen, den Läden und Haltestellen. Graffiti hoch oben, wo niemand herankommt. Graffiti auf Bäumen. Graffiti auf Leuten. Graffiti auf dem von Unkraut umrankten Sockel einer Statue, die einen überlebensgroßen Adeligen auf seinem Ross zeigt. Er reitet durch das urbane Unkraut. Reitet an den Menschen vorbei, und die Menschen radeln an ihm vorbei, in alle Richtungen. Eine Erinnerungsschicht über der anderen, auf Geschäften, auf Banken, auf Schulen, auf Gerichten und Galerien, auf allem, was sich bewegt.

Was noch?

Würde sie nicht schlafen, dann würde ich sie auf die beiden Männer aufmerksam machen, die sich vor einem Bahnhof fünfmal auf die Wange küssen, bevor sie sich trennen; einer geht die Treppe hinunter, der andere geht auf der Straße davon. Ich würde ihr gern von dem Mann erzählen, der abwartet, bis ein anderer Mann ausgetrunken hat, damit er dessen Flasche der Sammlung in der über seiner Schulter hängenden blauen Ikea-Tüte hinzufügen kann. Ich würde ihr gern von dem Mann erzählen, der mit einer kleinen Taschenlampe in einen Mülleimer an der Straße leuchtet. Von der Frau, die zwei Kinder auf ihrem Fahrrad transportiert und mit beiden spricht, als sie an mir vorbeifährt. Von dem alten Mann mit Pferdeschwanz, der mit einer roten Decke über den Knien vor einem Café sitzt. Dem Mann mit weißer Schürze und Mütze und Mehl auf Gesicht und Händen, der vor einem Restaurant eine Zigarette raucht. Vater und Tochter, die über eine Straße gehen. Er trägt eine Lederjacke mit der Aufschrift *Psychobilly*. Schwer zu sagen, ob es sich tatsächlich um Vater und Tochter handelt. Die beiden wirken eher wie Geschwister. Nur dass sie ihn anschaut, während sie Händchen halten. Worüber sie wohl reden? Vielleicht über einen Hund. Ja, das könnte sein. Sie fragt vermutlich, ob sie sich einen Hund anschaffen wollen.

Vielleicht gleichen die Menschen der Stadt, in der sie leben, denke ich. Oder ist es andersherum, gleicht die Stadt den Menschen, die darin leben? Úna hätte ganz bestimmt eine Meinung dazu, aber sie schläft mit offenem Mund, während wir im Kreis fahren.

Dann komme ich mit Manfred ins Gespräch. Wen fährt er für gewöhnlich durch die Stadt? Er antwortet über die Schulter, dass er meist Männer im Anzug fahre. Was sie vorhaben, wolle er nicht wissen, und es gehe ihn auch nichts an, aber manchmal würden sie es von sich aus erzählen. Es ist nicht sein eigenes Auto.

Er ist nur Fahrer, die Mietwagenflotte gehört seinem Cousin.

Manfred erzählt von einem amerikanischen Rapper, den er kürzlich vom Flughafen abgeholt hat. Er nennt einen Namen, der mir nichts sagt. Der Musiker entschuldigte sich für seine fehlenden Deutschkenntnisse, und während der Fahrt zum Hotel redete er dann ohne Punkt und Komma. Er sprach so rhythmisch und rasant, dass man kaum etwas erwidern konnte, und hatte ohnehin einen so starken amerikanischen Akzent, dass Manfred nicht viel verstand. Der Mann habe einen roten Bart gehabt, erzählt Manfred, und er habe die Kleider seiner Schwester getragen. Falls er überhaupt eine hat, sagt Manfred. Ein hellblauer Pullover mit einem diagonalen Muster von Kaninchen und Blitzen. Blaue Blitze quer über der Brust, sagt er. Dazu trug der Mann grüne Shorts und knallgrüne, bis zu den Knien reichende Strümpfe.

Ich erinnere mich an die grünen Strümpfe und Shorts, weil ich den Musiker später im Internet recherchierte.

Manfred erzählt, dass der Rapper zu einem Auftritt musste und ihn dazu eingeladen habe, weil er danach, zu später Stunde, in sein Hotel zurückgefahren werden wollte. Der Club sei voller als voll gewesen, sagt Manfred. Der Rapper hatte eine riesige Fangemeinde, und alle drängten sich auf der Tanzfläche. Es war so laut, dass man eigentlich Ohrstöpsel hätte tragen müssen. Er sei diese Lautstärke nicht mehr gewohnt, sagt Manfred, und es habe noch zwei Tage später in seinen Ohren gepfiffen. Verrückt. Er habe den Fernseher kaum noch hören können. Der Band, erzählt er, hätten zwei Drummer angehört, alles andere sei Technik gewesen, und über der Bühne habe ein großer, grüner Schädel gehangen. Wenn die Lichter ausgingen, sagt Manfred, stand der Schädel hoch über dem Publikum und blinkte rasant im Rhythmus der Beats. Der grüne Männerschädel. Oder war es ein Frauenschädel? Wer weiß? Er hatte keinen Körper, sagt Manfred, aber die Musik erweckte ihn zum Leben.

Manfred erzählt, dass er inzwischen ein Familienmensch sei. Wenn man Kinder habe, sagt er, vergesse man, wie wichtig die Club-Szene einmal war. Es sei gut zu wissen, dass all das noch da und in Reichweite sei, auch wenn man nicht mehr hingehe – ob er nun früher mitgemacht habe oder nicht. Er führt das nicht weiter aus. Während Manfred erzählt, habe ich das Gefühl, am falschen Ort gelebt zu haben. Ich hätte von Anfang an in dieser Stadt wohnen sollen. Ich habe vieles verpasst. Zum Beispiel Musik, die ich eigentlich hätte hören müssen, aber nicht kannte, weil ich andere Vorlieben hatte. Ich sollte hier vor Ort sein, denn hier gibt es alles. Und alles ist in Reichweite, denke ich.

Dieser Stadt ist es egal, wie alt man ist, sagt Manfred.

Als wir wieder vor einer roten Ampel stehen, sehe ich drei Personen auf einer Bank. Sie wirken wie Großvater, Vater und Sohn. Drei Generationen. Sie sehen einander sehr ähnlich, nur sind sie unterschiedlich alt. Der gleiche Mann während drei verschiedener Lebensabschnitte, könnte man sagen. Der Vater erzählt dem Großvater etwas, wobei er viel gestikuliert. Der Großvater hantiert mit einer Gebetskette, während er seinem Sohn zuhört, und sein Enkel spielt mit einem blauen Band. Der Junge schlingt das Band um den Kopf seines Großvaters, was dieser kaum wahrnimmt, weil er aufmerksam zuhört. Der Vater erzählt weiter, wobei er seinem Sohn ab und zu durch einen Ellbogenstoß zu verstehen gibt, er solle seinen Großvater in Ruhe lassen. Aber der Junge gehorcht nicht, denn Vater und Großvater sind so in das Gespräch vertieft, dass sie das blaue Band nicht interessiert, das einmal rund um den kahlen Kopf führt, vom Kinn an den Ohren vorbei über den Schädel und wieder zum Kinn hinunter. Der Vater erzählt weiter, und der Großvater lauscht weiter, und der Junge schlingt das Band weiter um den Kopf. Mehr habe ich nicht gesehen. Die Ampel sprang auf Grün, und ich habe nie erfahren, wie es weiterging.

24

Sie erwacht. Ein Laut wie ein Bellen entringt sich ihrer Kehle. Sie schaut aus dem Fenster, weil sie wissen will, wo sie sich befindet.

Habe ich mit offenem Mund geschlafen?

Nein, antworte ich.

Du lügst doch, Liam, sagt sie. Ich finde es grässlich, mit offenem Mund zu schlafen.

Offenbar hört sie sogar im Schlaf mit, denn sie ermahnt mich, endlich erwachsen zu werden, und sagt, ich sei viel zu alt für die Club-Szene. Sei du selbst, sagt sie. Diese Stadt hat mehr als nur das Nachtleben zu bieten. Mir kommt der Gedanke, dass sie vielleicht gar nicht geschlafen hat, sondern mit zurückgelehntem Kopf dasaß und lauschte, dass sie alles gehört hat, worüber Manfred und ich gesprochen haben, einschließlich des grünen Schädels.

Und dann tritt im Auto ein Notfall ein. Sie hat allem Anschein nach Probleme mit den Füßen.

Ich kann meine Füße nicht mehr spüren, Liam. Meine Füße sind futsch. Es sind nicht mehr meine

Füße, Liam. Kann das sein? Meine Füße fühlen sich nicht mehr an wie meine Füße, sagt sie.

Liegt es an den Medikamenten? An ihrem Kreislauf? Ich frage, ob sie ins Hotel möchte. Nein, sagt sie, lass uns weiterfahren, im Hotelzimmer gibt es nichts zu tun, und ich will nicht im Foyer des Adlon hocken und den ganzen Tag der Klaviermusik lauschen, ob es nun einen leibhaftigen Pianisten gibt oder ob das Klavier automatisch spielt. Es seien nur ihre Füße, die in den Schuhen so eingezwängt seien. Also bette ich ihre Beine so auf die Rückbank, dass sie quer zur Fahrtrichtung sitzt.

Du musst meine Füße befreien, sagt sie.

Ich löse die Schnürbänder, packe die Schuhe bei den Hacken und ziehe sie aus, stecke die Strümpfe in ihre Tasche. Dann bittet sie mich, ihr die Zehennägel zu schneiden.

Siehst du?, sagt sie. Sie sind viel zu lang. Sie stoßen vorn gegen meine Schuhe.

Eigentlich keine große Bitte.

Sie bohren sich in meine Zehen, Liam.

Wir werden uns beim Mittagessen verspäten, aber was soll's.

Hier geht es nicht um Pünktlichkeit, sondern um das Jetzt, das Hier und Jetzt. Also bitte ich Manfred, kurz anzuhalten, damit ich einen Nagelknipser kaufen kann. Gibt es hier in der Nähe einen Laden, der so etwas anbietet? Manfred sagt, keine Sorge, er werde bei der nächsten Gelegenheit halten und den Knipser selbst besorgen. Sie sagt: Vielen Dank, Manfred. Sehr nett von Ihnen. Aber kaufen Sie einen guten Nagelknipser, fügt sie hinzu, nicht so ein billiges Ding, das einem aus der Hand rutscht und nicht richtig schneidet, sondern nur einen Abdruck hinterlässt, so dass der Nagel dann bricht. Manfred weiß genau, was sie meint.

Verstehe, sagt er, ein hochwertiger Nagelknipser.

25

Wir betrachten die Straßenecke, hinter der Manfred verschwunden ist, und warten darauf, dass er mit dem Nagelknipser zurückkehrt. Schließlich biegt jemand um die Ecke, aber als die Person blind an uns vorbeiläuft, wird uns bewusst, dass es nicht Manfred ist. Also warten wir weiter.

Ich würde ihr gern eine Frage zu Milltown Malbay stellen. Zu dem Sänger, von dem sie erzählte, jenem, der sich am Tresen festhielt. Während des Musikfestivals, als der Pub so voll war, dass keiner mehr rein- oder rauskam. Habe er eine blaue Anzugjacke getragen? Und darunter ein schwarzes T-Shirt?

Ja, sagt sie. Ich glaube schon.

Und er stemmte die andere Hand in die Hüfte?

Kann gut sein.

Waren seine Augen zu? Reckte er die Brust, drückte er die Schultern durch? Denn so habe ich ihn in Erinnerung, den Mann, der in der überfüllten Bar in Milltown Malbay sang. Er schlug die Augen nur ganz kurz auf und richtete den Blick auf die Tür, obwohl es dort nichts zu sehen gab. Er tat es wohl, um sich an den Text erinnern zu können, denn er schloss die Augen gleich wieder.

Wenn ich mich recht entsinne, hatte er eine Stimme wie ein neues Auto. Sie stimmt mir zu. Er sang ein Lied mit dem Titel *A stór mo chroi*, die Liebe meines Herzens. Auch darin stimmen wir überein. Außerdem sind wir beide der Meinung, dass er kein berühmter oder professioneller Sänger war. Er hatte nie etwas aufgenommen. Er wurde erst in dem Moment zu einem Sänger, als er das Lied anstimmte. Ja, er wurde durch das Lied zu einem Sänger, in dem Moment, als man um Ruhe bat, weil man ihm zuhören wollte. Seine einzige Aufnahme vollzog sich also durch die Ohren der Zuhörer. Wir waren seine Aufnahme. Und er war unsere Aufnahme, denn wir waren beide dort, ich und Emily, lauschten dem Mann mit den geschlossenen Augen und der Stimme, die wie ein neues Auto klang.

Ich erzähle ihr, dass ich immer wieder nach Milltown Malbay zurückkehren wollte. Genau zu der Zeit, als meine Tochter zur Welt kam. Ich fand es unfassbar, was ich da in den Armen hielt. Ich betrachtete den Kopf und die winzigen Finger, sah, wie das Baby die Augen aufschlug, hörte seinen bebenden Schrei. Der Gedanke, Vater zu sein, war geradezu unerhört, ich war aufgeregt, begeistert, aber diese Worte treffen es nicht ganz. Ich war im Delirium, es gibt keinen anderen Ausdruck dafür. Ich hatte das Gefühl, mir zu entkommen, endlich nicht mehr verfolgt zu werden.

Unser Baby war erst eine Woche alt, da entdeckte man eine Zyste auf der Brust. Sie hatte die Zyste von Geburt an gehabt, und sie wäre mir nie aufgefallen. Eine winzige Wucherung, im Grunde harmlos, aber latent bösartig. Die Kinderärzte rieten zu einer Operation, um jedes Risiko auszuschließen. Sie war erst eine Woche alt und sollte schon unter Vollnarkose operiert werden. Man sagte uns, dass nur eine kleine Narbe zurückbleiben werde, aber dennoch. Die Sache war ernster, als wir gedacht hatten. Ich versicherte Emily immer wieder, dass es nur eine Kleinigkeit sei. Unser Baby werde sich nicht einmal an diesen Eingriff erinnern. Aber das stimmte natürlich nicht. Ich wusste sehr wohl, dass es ein Albtraum wäre, dass sich das Baby im Stich gelassen fühlen würde. Aber wir hatten keine andere Wahl, das wollte ich sagen, die Operation war dringend nötig, und wir durften nicht dabei sein.

Emily wurde gebeten, Muttermilch abzupumpen. Also besorgte sie eine Pumpe, füllte mehrere sterilisierte Gläser mit ihrer Milch und brachte sie ins Krankenhaus, wo sie etikettiert und eingelagert wurden. Der Name des Babys stand auf jedem Glas, dazu mein Nachname.

Sogar ihr Name, Maeve, kam uns damals noch unvertraut vor.

Dann standen wir hilflos vor dem Krankenhaus. Ohne das Baby fühlten wir uns allein. Emily sah die ganze Zeit zu den Fenstern hinauf. Schwer zu sagen, was sie zu sehen hoffte. Arztpersonal mit grünen Kitteln und grünen Masken. Ich musste sie vom Krankenhaus fortzerren, und dann saßen wir in einem Café, vermieden es, uns anzusehen, tranken nicht den Kaffee und aßen auch nicht die Scones, die wir bestellt hatten. Ich redete, aber sie hörte mir nicht zu, als wäre sie plötzlich taub geworden.

Um sich unserem Kind näher zu fühlen, murmelte Emily unablässig den Namen vor sich hin. Maeve. Maeveen. Sie saß wie auf heißen Kohlen und hätte gern gewusst, ob es etwas Neues gab, aber wir konnten nur warten.

Ich war verrückt nach ihr, so viel steht fest. Ich liebte Emily, wie man nur eine Frau lieben kann, die gerade ein Kind bekommen hat. Ich war zu jeder Schandtat bereit, um sie abzulenken und aufzuheitern. Also überredete ich sie, ins Auto zu steigen, und fuhr einfach drauflos, damit sie nicht ständig daran dachte, was unser Baby erdulden musste. Keine Ahnung, was mit mir los war, aber ich hatte das Gefühl, zur Tat schreiten, irgendwo hinfahren zu müssen, um sie zu beruhigen. Sie hatte ja so viel Liebesmilch in ihren Brüsten. Ich weiß, dass es verrückt klingt, aber ich konnte damals nur daran denken, immer weiter durch die Straßen zu fahren, egal wohin. Ich fuhr mit Musik und offenen Fenstern, es war absurd. Ich redete die ganze Zeit, sagte alles Mögliche, um sie wieder zum Lächeln zu bringen.

Erinnerst du dich noch an den Pub mit dem Bad im hinteren Bereich?, fragte ich Emily. Um dorthin zu gelangen, mussten wir durch die nach Suppe, Geschirrspülmittel und Teeblättern riechende Küche laufen. Weißt du noch, wie wir uns versteckt haben, Emily? Wie du auf dem Rand der Badewanne gesessen hast, deren Emaille von einer Million winziger Risse durchzogen war? Sie entstehen, wenn man kochendes Wasser in diese alten Wannen kippt. Kein schlimmer Schaden, aber eine solche Wanne sieht danach älter aus, als sie sowieso schon ist. Eine Wanne mit Falten, sagte Emily damals. Ich rief ihr in Erinnerung, wie wir darüber gelacht und uns gefragt hatten, wie viele Menschen im Laufe der Jahre ein Bad darin genommen hatten. Wie viele Generationen von Müttern und Vätern, Großmüttern und Großvätern passten alle zusammen in eine solche Wanne? Wie viele Kinder hatten sich darin zurückgelehnt, bis nur noch Nase und Augen aus dem Wasser ragten, und zu den beschlagenen Kacheln aufgeschaut, dem gedämpften Treiben der Welt gelauscht, den klackernden Rohren, dem gurgelnden Überlauf, den Unterwassergeräuschen des Pubs, in dem man Gläser einsammelte, der Stimme des Sängers, die wie Motorengebrumm klang.

Ich fahre und fahre. Mit dieser Erinnerung im Kopf, die ich zurückzuholen versuche, obwohl sie mit unserer gegenwärtigen Situation nichts zu tun hat. Die neben mir sitzende Emily will wissen, wohin es geht, doch ich überhöre sie. Ich fahre weiter und frage mich, wie es wäre, wieder dort zu sein, ob es die rissige Wanne noch gibt oder ob man sie ersetzt hat. Ich male mir alles ganz genau aus, sehe die Szene vor mir: Emily und ich besuchen die Bar in Milltown Malbay, um ein Glas zu trinken. Und dann steht sie auf und geht in das Bad, denn es ist die Damentoilette, und schaut nach der Wanne. Ich warte währenddessen in der Bar, sehe mich um, weil ich wissen will, woran ich mich erinnern kann. Bei unserem letzten Besuch war die Bar so voll, dass sie jetzt wie leergefegt wirkt. Außer dem Barkeeper, der Flaschen einsortiert, ist niemand da. Schließlich kehrt sie zurück und lässt sich neben mir nieder. Ja, Liam, sagt sie. Die Badewanne gibt es noch, samt allen Rissen und dem darüber angebrachten Boiler. Und den zwei grünen Streifen. Und der Kette mit dem grau gewordenen Stöpsel.

Alles wie gehabt. Die Straße zur Küste. Die Seetangbäder, die Pollock Holes, der Himmel, die verwaiste Landschaft, alles noch da. Der Küstenstreifen ist unverändert.

Die Idee war vollkommen idiotisch, das weiß ich inzwischen. Ich habe keine Erklärung dafür. Wenn ich darüber rede, habe ich immer das Gefühl, aus großer Höhe auf die Person hinabzuschauen, die ich damals war. Ich war wie besessen, anders kann man das nicht nennen. Unkonzentriert. Gedankenlos. Außerdem war ich hoffnungslos verliebt. Was ich mir vorstellte, während ich am Steuer saß, war viel wirklicher als alles, was mich umgab. Ich wollte es unbedingt festhalten. Es war, als wäre ich außerhalb meines Lebens unterwegs, als wollte ich mich auf keinen Fall der Gegenwart ergeben.

Immerhin ging es um die Mutter eines Babys, das keine Woche alt war, aber schon wieder im Krankenhaus lag. Emily war noch blass von der Geburt, und die Blässe betonte ihre Sommersprossen. Ihre Muttermilch nässte alles ein, und sie flehte mich an, nicht weiterzufahren, sofort zum Krankenhaus zurückzukehren. Sie weinte, und sie ließ die Beifahrertür offen. Sie rannte durch die Drehtür. Ich sah, wie sie sich erst nach rechts, dann nach links, dann wieder nach rechts wandte, bevor ich sie aus den Augen verlor. Ich parkte das Auto und folgte ihr hinein. Es war, als würde sie mich nicht mehr erkennen, als wäre ich nicht der Vater, als könnte sie erst nach der Operation wieder mit mir reden, erst wenn sie wusste, dass das Baby wohlauf war und schlief. Sie bat darum, neben dem Bettchen sitzen zu dürfen.

26

Manfred biegt um die Ecke, aber ich nehme erst zur Kenntnis, dass er es ist, als er lächelnd vor dem Auto steht. Er öffnet die Tür und übergibt mir eine kleine, weiße Plastiktüte mit dem Nagelknipser. Er entschuldigt sich, weil es so lange gedauert hat, aber Úna erwidert, wir hätten seine Abwesenheit über unserem Gespräch sowieso ganz vergessen.

Der Nagelknipser steckt in einer dieser Plastikverpackungen, die man nicht öffnen kann, ohne sich zu verstümmeln. Ich versuche es eine gefühlte Ewigkeit und reiße schließlich hinten die Pappe ab. Úna wartet geduldig, bis ich den Knipser in der Hand halte. Es kann losgehen. Die große Pediküre, sage ich zu ihr. Ich lege mir die Jacke über die Knie und bette ihre Füße darauf. Nicht zu hastig, ermahne ich mich selbst. Dies ist eine delikate Angelegenheit. Ich bitte Manfred, noch ein wenig zu warten, weil es zu riskant wäre, die Zehennägel während der Fahrt zu schneiden.

Ich bin nicht ungeschickt. Ich beginne mit dem großen Zeh und arbeite mich bis zum kleinen vor. Sie schaut zu, während ich konzentriert schneide. Schließlich erzählt sie von Bob Dylan – ob ich wisse, dass man im Internet zuschauen könne, wie das Doppelalbum abgespielt werde?

Nein, antworte ich, ohne den Kopf zu heben.

Ich stamme aus der Ära des Vinyls, sagt sie. Und Vinyl erlebt gerade ein Comeback. Auf jeden Fall wird das Doppelalbum wieder gespielt. Man sieht zwei Hände, die die Platte aus dem Cover ziehen und auf den Plattenteller legen. Die Platte dreht sich, und die Nadel senkt sich mit einem Kratzen und Rauschen darauf. Stell dir vor, sagt sie. Man kann das ganze Album hören und dabei zuschauen, wie sich die Platte mit dem Label dreht. Columbia, sagt sie. Und zwischendurch knistern die Songs, alles ganz authentisch.

Sie könne sich das gern auf meinem Smartphone anhören, sage ich, aber sie will nicht, denn sie kann sich nicht mehr lange genug konzentrieren.

Nachdem ich ihre Fußnägel geschnitten habe, sammele ich die Schnipsel in die weiße Plastiktüte. Ich stecke sie ein und lege den Nagelknipser in ihre durchsichtige Tasche. Sie sagt, ihre Füße seien heiß und würden jucken, und ich reibe sie mit der Handcreme ein. Sie hat offenbar wieder Gefühl in den Füßen, denn es kitzelt, und sie muss lachen. Sie lacht, und sie hustet, und ich höre auf. Ich sage Manfred, dass er losfahren kann. Dann öffne ich ein Fenster, um ihre Füße zu kühlen, und sie wackelt im Fahrtwind mit den Zehen. Schließlich ziehe ich ihr Strümpfe und Schuhe wieder an.

Danke, Liam.

Gern geschehen. Besser so?

Meine Füße gehören wieder mir, sagt sie.

Als ich die Schuhe zubinde, reißt ein Schnürband, und ich stecke das weiße Stückchen zu der Tüte in meiner Jackentasche. Wo soll man dergleichen sonst aufbewahren?

27

Ich wusste nicht, was es hieß, Vater zu sein. Als unser Baby aus dem Krankenhaus kam, war ich vollkommen unvorbereitet und glaubte, alles würde sich von selbst ergeben. Ich war wie ein Junge, der zum ersten Mal auf einem Fahrrad sitzt und mit ausgestreckten Beinen durch Pfützen fährt.

Ich glaube, sie hat mich gerettet. Maeve. Maeveen.

Dann brannte es in unserem Haus. Für ein Baby war es nie angemessen und nun schon gar nicht mehr. Es war ein Reihenhaus, in dem Emily und ich eine Wohnung gemietet hatten. Partys waren die Regel, spontane Partys, die zu später Stunde begannen und oft bis zum nächsten Mittag dauerten. Dabei wurde alles Mögliche konsumiert, und auf der Treppe standen leere Flaschen. Die Gesichter im Haus wechselten in rascher Folge, man lernte kaum jemanden wirklich kennen. Trotzdem hatten wir eine gute Zeit, und um ehrlich zu sein, schmissen Emily und ich die meisten Partys. Aber jetzt waren wir eine Familie.

Ich glaubte zunächst, die Wohnung wäre für das

Baby in Ordnung, jedenfalls vorübergehend. Wir richteten alles hübsch her. Ich hätte für ein besseres Umfeld sorgen müssen, aber ich hatte kein Geld und war kein Meister im Pläneschmieden. Ich kannte nur Fluchtpläne, etwa für die Flucht vor meinem Vater oder von zu Hause. Ich gewöhnte mich daran, planlos zu leben, die Menschen kommen und gehen zu lassen. Ich tat, was alle anderen Iren meiner Meinung nach damals auch taten – ich nahm mir vor, mir nichts vorzunehmen, hoffte, dass sich alles von selbst regeln würde, und wenn nicht, konnte man jederzeit die Zelte abbrechen und auswandern.

Dann brach ein Feuer in der unteren Wohnung aus, verursacht durch den sorglosen Umgang mit einer Zigarette oder Kerze. Es musste irgendwann passieren. Bei unserer Heimkehr war die Haustür sperrangelweit offen, und der Flur stand unter Wasser. Im Garten vor dem Haus lagen halb verbrannte Möbel und Vorhänge. Das Treppengeländer war verkohlt, man konnte sehen, wo die Flammen wie Zähne am lackierten Holz genagt hatten. Die Wände im Treppenhaus waren rauchgeschwärzt. Feuerwehrleute hatten die Zimmertüren aufgebrochen und alle Fenster aufgerissen, um das Gebäude zu sichern. Ich habe noch heute den Gestank des verkohlten Holzes und der Feuchtigkeit in der Nase. Er hing in unseren Kleidern und Büchern, in all unseren Habseligkeiten, sogar in den Elektrogeräten.

Ein beißender Geruch von Dingen, die das Feuer halb aufgefressen und dann ausgespien hatte.

Das war kein passender Ort für ein Baby.

Wir mussten irgendwo übernachten. Also fuhr ich mit Emily und dem Baby nach einigem Nachdenken an den einzigen Ort, den ich kannte. In der Nähe meiner alten Heimat. An der Küste gab es Ferienhäuser, die mir wieder einfielen, weil ich als Junge dort gebadet hatte. In mein Elternhaus konnte ich natürlich nicht zurückkehren, aber es war schon sonderbar, dass jemandem wie mir, der alles darangesetzt hatte, von zu Hause zu entkommen, nur eine Unterkunft einfiel, die dem Ort, an dem alles begonnen hatte, so nahe war.

Wir waren jetzt zu dritt: Emily, unser Baby und ich. Wir waren auf uns allein gestellt. Und ich hatte das Gefühl, mit allem, was ich tat, etwas auszubügeln, was früher schiefgelaufen war. Als wäre erst ein Baby erforderlich, damit sich die Dinge wieder einrenkten. Ich bildete mir ein, dass jede neue Tat eine alte Tat korrigieren würde, dass jede neue Minute eine Entschuldigung für die vorangegangene wäre.

Kann man wirklich von seinem Kind gerettet werden?

Es war schon dunkel, als wir endlich ankamen. Maeve schlief in einem Tragekörbchen, unserem einzigen Gepäckstück – es sah so aus, als wären wir mit einer späten Fähre eingetroffen. In einer Pension namens »Seaview«, an der ich als Junge oft vorbeigegangen war, fanden wir ein Zimmer mit Blick auf den Hafen. Der Name war beliebt, man fand ihn bestimmt in fast jedem Küstenort, aber er war mir auch sehr vertraut, weil ich ihn früher oft vor mich hin gemurmelt hatte, ohne auf den Gedanken zu kommen, dass ich dort einmal zu Gast wäre. Die Frau, die die Pension leitete, erinnerte sich an mein Gesicht, denn sie hatte mich häufig vorbeilaufen sehen. Sie war überrascht, als ich zu so später Stunde vor der Tür stand. Vermutlich sah es so aus, als hätte ich mit Frau und Baby gebadet und danach beschlossen, lieber in einer Pension zu übernachten, als nach Hause zu fahren. Als wäre unser Baby ein Findelkind, das wir bei Ebbe auf einem Felsen entdeckt hatten. Vielleicht hielt die Frau mich auch für zu jung und glaubte, ich hätte gerade erst die Schule beendet. Oder sie glaubte, ich würde nur so tun, als wäre ich der Vater. Doch sie stellte keine Fragen, und ich erklärte nicht, warum ich das Zimmer nicht vorher gebucht hatte. Sie wusste, wo ich wohnte. Sie wollte vorab bezahlt werden, als könnte ich mitten in der Nacht auf die Idee kommen, Frau und Kind im Stich zu lassen und nach Hause zurückzukehren.

Wir taten so, als wäre ich ein Gast aus der Ferne, als würden Emily und ich an dem Ort Urlaub machen, wo ich aufgewachsen war. Merkwürdig, seinem Zuhause so nahe zu sein, ohne sich wie zu Hause zu fühlen.

Emily stillte Maeve im Bett, und ich blickte auf die Stelle, wo ich früher schwimmen gegangen war, sah die vor Anker liegenden Frachter und den Leuchtturm, dessen Lichtstrahl über das Wasser auf mich zuglitt, und hatte das Gefühl, all dies im Vorbeigehen erfunden zu haben.

28

Wir kommen etwas verspätet im Restaurant an. Ich kann die Leute am Tisch sitzen sehen. Das weiße Tischtuch. Man hält Ausschau nach uns, steht auf, als man Úna erblickt, deren Rollstuhl bereits auf dem Bürgersteig steht. Die Leute schauen zu, wie Manfred ihr aus dem Auto hilft. Sie hat die Mütze abgenommen, und man erkennt sie an ihrem kahlen Kopf. Sie lässt ihren Blick über das Restaurant, die davor aufgestellten Tische und den Namenszug gleiten. Sie möchte wissen, wo sie sich befindet, wie die Straße aussieht, wie dicht der Verkehr und was sonst noch der Erinnerung wert ist. Sie hält es für überflüssig, sich für den Weg vom Auto ins Restaurant den Mantel anzuziehen.

Sie fragt Manfred, ob er mit uns essen möchte.

Nein, vielen Dank, sagt er. Seine Frau habe ihm Butterbrote eingepackt, die er im Auto essen werde.

Aha, Butterbrote von Ihrer kleinen Helferin, sagt sie.

Ja, so kann Úna manchmal sein. Sie ist ab und zu

schnippisch, das kenne ich. Dann bricht ihr Zorn ohne Vorwarnung durch. Sie kann gemein sein, sogar mit einer gewissen Lust. Sie lässt niemandem etwas durchgehen.

Was würden Sie wohl ohne Ihre kleine Helferin machen?, fragt sie Manfred.

Ach, Úna, sage ich. Lass das. Du kannst seine Frau doch nicht als kleine Helferin bezeichnen.

Aber Manfred ist nicht beleidigt. Er glaubt offenbar, »kleine Helferin« wäre ihr Wort für eine Ehefrau, und verwendet es danach selbst.

Meine kleine Helferin, sagt er. Meine kleine Helferin promoviert gerade in Abfallmanagement. Was soll mit all den Windeln auf der Welt geschehen? Mit solchen Fragen befasst sie sich in ihrem Studium, sagt er. Deshalb bin ich gerade ihr kleiner Helfer. Vielen Dank für die Einladung, sagt er, aber was Butterbrote betrifft, so ist Olga eine meisterhafte kleine Helferin.

Vielleicht ist Úna enttäuscht, dass Manfred ihre Einladung zum Essen ausgeschlagen hat.

Manchmal bin ich eine echte Zicke, sagt sie.

Ach was?

Ich bin eine echte Hexe, Liam. Möge Gott mir verzeihen.

In der Paris Bar hat Marlene Dietrich angeblich ihre Abschiedsparty gegeben. Zumindest eine ihrer letzten

Partys, erzählt Manfred. Vor ihrem Umzug nach Paris. Sie ging nach Paris, um unbehelligt sterben zu können, und zu ihrer Beerdigung kehrte sie nach Berlin zurück. Eine Rundreise, wie Úna sagt. Ihre Reise, die sie von Dublin nach Berlin und wieder zurück führt, ist ganz ähnlich. Manfred hat sie mit allen Informationen über Marlene versorgt und bietet an, uns zu ihrem Grab zu fahren. Der Friedhof sei nicht weit weg, sagt er. Ein hübscher und stiller Stadtfriedhof mit einer roten Backsteinmauer. Vielleicht nach dem Essen. Er habe schon einige Leute dorthin gefahren, die Steinchen auf Marlenes Grab legen wollten, vielleicht auch eine Bahnfahrkarte mit dem Namen der Stadt, aus der sie gekommen waren. Erst letzte Woche, sagt er, habe er einen alten Mann dort abgesetzt, der nur still auf einer Bank unter den Bäumen sitzen wollte.

Ein Friedhofsbesuch fehlt mir gerade noch, sagt sie.

Danke, Manfred, sage ich an ihrer Stelle. Ich packe den Rollstuhl und schiebe sie in das Restaurant. Sie dreht sich zu mir um.

Warum will er mich zu einem Friedhof bringen?

Er meint es doch nur gut, Úna.

Ein Abschiedsessen. Eine kleine Truppe, die noch einmal in der Paris Bar mit ihr essen möchte. Freunde und Schriftstellerkollegen. Ein Journalist. Ein Mitarbeiter der Botschaft. Sie haben dieses Essen für sie organisiert, aus freundschaftlicher Verbundenheit und um ihr gute Wünsche mit auf den Weg zu geben.

Sie übersetzen die Speisekarte für sie.

Spargelsuppe.

Sie reden, als würde nur ein Mensch am Tisch sitzen, nämlich Úna. Aller Blicke sind nur auf sie gerichtet. Sie schaut jedem in die Augen, zwinkert und lächelt viel, nickt. Sie sorgt für eine entspannte Atmosphäre. Jeder Anwesende hat das Gefühl, unter vier Augen mit ihr zu reden, und man erzählt ihr abwechselnd von Dingen, die sie interessieren.

Man? Was rede ich da? Wir.

Wir versuchen, sie aufzuheitern. Jemand sagt, von Berlin aus könne man in jede Richtung aufbrechen. Es sei zentral gelegen und hervorragend als Ausgangspunkt für Reisen geeignet. Zum Beispiel nach Polen. Warschau. Sogar in das noch weiter östlich gelegene Krakau. Sankt Petersburg. Moskau. Transsibirien. Man habe die Wahl und könne überallhin, und manche Leute würden einfach drauflosfahren. In Berlin, erzählen sie, könne man jederzeit einen Nachtzug nehmen. Manche der aus dem Osten kommenden Züge seien durch Hagelschlag regelrecht verbeult, und die Dächer der Waggons hätten weiße Kratzer. Man könne das jeweilige Wetter an den Waggons ablesen, als wäre es in Kyrillisch darauf vermerkt.

Úna verstummt. Sie versinkt in einem Tagtraum,

weil so viel vom Reisen die Rede ist. Sie findet nichts schöner, als fremde Namen zu hören, je weiter entfernt desto besser. Sie sagt, das sei wie die polnische Übersetzung von Castlebar. Ennistymon. Milltown Malbay. Man stelle sich Ballyvaughan auf Russisch vor. Die Ankunft in Fanore auf Chinesisch. Man stelle sich vor, in einen Nachtzug zu steigen und in County Clare zu erwachen, am Spanish Point, direkt am Meer.

Ich kenne diese Orte nicht, sagt sie. Ich war noch nie in Krakau. Oder in Sankt Petersburg. Ich würde sie gern einmal sehen.

Sie erzählt von ihrer Reise mit Noleen. Von der langen Fahrt durch Mazedonien und Albanien.

Ich kann mich an eine Kleinstadt erinnern, sagt sie, wo ein Mann für uns auf einen Walnussbaum kletterte. Er schüttelte die Nüsse ab, indem er auf die Äste trampelte. Große, grüne Blätter wie Eselsohren neben dem Gesicht. Der Mann sagte, wir würden wie Schwestern aussehen, und wir haben einander tatsächlich mit Schwester angeredet, sagt sie. Wir haben die Walnüsse schwesterlich geteilt. Seine Frau stand auch da, einen Korb in den Armen und umschwirrt von Fruchtfliegen. Nachts schliefen wir wie Schwestern. Ich weiß noch, wie wir beim Anblick einer über den Fußboden flitzenden Kakerlake lachen mussten, weil Noleen sagte, der sei es wohl peinlich, gesehen zu werden.

Sie erzählen ihr von der Geschichte der Paris Bar.

Klären sie darüber auf, warum sie so berühmt ist, warum die Leute sich unbedingt dort sehen lassen wollten, gleich nach dem Fall der Mauer, der so vieles veränderte. Später suchten sich die Leute im Osten neue Orte, wo man sehen und gesehen werden konnte. Es ist ein Restaurant, das seinen Zenit überschritten hat, sagen sie, aber es gibt immer noch Leute, die aus nostalgischen Gründen hierherkommen. Die Tische stehen dicht beieinander, die ergrauten Kellner tragen weiße, bis auf die Schuhe reichende Schürzen. Es gibt eine Kassiererin, sagen sie. Schau dir mal die Kassiererin an. Sie dreht sich um und lächelt die Kassiererin an, eine junge Frau mit weißer Bluse, die an einem erhöhten Tisch sitzt. Wie eine Kanzel, sagt sie. Nein, eher wie eine offene Kabine, eine halbhohe Kabine mit halbhoher Tür, aber auch wie eine Kanzel. Die Kellner rufen der Kassiererin quer durch das Restaurant Zahlen zu, damit sie weiß, was jeder isst.

Sie erinnern sich an ähnliche Kassiererinnen in Dublin. Heute sitzt niemand mehr in den Kabinen. Sie erinnern sich an vieles andere, das es nicht mehr gibt, zum Beispiel an Rechnungen, die man hinten auf braune Papiertüten kritzelte. An Dinge, die inzwischen der Vergangenheit angehören, die man aber noch einmal zu Gesicht bekommen könnte, wenn man in einen Nachtzug steigen würde.

Weißer Spargel, sagt sie.

Ja, weißer Spargel, erwidern sie. Er hat hier im Mai Hochsaison.

Spargelsuppe.

Sie schauen zu, wie sie den Spargel schneidet. Ihre Hände zittern ein wenig, als sie versucht, ein Stückchen aus der Suppe zu fischen. Schließlich kann sie es mit dem Daumen gegen den Rand drücken und führt es dann im Löffel zum Mund. Und während sich die anderen mit ihr unterhalten, betrachtet sie die Gerichte, die sie bestellt haben, vergleicht sie mit dem, was sie gerade isst. Sie angelt sich ein paar Pommes frites von meinem Teller und streut sie in ihre Suppe. Pommes frites, die in Spargelsuppe treiben.

Warum bin ich nur so hungrig?, fragt sie.

Es tut gut, ihr beim Essen zuzusehen. Sie hat Lammkoteletts bestellt, und nachdem sie serviert worden sind, isst sie sie mit den Fingern, ganz gleich, was andere davon halten. Sie habe einen Bärenhunger, sagt sie, das liege an den vielen Steroiden.

29

Wir sitzen in der Paris Bar und reden über Geschichte. Über den Krieg und die Nazis. In Berlin konzentriert sich die ganze Geschichte des zwanzigsten Jahrhunderts, sagt man. Ich wünschte, ich könnte mich an einige der Geschichten erinnern, die erzählt wurden. Aber ich hörte nur mit halbem Ohr zu. Manchmal komme ich nicht mehr mit, wenn ich ehrlich bin. Wie früher in der Schule. Und wenn ich dann wieder hinhöre, im Glauben, es würde noch um den Zweiten Weltkrieg und die Nazis gehen, reden sie schon über Nordirland. Manchmal benutzt man für unterschiedliche historische Phasen die gleichen Wörter, nur die Namen der Orte sind anders. Und die der Persönlichkeiten. Manche Worte sind natürlich eindeutig. Wenn sie »hoffen wir mal« sagen, weiß man, dass es um Irland geht. Das engt die Sache ein, zumindest verweist es auf die Zukunft. Oder auf die jüngere Vergangenheit.

Worum es gerade auch gehen mag, ich habe den Faden verloren und denke nur noch an Unwichtiges. An private Dinge, von denen ich ihr erzählt habe, Dinge, die mit den Menschen hier am Tisch nichts zu tun haben und die sie nicht interessieren würden.

Ich versuche immer noch herauszufinden, was sich in meiner Familie abspielte. Was geschah, nachdem wir unsere Tante und den Bruder unseres Vaters aus dem Hotel in Cork hatten kommen sehen. Wir standen vor einem Rätsel. Wir kannten zwar die Fakten, aber Hintergrund und Kontext fehlten. Damals wurde viel hinter geschlossenen Türen geredet. Und der Jesuit, der Bruder meines Vaters, kam uns nicht mehr besuchen, die Taschen voller Süßigkeiten.

Man erzählte uns, er habe sich zurückgezogen. Er macht gerade eine Lebenskrise durch, sagte meine Mutter nur. Sie hätte vielleicht gern mehr erzählt, verkniff es sich aber. Ich befürchtete, dass sie meinem Bruder gegenüber offener war oder dass er mehr aufgeschnappt hatte als ich, aber alles für sich behielt. Meine Mutter forderte mich auf, für den Bruder meines Vaters zu beten, weil er vor schwierigen Entscheidungen stand: Sollte er unter einem Dach mit den Jesuiten leben oder unter einem Dach mit meiner Tante? Wir bekamen damals weder weitere Erklärungen zu hören, noch durften wir weitere Fragen stellen.

Ich weiß nicht einmal, ob meine Mutter eine Erklärung hatte. Wahrscheinlich zerbrach sie sich den Kopf darüber, warum der Bruder meines Vaters uns mied. Hatte sie ihn verärgert? Ich wusste nicht, warum meine Mutter so aufgewühlt war. Meine Tante besuchte uns auch nicht mehr, ob allein oder mit dem Jesuiten. Wir fühlten uns als Familie wie amputiert. Meine Mutter versuchte mehrmals, ihn zu erreichen, immer vergeblich. Sie schickte ihm Nachrichten, lud ihn zu uns ein, war bereit, ihn wieder als Jesuiten bei uns zu begrüßen, an das Kopfende des Tisches zu setzen und seinen Lieblingskuchen zu backen, doch er blieb aus. Vielleicht hatte er Angst vor meinem Vater. Vielleicht glaubte er, mein Vater würde ihn im Wohnzimmer zur Rede stellen, eine Erklärung dafür verlangen, warum er als Jesuit Arm in Arm mit meiner Tante aus dem Hotel in Cork spaziert war, und das auch noch vor unseren Augen.

Meine Mutter empfand die Ungewissheit als unerträglich. Und deshalb beschloss sie eines Tages, unter vier Augen mit dem Bruder meines Vaters zu reden. Keine Ahnung, ob mein Vater davon wusste. Sie fuhr mit dem Bus, mit zwei Bussen, um genau zu sein, bis zu dem roten Backsteinhaus der Jesuiten. Die Auffahrt war sehr lang, und meine Mutter war von dem Haus aus deutlich zu sehen. Sie habe geglaubt, sagte sie, den Bruder meines Vaters an einem der Fenster zu sehen, aber da sie sich nicht ganz sicher gewesen sei, habe sie nicht gewinkt. Sie ging die Treppe aus Granit hinauf und klingelte an der braunen Tür. Es dauerte eine Weile, bis jemand kam. Sie hörte, wie Türen geöffnet und geschlossen wurden, und dann hörte sie Schritte im Flur. Doch als geöffnet wurde, stand da der falsche Jesuit. Er führte sie in den Empfangsraum und begab sich auf die Suche nach dem richtigen Jesuiten, dem Bruder meines Vaters, unserem Jesuiten, wo auch immer dieser stecken mochte. Das dauerte wieder eine Weile, und meine Mutter saß da, horchte auf das Öffnen und Schließen von Türen, immer in der Hoffnung, dass er es war, der Jesuit in unserer Familie.

Der Mann, der ihr geöffnet hatte, teilte ihr mit, der Bruder meines Vaters sei gerade beim Gebet und dürfe nicht gestört werden. Wie alle Jesuiten war er sehr höflich und redete, als würde eine Vorschrift von ihm verlangen, möglichst sparsam mit Worten umzugehen. Er sagte, es könne dauern, bis unser Jesuit wieder ansprechbar sei, und sie solle es ein anderes Mal versuchen.

Meine Mutter erwiderte, sie werde warten.

Sie wartete eine Stunde, vielleicht auch länger. Man bot ihr nichts an, weder Tee noch Gebäck. Ab und zu kam der Jesuit, um nachzuschauen, ob sie noch da war. Sie saß in dem kleinen Empfangsraum, ohne ihren Mantel abgelegt zu haben, umringt von Zeitschriften, in denen es um Missionen und neu erbaute Schulen ging. In demselben Raum, in dem ich mich auch einoder zweimal mit dem Bruder meines Vaters traf, weil ich zu Hause irgendetwas angestellt hatte, und danach war ich noch einmal dort, um Sexuelles zu bereden. Dinge zwischen Mann und Frau. So wurde es in unserer Familie genannt: Dinge zwischen Mann und Frau. Ich fand es sehr peinlich, mit dem Bruder meines Vaters darüber zu reden, zumal er nicht mehr über Frauen oder Männer wusste als ich. Wir ließen das Thema bald fallen.

Meine Mutter sagte, sie werde erst gehen, nachdem sie mit ihm gesprochen habe. Als er schließlich kam, ließ er sich weit entfernt von ihr im Zimmer nieder, die Hände wie zum Gebet gefaltet, und blickte zu Boden, als wäre meine Mutter gar nicht anwesend.

Erzähl es mir einfach, sagte sie.

Sie wollte nur die Wahrheit erfahren. Sie wollte sie aus seinem Mund hören. Er hob den Kopf und sah sie an, schien seine Worte sorgsam abzuwägen. Doch am Ende gab er nichts preis, sondern erklärte nur, dass er ihre Fragen nicht beantworten werde. Er war noch schweigsamer als früher und schien von Dingen erfüllt zu sein, die nicht existierten – falls das möglich ist. Er hatte ihr nichts zu sagen. Er war es gewohnt, dass man ihm beichtete, und er hatte nicht vor, den Spieß umzudrehen und vor meiner Mutter die Beichte abzulegen. Da war sie an den falschen Jesuiten geraten. Was ihn beschäftigte, hatte mit ihr nichts zu tun. Dinge zwischen Mann und Frau gingen sie nichts an.

Das ist meine Angelegenheit, sagte er nur.

Dann stand er auf und ließ sie sitzen. Er gab ihr nicht die Hand, und er nahm sie nicht in den Arm. Er verschwand einfach. Sie ging wieder über die lange Auffahrt zwischen den gepflegten Rasenflächen, im Rücken die Augen des Hauses, nahm den ersten Bus und stieg dann in den zweiten um, legte die Fahrt in umgekehrter Richtung zurück und kam ohne Erklärung nach Hause. Und vielleicht war das ja die Erklärung.

30

An den Wänden der Paris Bar hängt viel Kunst. Verrückte Gemälde, im ganzen Restaurant verteilt. Unter der Decke hängt ein Leuchtkasten, der die Worte »Stand still and rot« in verschiedenen Farben aufleuchten lässt. Ganz schön abgefahrene Kunst für ein Restaurant, also einen Ort, an dem man essen muss. Ein großes Schwarzweißfoto zeigt ein junges Paar beim Sex. Die Frau hat den Penis des Mannes im Mund. Und direkt davor sitzt ein Paar und isst in aller Ruhe, schenkt dem Foto keine Beachtung, auf dem der Mann etwas unglücklich auf die Frau hinabschaut, die sich ihm mit gespreizten Beinen widmet. Als wäre es das Normalste auf der Welt, als Paar vor einem Bild zu essen, das ein Paar beim Sex zeigt, als wäre beides, Essen und Sex, Teil des großen Ganzen.

Wo mögen sie jetzt sein, die Frau und der Mann auf dem Foto? Wie alt sind sie jetzt? Erinnern sie sich noch? Kommen sie manchmal, um das Bild zu betrachten, um zu sehen, wie sie früher einmal waren? Essen sie vielleicht hin und wieder unter dem Foto, das sie beim Sex zeigt? Ahnen die anderen Gäste auch nur, dass sie es sind, die da gerade Sex haben und gleichzeitig essen?

Úna will wissen, wer die Künstler sind, und man nennt ihr ein paar Namen, manche davon berühmt. Die Bilder, erzählt man, wurden zum Großteil von Künstlern dagelassen, die pleite waren und ihr Essen nicht anders bezahlen konnten.

Das gefällt mir, sagt sie.

Manche Bilder sind nicht einmal ein Essen wert.

Ich könnte ein paar Worte hierlassen, sagt sie.

Einige Bilder sind eine Million Essen wert.

Eine Million Spargelsuppen.

Man erzählt ihr, dass im Laufe der Jahre viele Prominente hier gegessen haben. Unzählige Worte wurden mitgehört und fanden ihren Weg in die Zeitungen. Unzählige Worte wurden aber auch vergessen, und wenn all die Leute, die früher hier aßen, nicht mehr sind, bleiben nur die Bilder übrig.

Kunst kann man nicht essen, sagt sie.

Als sie aufsteht, stehen auch alle anderen auf. So habe ich es jedenfalls in Erinnerung. Ich übergehe natürlich manches, worüber gesprochen wurde, auch den Smalltalk am Rande. Eine Weile ging es um den Vater eines Anwesenden, der an der Universität ihr Dozent gewesen war. Wahrscheinlich wurde noch mehr erzählt, aber da müsste man die anderen fragen, denn ich war oft abgelenkt. Ich weiß nur noch, dass sie sich selbst – oder auch mich – fragte, warum man beim Essen von Spargelsuppe weinen müsse.

Ich teile Manfred durch eine SMS mit, dass wir fertig sind, dass er sich aber Zeit lassen kann. Er solle kommen, wann immer er bereit sei. Er antwortet, er sei jederzeit bereit. Ich habe die Formulierung einfach nur so benutzt, aber er nimmt sie wörtlich: Wann bist du endlich bereit? Hier bin ich, sagt er. Allzeit bereit. Ich warte auf Sie und Ihre Mutter, sagt er. Als ich aus dem Fenster schaue, steht er schon da, hat vor dem Restaurant geparkt und wartet auf uns.

Úna setzt sich, umringt von den anderen, wieder in ihren Rollstuhl. Niemand ignoriert sie, plappert mit anderen, schaut auf die Uhr oder überlegt, was als Nächstes ansteht. Niemand will Abschied von ihr nehmen. Als hätte man das Abschiednehmen verlernt. Als würde es keine Worte dafür geben, als wäre es unvorstellbar, sie nie wiederzusehen. Sie warten alle, während man ihr die Kunstwerke im Restaurant zeigt, ohne dabei auf einzelne Bilder zu deuten oder die Gäste zu stören, die davor essen. Die Angestellten lächeln. Ich glaube nicht, dass sie diese Leute als Angestellte bezeichnet hätte. Die Kellner geben ihr die Hand, verleihen ihrer Hoffnung Ausdruck, sie bald wieder begrüßen zu dürfen.

Da ruft das Adlon an, um mir mitzuteilen, dass

die Karten für *Don Carlos* bereitliegen. Ich würde am liebsten erwidern, dass wir sie nicht mehr brauchen. Es geht ihr gut. Ich würde am liebsten erwidern, dass sie bald stirbt und mit der Oper überfordert ist. Ich möchte sie vor ihrer Familie beschützen. Ich halte es für keine gute Idee, dass sie miterleben muss, wie man die altbekannte Geschichte wieder vor ihr ausrollt.

Die letzten noch erhältlichen Karten, dreihundertfünfzig Euro pro Stück.

Gekauft, sagt sie. Schließlich bin ich zum letzten Mal hier.

Also rufe ich die Rezeption des Adlon zurück und bestätige, dass wir die Karten nehmen. Zwei Stück. Damit ist die Sache geritzt, und wir müssen los.

31

Ich bin ihrem Vater begegnet. Lange, bevor ich sie kennenlernte, und nur ein einziges Mal. Damals jobbte ich vorübergehend als Laufbursche bei der Dubliner Zeitung, für die er schrieb. Ich musste Zettel von Bürotisch zu Bürotisch bringen, Tee kochen, Sandwichs, Kekse und Rosinenbrötchen mit Butter besorgen, manchmal auch einen Burger oder Kebab. Die Journalisten benutzten immer ihren Kugelschreiber zum Umrühren, die nassen Teebeutel legten sie auf alte Zeitungen, die sich auf ihren Schreibtischen stapelten.

Ihr Vater war selten im Büro. Er kam immer nur am späten Abend, um seine Kolumne zu schreiben. Eines Tages stand er bei meinem Eintreffen oben auf der Treppe und wollte gerade gehen. Ich hatte nichts mit ihm zu tun. Ich sprach nie mit ihm. Gab ihm auch nicht die Hand. Ich kann nicht beurteilen, wie er als Vater war. Ja, ich kann nicht einmal behaupten, ihn wirklich kennengelernt zu haben, sondern weiß nur noch, dass er vor mir stand und mich anlächelte, als wollte er mit mir reden. Er trug eine Nelke im Knopfloch, als wäre er kürzlich auf einer Hochzeit gewesen. Oder als wollte er den Eindruck erwecken, dass in Dublin immer irgendjemand heiratete.

Er hatte es nicht eilig. Er sah mir in die Augen, und ich hatte das Gefühl, dass er mich kannte. Er musterte mich, um herauszufinden, ob ich von Bedeutung war. Etwas darstellte. Er lud mich gewissermaßen ein, zu erzählen, wer ich war, woher ich stammte, wer meine Eltern waren, welche Schule ich besucht hatte, ob ich mit jemandem verwandt war, der im öffentlichen Leben eine Rolle spielte. Er wartete ab, ob ich etwas enthüllen oder etwas über jemanden erzählen konnte, etwas, das es wert gewesen wäre, erinnert, weitergereicht oder in einer Zeitungskolumne veröffentlicht zu werden. Was er tatsächlich sagte, war: »Guten Abend«, aber ich bekam kein Wort heraus. In meinem Kopf purzelte alles durcheinander. Ich brachte den Satz, den ich eigentlich sagen wollte, nicht über die Lippen. So gern hätte ich ihm alles erzählt, was ich wusste, nur hatte ich keine Ahnung, über welches Wissen ich überhaupt verfügte.

Er schien in Ordnung zu sein. Ich fand ihn sympathisch. Ich hatte nur diesen ersten Eindruck und keinen Anlass, ihn zu korrigieren. Rein äußerlich schien er ein einigermaßen guter Vater zu sein. Er hatte silbergraue Haare und einen klaren Blick. Er ging aufrecht und mit durchgedrückten Schultern. Er trug einen hellen Anzug, seine Schuhe waren blankpoliert. Er wirkte so integer, als hätte er nie fremde Hilfe in Anspruch nehmen müssen und nie einen Bus verpasst, als wäre er nie in einen Regenschauer geraten und hätte nie vor einer geschlossenen Ladentür gestanden und keine Milch mehr bekommen – all die alltäglichen Probleme, mit denen man sich herumschlug, schienen ihm fremd zu sein. Er wirkte sorgenfrei. Als würde er nie explodieren, nie etwas Schlechtes über andere erzählen, als wäre er allseits beliebt und vollkommen schuldlos und somit jemand, der sich für nichts zu rechtfertigen hatte. Auf mich wirkte er offen, wie einer, der häufig Hände schüttelte und keinen einzigen Namen vergaß.

Und er schien sich mit mir unterhalten zu wollen, gab mir das Gefühl, ihn jederzeit ansprechen zu können, sofern ich etwas Interessantes zu berichten hatte. Er ging gemächlich an mir vorbei, und ich drehte mich oben nach ihm um. Am Fuß der Treppe blieb er stehen, um die Nelke im Knopfloch zu richten. Und als ich meine Worte endlich parat hatte, war er schon verschwunden.

Ich wünschte dem Lächeln, das er zurückgelassen hatte, einen schönen Abend.

Als ich Jahre später ihr Buch las, konnte ich nicht glauben, dass es sich darin um den Mann handelte, der auf der Treppe an mir vorbeigegangen war. Sein Lächeln hatte mich glauben lassen, dass er eine wunderbare Familie hatte, und ich dachte: Wenn ich einen solchen Vater hätte, wären alle meine Probleme gelöst. Er wirkte so ausgeglichen. Ganz ohne Wut. Als würde er eine Yacht oder ein amerikanisches Auto besitzen oder hätte einen Pilotenschein. Als hätte er zu einem früheren Zeitpunkt auch Filmschauspieler werden können, oder als wäre er ein guter Kartenspieler, würde viele Tricks und Geschichten kennen, mit denen er die Leute unterhielt.

Ich konnte nicht glauben, dass er für den Tod seines Sohnes verantwortlich war.

Úna sagte immer, er sei wie der König in *Don Carlos* und habe ihren Bruder getötet.

Nicht, dass ich ihren Erinnerungen widersprechen will, aber ich denke bis heute mit einem guten Gefühl an ihren Vater. Ich war der Meinung, dass sie übertrieb. Und merkwürdigerweise habe ich ihr nie erzählt, dass ich ihm begegnet war. Ich wollte es nicht ansprechen. Ich brachte es nicht übers Herz, ihr zu sagen, dass er nicht so schlimm auf mich gewirkt hatte, wie er ihrer Behauptung nach war.

Was rede ich da? Ich meine Folgendes: Am Ende ihres ersten Buches schreibt sie, dass sie ihren Eltern verziehen habe; und dann, am Ende ihres zweiten Buches, bezichtigt sie ihre Eltern des Mordes und schreibt, sie könne ihnen nicht vergeben. Deshalb glaubte ich, sie überreden zu können, zu der Version ihres ersten Buches zurückzukehren.

Gut möglich, dass man die Vergebung überschätzt. Heute ist sie ein großes Thema. Öffne dich. Vergib der Vergangenheit. Vor allem im Hinblick auf Dinge, an denen man nichts mehr ändern kann. Dinge, an denen nicht mehr zu rütteln ist, zum Beispiel der Zeitpunkt, an dem man ins Leben eingetreten ist. Man müsse sich selbst verzeihen, heißt es. Es gibt eine neue Art, über solche Themen zu sprechen, eine Art, die suggeriert, dass heute kein Ire mehr die Stimme heben oder die Geduld verlieren würde. Diese gütigen Stimmen kann man im Radio hören. Úna nennt das die neue Spiritualität.

Nein, sie würde niemanden vom Haken lassen, schon gar nicht jetzt.

Wenn man zu weich wird, dann wird sich nie etwas ändern, Liam. Man kann nicht mit verklärtem, nostalgischem Blick zurückschauen, sagte sie, und im Nachhinein alles für gut und richtig erklären, allen nur beste Absichten unterstellen, einen Schlussstrich ziehen, nett und freundlich sein und das Leben genießen. Sie fand diese Heuchelei unerträglich, denn sie fühlte sich dadurch an fromme Kirchgänger erinnert oder an Leute, die die gute, alte Zeit des Kommunismus vermissten.

Ich schreibe meine Geschichte nicht um, sagte sie.

Meine Begegnung mit ihrem Vater fiel in die Zeit, als sie aus London nach Dublin zurückkehrte. Vielleicht kehrte sie sogar an genau jenem Abend zurück. Ihr Vater fand ihre Adresse heraus und stand unangemeldet vor ihrer Tür. Sie war nach Irland gekommen, um alles anzusprechen, was nie gesagt worden war. Alles, was die Iren immer noch nicht über sich selbst sagen konnten, vieles, das dringend thematisiert werden musste. Was sich innerhalb der Familie abspielte, blieb auch innerhalb der Familie, ohne jede Einmischung von außen – das war damals die Regel. Was sich hinter geschlossenen Türen abspielte, ging außer Gott und dem Priester niemanden etwas an. Wirtschaftlich war die Lage schon schlecht genug, warum also noch private oder soziale Themen auf den Tisch packen? Aber Úna war wieder da, weil sie die Tür der Familie aufreißen wollte. Sie drang in alle Häuser Irlands ein, die ihre Geheimnisse noch unter Verschluss hielten.

Ihr Vater war außer sich vor Wut. Er hörte, was in der Stadt erzählt wurde. Sein Zorn galt ihren Locken und der Tatsache, dass sie kein Blatt vor den Mund nahm. Er hätte nie gedacht, dass eine Frau ihm so ähnlich sein könnte, schon gar nicht seine Tochter, die soff wie ihre Mutter und herumhurte wie ihr Vater. Vielleicht befürchtete er, dass sie ihn bloßstellen, ihm die Schuld am Tod seines Sohnes geben würde. Die

Don Carlos-Geschichte enthüllte, die in der Familie ablief.

Es war noch zu früh für den Rhythmus der Ehrlichkeit.

Ihr Vater habe in ihrer Wohnung gestanden, sagte sie. Genau genommen war es nur ein Schlafzimmer mit Küchenzeile. Sie lächelte ihn an, denn sie bezahlte Stromrechnung und Miete selbst. Ihre Unabhängigkeit erzürnte ihn noch weiter. Sie war kein hilfloses Weibchen. Er konnte nur brüllen. Und sie lächelte standhaft. Ohne ihn wäre sie ein Niemand, sagte er, denn er habe damals sein Auto verkauft und dann eines geliehen, um sie ins Internat zu fahren und so vor verheirateten Männern zu bewahren. Er war vor allem wütend, weil sie so tat, als wäre sie nicht mehr seine Tochter, obwohl es jeder besser wusste. Er hatte keine Macht mehr über sie, egal, wie berühmt er war. Er drohte ihr. Mit keinem Mann hatte sie sich jemals so einsam gefühlt wie mit ihrem Vater jetzt. Und als er die Geduld verlor, fiel ihm nichts Besseres ein, als mit so großer Wucht gegen das Schränkchen unter der Spüle zu treten, dass die Tür aufsprang. Der Mülleimer kippte um und ergoss seinen Inhalt ins Zimmer. Beide starrten an, was er angerichtet hatte, und sie notierte sich alles im Geist. Dann ging er. Die Teeblätter ließ er auf dem Fußboden liegen.

32

Manfred und ich hätten es nicht einmal gemeinsam geschafft, Úna die Treppen hinaufzutragen, aber zum Glück hat man an der Außenwand des Pergamon-Museums einen Lift installiert. Manfred schiebt sie auf die Rampe, stellt die Bremsen fest und schließt die Fahrstuhltüren. Úna strahlt wie ein Kind auf der Kirmes, sie findet es großartig. Dann fährt sie nach oben, im Rücken das prächtige Gebäude mit den großen Fenstern, vor sich den Kanal und in der Ferne die Hochbahnzüge.

Der Pergamon-Altar ist beeindruckend. Ich weiß, dass die Nazis begeistert davon waren, sagt sie, das darf man natürlich nicht vergessen. Trotzdem bewundert sie die Ausmaße – eine Stadt innerhalb des Museums, die einem das Gefühl gibt, machtlos und unbedeutend zu sein. Das maßstabsgetreue Modell der Stadt zeigt, dass der Altar mit den breiten Marmorstufen und dem krönenden Tempel nur ein kleiner Teil des Ganzen war. Auf den Marmorreliefs an den Wänden sieht man, was die Menschen damals getrieben haben.

Halbnackte Männer und Frauen. Einige friedliche Szenen, badende Frauen, spielende Kinder, Männer mit Obstkörben. Und Krieg. Viel Krieg. Fehlende Arme und Beine, die nie von Archäologen gefunden wurden. Pferde ohne Kopf. Streitwagen. Menschen voller Wut. Menschen im Todeskampf. Ein Löwe, der seine Zähne in das Bein eines Mannes schlägt. Und dergleichen mehr.

Ich erinnere mich an das Echo in dem Saal. Menschen ließen sich von blauen Audioguides die Geschichte erzählen. Auf den Marmorstufen saßen Besucher, die miteinander sprachen oder einander riefen. Und Kinder. Ein kleines Mädchen schrie, um das Echo auszuprobieren. Schwer zu sagen, woher die Stimme kam. Ich ließ meinen Blick über die Besucher gleiten und dachte plötzlich, dass vielleicht eines der Kinder auf den Reliefs geschrien hatte. Aus der Vergangenheit. Ein Kind Pergamons, dessen Stimme immer noch im Raum hallte.

Ich stieg auf den Altar und winkte Úna von oben. Sie schickte mir ein Lächeln. Vielleicht lag es an all dem Marmor, dass ich sie plötzlich als Teil der Geschichte des antiken Griechenland sah. Als sie mir zuwinkte, hatte ich das Gefühl, dass sich ihr ganzes Leben vor mir ausbreitete, und ich bekam Zweifel an ihrer Geschichte. Gut möglich, dass sie nicht ehrlich zu mir war, obwohl sie immer auf Ehrlichkeit gepocht hatte.

Manches ließ mich nicht los. Zumal ich auch ein Vater war. Ich verspürte den Drang, für ihren Vater zu sprechen, sozusagen mit seinem Mund. Also stieg ich hinab und schob den Rollstuhl in den angrenzenden, stilleren Raum. Dort gab es viele Säulen und bunt durcheinandergewürfelte Gliedmaßen, Arme und Köpfe, halbierte Männer, Teile eines Puzzles, die darauf zu warten schienen, zusammengesetzt zu werden. Ich suchte mir eine Stelle hinter einer Säule und beschloss, Úna zu fragen, was ihrem Bruder tatsächlich widerfahren war. Ich wollte die Wahrheit hören, denn ich konnte nicht glauben, dass er von seinem eigenen Vater getötet worden war.

Úna, sagte ich, hat dein Vater deinen Bruder wirklich getötet?

Ja. Er wurde ermordet.

Und wie?

Sie waren für das Leben verantwortlich, das er führte.

Das ist doch kein Mord, Úna.

Mein Bruder hatte ein furchtbares Leben, sagte sie.

Mag sein, aber Mord ist eine schwere Beschuldigung. Man benutzt das Wort natürlich oft leichtfertig, aber selbst wenn man alles bedenkt, finde ich es übertrieben, deinen Vater als Mörder zu bezeichnen, sagte ich.

Sie wirkte verblüfft. Sie hätte nicht gedacht, dass ich

mich gegen sie wenden könnte, schon gar nicht hier, im Pergamon-Museum.

Verstehst du denn nicht, Liam? Mein Vater hat meinen Bruder ermordet, weil er ihn ohne Liebe nach London geschickt hat.

Und das war vorsätzlicher Mord?

Liam! Mein Bruder hatte ein Loch in der Brust, durch das die Liebe glatt hindurchging. Er war schutzlos, Liam, wehrlos. Er hatte nie gelernt, normale Beziehungen zur Welt aufzubauen. Schau dir die Fotos an, die ihn vor seinem Weggang zeigen – er sieht toll aus, sehr hübsch, als hätte er das Leben noch vor sich. Aber auf späteren Fotos ist er nur noch ein Wrack. Er sieht aus, als hätte er hundertmal gelebt. Er hatte nie gelernt, sich selbst zu achten oder jemanden zu finden, von dem er geachtet wurde. Irgendetwas hat ihn zerstört, schon sehr früh, während der Kindheit. Ich will hier nicht ins Detail gehen, Liam, aber sein Vater hätte ihm ebenso gut gleich nach der Geburt das Leben nehmen können. Er hat seinem Sohn nichts mitgegeben. Nichts. Das schwöre ich bei Gott, Liam. Nichts.

Ich fände es entsetzlich, wenn meine Tochter mich einen Mörder nennen würde.

Vergleich dich nicht mit meinem Vater, sagte sie.

Mal ehrlich, Úna – ist das nicht zu dramatisch? All das *Don Carlos*-Zeug?

Was?

Und damit war Schluss. Ich befürchtete schon, dass sie aus dem Rollstuhl aufstehen und davongehen würde. Sie brüllte meinen Namen quer durch den Saal. Alle Besucher drehten sich nach uns um.

Du hast kein Recht, mich zu kritisieren, Liam!, schrie sie. Mein Vater hat mir meinen Bruder geraubt. Und das verzeihe ich ihm nicht, solange ich lebe.

Die Besucher schenkten uns jetzt mehr Aufmerksamkeit als den Ausstellungsstücken. Sie fragten sich bestimmt, was ich ihr angetan hatte. Schließlich war sie hilflos, offensichtlich todkrank, saß im Rollstuhl und konnte meinen Fragen nicht entkommen.

Mein Bruder hatte zu viel Angst, sagte sie, er war zu einsam, zu beschädigt, um ein normales Leben führen zu können. Wie würdest du das nennen, Liam? In meinen Augen ist das Mord. Meine Eltern haben uns alles genommen. Sie haben uns das Leben geschenkt und später wieder geraubt. Mein Vater hat mir nicht nur meinen Bruder geraubt, sagte sie, nein, er hat mir auch meine Kinder geraubt. Jene Kinder, die ich nicht habe, weil ich befürchtete, dass sie wie mein Bruder enden könnten. Ich hatte Angst vor dem, was ich in seinen Augen sah. Angst vor dem, was mein Bruder als Kind gesehen hatte und nie laut sagen konnte.

Sie schürte ihre Wut.

Ja, sagte sie. Ich schüre meine Wut. Denn mehr ist mir nicht geblieben. Meine Familie, meine Wut, mein

Groll. Mein Familienzorn, wenn du so willst, Liam. Auf alles, was einem die Eltern und das eigene Land mitgeben. Denn man ist sein Leben lang davor auf der Flucht. Wird davon verfolgt. Genau deshalb wollte ich mit der Welt ins Reine kommen. Kraft meiner Worte. Das ist die Wut der Künstler, Liam. Sie brodelt in allen Schriftstellern, sagte sie, denn ohne sie wären es keine Schriftsteller. Ohne diese Wut wären sie zu besonders und zu weit von ihren Kollegen entfernt. Ohne diese Wut wären sie zu sehr von ihrem Genie besessen, würden wie Priester oder Kardinäle klingen und sich zum Mittelpunkt eines Heiligenkultes stilisieren. Dann wären sie schlechte Schriftsteller. Sie wären nicht menschlich genug. Man braucht seine kleine Portion Wut und Schuldgefühl, Groll und Neid und Versagen, man muss den verzweifelten Wunsch hegen, auf dieser Welt mehr als jeder andere vernommen und geliebt zu werden.

Das darfst du mir nicht nehmen, Liam.

Ich musste die Sache auf sich beruhen lassen. Dies war nicht der richtige Ort, um sie über ihren Vater auszufragen. Und wer war ich, dass ich Gericht über sie hielt? Ich wendete den Rollstuhl und schob sie zum Ausgang, als wäre sie ein kleiner Störenfried, der dringend hinausbefördert werden musste.

Ich vergebe niemandem, sagte sie.

Schon gut, Úna.

Ich wünsche ihnen alles an den Hals, was die Hölle an Feuer und Eis zu bieten hat.

Beruhige dich.

Beckett hatte recht, sagte sie. Ich wünschte, ich wäre selbst darauf gekommen. Ich wünsche ihnen ein abscheuliches Leben. Ich wünsche ihnen jede Menge entschädigungslose Verzögerungen und Absagen. Ich hoffe, dass immer jemand vor ihnen in der Schlange steht. Im Leben nach dem Tod, sagte sie, können sie dann gern einen ehrenvollen Namen tragen.

Fang nicht an wie Beckett, sagte ich.

Denk daran, was man ihm angetan hat, sagte sie. Man hat eine Brücke nach ihm benannt.

Die Beckett-Brücke.

Das ist unverzeihlich.

Aber die Brücke ist schön, sagte ich.

Sie ist abscheulich, sagte sie. Eine Brücke über die Liffey. Er wäre ausgerastet, wenn er das erfahren hätte. Ganz im Ernst: Wäre er noch am Leben, der arme Kerl, dann würde er es jetzt beenden, hier und jetzt. Er hätte die Nase voll. Er würde keine Sekunde länger leben wollen. Man hat bis nach seinem Tod gewartet, damit er keine Einwände erheben konnte.

Sie sieht aus wie ein Instrument, sagte ich.

Ganz genau, sagte sie. Eine Brücke in Gestalt einer Harfe. Ausgerechnet zum Gedenken an Samuel Beckett. Hast du je darüber nachgedacht, Liam? Eine bescheuerte Brücke über die Liffey – in Gestalt einer irischen Harfe!

Ganz ruhig. Du bist in Berlin.

Ich schob sie zum Museumsladen und bat sie, leiser zu reden. Ich würde dafür sorgen, versicherte ich ihr, dass man keine Brücke nach ihr benennen werde.

Da lachte sie wieder.

Wie wäre es mit einem Kreisverkehr?, fragte ich.

Bei allen guten Geistern, Liam!

Ich bückte mich und flüsterte ihr ins Ohr: In Limerick gibt es bestimmt noch irgendeinen namenlosen Kreisverkehr. Und immer, wenn die Leute einbiegen, werden sie an dich denken. Wäre doch toll, oder? Daraufhin drehte sie sich halb zu mir um und erwiderte, dann werde sie aus dem Grab steigen und mich umbringen. Sie werde uns alle umbringen.

33

Ich habe ihr eine Broschüre über die Geschichte des Pergamon-Altars besorgt. Und eine naturtrübe Apfelschorle. Ich frage, ob sie ein Stück Kuchen möchte, aber sie will Scones. Gibt es hier Scones mit Fruchtstückchen und Himbeermarmelade? Oder mit Brombeermarmelade? Wahrscheinlich nicht, sagt sie. Im Café des Pergamon-Museums gibt es keine Scones. Also kaufe ich ihr eines der Mandelhörnchen mit Schokolade an beiden Enden, die sie so gern isst. Sie verputzt das Hörnchen rasant, und ich teile meines mit ihr, gebe ihr das in Schokolade getauchte Ende. Sie trinkt die Apfelschorle und nimmt noch ein paar Tabletten, und ich frage, ob alles in Ordnung sei.

Alles bestens, antwortet sie.

Sie beginnt, ihre durchsichtige Tasche zu leeren. Sie packt alles der Reihe nach auf den Tisch, Medikamente, Lesebrille, die Schlüsselkarte des Hotelzimmers, Nagelknipser, Handy. Alles liegt da, für jedermann zu sehen. Als wäre sie zu Hause. Sie betrachtet jeden Gegenstand. Sie untersucht die Handcremedose, als wäre sie ihr neu, studiert das Etikett, hält sie von sich fort, um das Deckeldesign zu mustern, liest die Beschriftung ein zweites Mal, öffnet die Dose, riecht daran und verschließt sie wieder. Dann wählt sie eine Stelle auf dem Tisch aus und legt sie dort ab. Sie betrachtet wieder ihre Tasche, von außen und innen. Sie holt immer mehr Sachen heraus. Wozu?, frage ich mich. Will sie schauen, ob alles noch da ist?

Liam, sagt sie. Wir dürfen die Bettbezüge nicht vergessen.

Kein Problem. Ich werde Manfred daran erinnern.

Sie hält eine Musterung ab. Spielt Domino mit ihren Sachen, schiebt sie auf dem Tisch hin und her, Creme zu Creme, Hotelsachen zu Hotelsachen, Lektüre zu Lektüre, vertieft sich dann in die Ordnung, die sie auf dem Tisch hergestellt hat.

Ich stelle die Sachen nur zusammen.

Sie denkt über die Vergangenheit nach, fragt sich, ob sie mehr für ihren Bruder hätte tun können. Dann erzählt sie, dass er sie einmal an ihrem Geburtstag besucht hat. Damals lebte er im Norden von London, in Wood Green, glaube ich. Sie erzählt, dass sie ihn nur selten gesehen hat. Und eines Tages stand er plötzlich vor der Rezeption, an der sie arbeitete. Er unterhielt sich an der Tür mit dem Portier. Ihr Bruder sei wie ihr Vater gewesen, sagt sie, und habe mit allen und jedem gesprochen, um etwas über die jeweilige Lebensgeschichte zu erfahren. Er war gekommen, weil er mich an meinem Geburtstag auf einen Drink einladen wollte, sagt sie. Obwohl er bestimmt knapp bei Kasse war. Ich hatte mich schon mit Arbeitskollegen verabredet, mit Freunden. Ich saß in der Zwickmühle. Mein Bruder stand mit strahlendem Lächeln da, und ich musste ihn allen vorstellen, sagt sie. Was hätte ich sonst tun sollen? Ich nahm ihn mit in den Pub, und alle fanden ihn großartig. Sie spendierten ihm Drinks, und er war glücklich und erzählte Geschichten.

Ich dachte kurz, sagt sie, dass es wunderbar war, einen Bruder zu haben, jemanden, der alle glauben ließ, dass wir aus einer normalen Familie stammten, in der getrunken und bei Tisch gesungen wurde. Aber ich wusste, wie es enden würde, sagt sie. Ich merkte, wie der dünne Firnis, den ich mir in London zugelegt hatte, Stück für Stück abblätterte. Ich konnte nicht kontrollieren, was mein Bruder erzählte. Er würde mich sicher bloßstellen. In Anwesenheit meines Bruders fühlte ich mich nackt und verwundbar, sagt sie.

Irgendwann brachte sie ihren Bruder dazu, sie zur Bar zu begleiten, um eine neue Runde zu holen. Nur so konnte sie unter vier Augen mit ihm reden.

Komm ja nicht auf falsche Gedanken, sagte sie zu ihm, du kannst nicht den ganzen Abend bleiben.

Er wurde immer betrunkener, sagt sie, wie unsere Mutter. Zumindest das hatte er zu Hause gelernt: wie man an den nächsten Drink kam und sich bis zur Besinnungslosigkeit besoff. Ich wusste nicht, was ich tun sollte, sagt sie. Du kennst das sicher: Man verachtet seinen Bruder, weil man ihn für einen Versager hält, und dann ist man in Gesellschaft und muss plötzlich nett zu ihm sein. Man merkt, dass er respektiert wird. Man sieht ihn mit dem Blick der anderen, spürt das Mitleid, das er weckt. Die Gebrochenheit meines Bruders machte mir meine eigene Gebrochenheit bewusst, sagt sie. Ich befürchtete, dass er mit fortschreitender Trunkenheit das gesamte Dilemma unserer Familie enthüllen würde.

Also habe ich ihn hinausbugsiert, sagt sie. Bei der nächsten Gelegenheit, sagt sie, nahm ich seinen Arm, als wären wir die glücklichste Familie auf Erden. Ich erfand eine Ausrede, sagt sie. Wir würden einen Anruf von zu Hause erwarten, erzählte ich ihnen. Eine glatte Lüge. Ich wünschte mir nichts sehnlicher, als weiter mit meinem Bruder und meinen Freunden – falls es denn solche waren – zu trinken, aber ich musste ihn bremsen, bevor er sternhagelvoll war und mich blamierte. Außerdem wollte ich nicht, dass er mich so gelöst erlebte. Deshalb setzte ich ihn in ein Taxi nach Wood Green, sagt sie, was mich ein Vermögen kostete. Möge Gott mir vergeben. Stell dir vor, Liam – ich steckte meinen Bruder in ein Taxi, das ihn zu dem Loch fuhr, in dem er damals wohnte. Dann kehrte ich noch trauriger als zuvor in mein eigenes Loch zurück und verbrachte den Rest meines Geburtstags allein.

Ich hatte keine Ahnung, wie ich ihm helfen sollte, sagt sie. Außerdem war ich der Ansicht, dass es nicht meine Aufgabe war. Ich war seine große Schwester, aber ich war ratlos. Ich hätte ihm etwas zu tun geben müssen. Irgendeine Aufgabe. Etwas, das ihn auf einen guten Weg gebracht hätte. Auf das er stolz hätte sein können.

Dann dreht sie sich zu mir um und bittet mich um einen Gefallen. Könne ich später, nach ihrem Tod, an einen Ort reisen, den sie selbst nie besucht habe?

Welchen Ort?

Wenn ich Kinder hätte, sagt sie, dann würde ich genau das tun: Ich würde ihnen Aufträge erteilen. Ich würde sie rund um die Welt schicken, an Orte, die ich nie besucht habe. Reist nach Tibet! Besucht dort einen Tempel. Bringt mir etwas mit, würde ich zu ihnen sagen. Bringt mir ein Stöckchen oder einen Fetzen Stoff mit. Dörrobst. Ganz egal, was.

Tust du mir einen Gefallen, Liam? Fährst du nach Krakau? Nach meinem Tod? Ich wollte immer so gern nach Krakau. Kannst du das bitte für mich tun, Liam?

34

Ich erklärte ihr, was es hieß, Vater zu sein. Sobald man ein Kind bekommen habe, erzählte ich ihr, frage man sich, ob man ihm auch alles gebe, vor allem genug Liebe.

Ich erzählte ihr von einer Begebenheit: Meine Tochter war vier Jahre alt, als sie mir eines Tages auf dem Roller davonfuhr. Sie schoss den Hügel hinab, wobei sie den Kaninchen im Schaufenster der Zoohandlung winkte, und fuhr an der Kirche vorbei bis ganz nach unten. Ohne jedes Gespür für Gefahr. Ich rief ihr nach, sie solle anhalten, aber sie hörte nicht auf mich. Sie war weit voraus, und ich befürchtete, dass sie bis auf die Hauptstraße fahren würde. Ich rannte ihr nach. Ich lief, so schnell ich konnte, unter dem Gelächter der italienischen Studenten auf der anderen Straßenseite. Unten in der Straße bog meine Tochter um eine Kurve und fiel vom Roller. Ich hob sie auf und drückte sie an mich, heilfroh, dass ihr nichts passiert war.

Was willst du mir damit sagen, Liam?

Ich konnte nicht verhindern, dass meine Tochter größer wurde und Fragen stellte, sagte ich. Maeve. Sie hat sicher alles mitgehört. Denn sie stand oben, als ich Emily Fragen stellte, die ich mir hätte verkneifen müssen. Ich hätte auch diese letzte Gelegenheit verstreichen lassen müssen, aber die Fragen waren wie Fusseln in meinem Mund. Emily stand in der Küche und weigerte sich, mir zu antworten. Warum sollte sie? Sie könne das nicht beantworten, sagte sie. Und ich beharrte darauf, ihr nicht zu glauben. Meine Frage folgte ihr durch das Haus bis auf den Innenhof, wo sie im Halbdunkel nach irgendwelchen Pflanzen schauen zu müssen glaubte, und von dort wieder ins Haus. Meine Frage folgte ihr bis ins Bad, wo sie aufs Klo ging und mich bat, wenigstens die Tür schließen zu dürfen, und danach in den Flur, wo sie den Mantel anzog und in ihrer Tasche kramte, als wäre die Antwort von Anfang an dort zu finden gewesen. Und Maeve stand oben am Fenster und sah zu, wie Emily aus der Haustür ging, ohne zu wissen, wohin sie sich wenden sollte, wie sie auf dem Bürgersteig innehielt und nach rechts und links schaute, und die ganze Zeit forderte ich sie auf, zurückzukommen und die Frage zu beantworten.

Welche Frage?

Zum Beispiel, ob ich wirklich Maeves Vater bin.

Gibt es da Zweifel?

Die Sache kam durch die Hochzeit ans Licht, erkläre ich. Alles ist in der Schwebe, die Hochzeit fällt vermutlich flach. Maeve hat so viele Zweifel. Sie hat das Gefühl, dass es falsch wäre, sich festzulegen. Sie befürchtet, dass sie nur die Fehler der Vergangenheit wiederholt und es nicht schafft, ihr Leben in die Hand zu nehmen.

Ich habe diese Bedenken gesät, erkläre ich Úna. Ich bin der Ursprung ihrer Zweifel. Zweifel, die ich besser für mich behalten hätte, die aber plötzlich im Raum standen.

Eines Abends kam sie vorbei. Wir waren nur zu zweit im Haus, Maeve und ich. Ich hatte alles auf dem Tisch bereitgelegt. Sie küsste mich zur Begrüßung. Dann ging sie an mir vorbei und ließ ihre Tasche fallen, im Flur, direkt vor der Treppe. Sie warf ihren Mantel auf das Sofa, sah sich wie üblich um und sagte: Mann, ist ja unfassbar, Dad. Du bist so irrsinnig ordentlich. Sie warf mir immer vor, den Leuten hinterherzuräumen, meinte, meine Lieblingsbeschäftigung bestehe darin, für Ordnung zu sorgen, Packungen, Kartons und Shampooflaschen zu leeren und das Geschirr penibel in die Maschine zu stellen. Ich würde mich verhalten, warf sie mir vor, als wollte ich unsichtbar sein oder alle Beweise meiner Anwesenheit vernichten. Als wären leibhaftige Menschen viel zu leibhaftig für mich, als würde ich es unerträglich finden, ihre Sachen bei mir herumliegen zu sehen. Gib mir wenigstens die Chance, für ein bisschen Chaos zu sorgen, Dad, bevor du wieder alles aufsammelst. Sie sagte, man müsse Spuren hinterlassen, weil man sonst nicht existiere. Also ließ ich ihre Tasche im Flur und ihren Mantel mit dem herabhängenden Ärmel auf dem Sofa liegen. Ich fand es schön, die Sachen dort zu sehen, wo sie fallen gelassen worden waren.

Ich fragte Maeve, ob sie Hunger habe, aber sie verneinte, wollte nicht einmal Kuchen. Ich sagte, das Piercing in ihrer Unterlippe sehe toll aus, aber sie war nicht da, um Komplimente zu hören.

Sie kam in die Küche, und kurz schien es, als wollten wir gemeinsam zu Abend essen. Maeve setzte sich an das eine Ende des Tisches, ich an das andere. Die Sache war nur eine Formalität, im Grunde halb so wild. Wir lasen die Anleitung, schweigend und mit gesenktem Blick. Sie wollte die Sache vermutlich genauso rasch hinter sich bringen wie ich. Um ehrlich zu sein, war alles etwas peinlich und überflüssig obendrein. Also machten wir weiter, als würde es nur darum gehen, gemeinsam ein Formular auszufüllen. Zum Bespiel für eine Steuerrückzahlung. Ich leckte an meinem Wattestäbchen. Sie leckte gegenüber an ihrem Wattestäbchen. Es war wichtig, alles genau zu trennen. Vor allem die Farben. Andernfalls wären alle miteinander verwandt gewesen, und man hätte niemanden als nicht verwandt einstufen können. Wir hielten uns an die Anleitung. Der grüne Umschlag war für mich, der rosa Umschlag für Maeve. Es gab einen blauen für die Mutter, aber er war überflüssig, weil es in dieser Hinsicht nichts zu klären gab. Außerdem war Emily nicht da. Schließlich steckten Maeve und ich den grünen und den rosa Umschlag in den dafür vorgesehenen großen Umschlag. Den blauen ließen wir liegen. Und da standen wir nun, zweifelnd, unentschlossen.

Es kam mir vor wie eine dieser Reality-Shows, *Jerry Springer*. Auf der Welt gibt es sicher eine Million ähnlicher Geschichten, dachte ich. So etwas spielt sich bestimmt gerade in jeder Stadt Irlands oder Europas ab. Eine Geschichte wie in einem Fernsehdrama oder einer Oper, wie sie sich seit Jahrhunderten, ja seit Anbeginn der Zeit in allen möglichen Familien zugetragen hatte. Rührseligkeit oder Theatralik wären fehl am Platz gewesen. Wir bemühten uns um ein normales Verhalten, so als wäre nichts weiter geschehen. Wir verhielten uns wie üblich, wie Vater und Tochter, die einander nicht allzu viel Aufmerksamkeit schenkten.

Und dennoch.

Einmal kreuzten sich unsere Blicke für einen kurzen Moment. Maeve und ich, wir sahen einander quer über den Tisch in die Augen, als wollten wir sagen: Was machen wir da eigentlich? Doch wir schwiegen. Es war nur ein kurzer, wenn auch direkter Blick, angefüllt mit einer Million Fragen, die zwischen uns hin und her gingen. Zum Beispiel: Wie kommt es, dass wir hier zusammensitzen? Wir hätten auch Fremde sein können, mit ganz unterschiedlichen Leben und Familien, die einander nie zuvor begegnet waren. Die Sache war so sonderbar, dass wir lächeln mussten. Es war ein kurzes Lächeln, das unsere tiefe Verbundenheit unterstrich, die vielen gemeinsamen Erinnerungen, unsere wortlose Verständigung. Gleichzeitig betrachteten wir einander forschend, checkten uns gegenseitig, wie man so schön sagt. Denn jetzt stand alles auf dem Prüfstand. Alles Vertraute wurde hinterfragt. Wir gingen eine Familien-Checkliste durch, Punkt für Punkt. Verglichen. Augen, Nase, Wangenknochen. Das Lachen, die Stimme, die ganze Persönlichkeit und die Art des Humors.

Alle diese Gedanken sprachen aus dem Lächeln, nichts blieb verborgen. Ein Moment der Ehrlichkeit. Man könnte vielleicht sagen, dass wir etwas teilten. Teilen ist natürlich ein schreckliches, oft falsch verwendetes Wort. Warum teilt Ihr Kind nicht? Sehr bedauerlich, dass Ihr Kind immer noch nicht gelernt hat, mit anderen zu teilen, hieß es an der Montessori-Schule, die Maeve damals besuchte. Heute lernen wir, wie man teilt, ja? Ich finde es fragwürdig, Kindern ein solches Wort aufzudrängen. Das Gleiche gilt für Wörter wie »Verbindung« oder »teilhabend«. Sie können so sinnlos und störend sein, so vielsagend und nichtssagend zugleich. Vielleicht war das, was zwischen Maeve und mir aufblitzte, eher eine Bestätigung – falls man diesem Begriff trauen kann. Denn das Lächeln, das ich mit meiner Tochter tauschte, bestätigte ein tiefes Gefühl der Teilhabe und Verbundenheit. Wir schienen etwas zu teilen, auf das kein anderer Mensch Anspruch erheben konnte, das mit niemandem sonst zu tun hatte. Wir befanden uns an dem gleichen Ort, in dem gleichen Leben, dem gleichen Zeitabschnitt.

Es war gewissermaßen der Versuch, die Familiengeschichte aufzuräumen, eine Putzaktion, die ein Musterhaus erschuf, das unbewohnt wirkte und jederzeit gemietet werden konnte. So kam mir mein Leben plötzlich vor. Unbewohnt. Ich lächelte Maeve an, wollte ihr sagen, dass sie trotz allem zu diesem Familienchaos gehörte, dass nicht alles blitzblank war, dass wir Spuren hinterließen.

Ja, irgendetwas in dieser Art wollte ich sagen, von Vater zu Tochter. Ich kam auf die Hochzeit zu sprechen, was sich als Fehler erwies. Ich ermutigte sie, die Sache durchzuziehen, erkundigte mich nach der Musik, die ihr vorschwebte, DJ oder Band? Ich fand es offenbar angebracht, über Praktisches zu reden, obwohl es besser gewesen wäre, ihre Hochzeit nicht anzusprechen.

Maeve schaute auf ihr Handy.

Ich fragte, ob sie noch etwas trinken wolle. Soll

ich eine Flasche Wein öffnen? Sie hob den Blick von ihrem Handy, als hätte die Sonne sie geblendet. Schon wieder diese stumme Frage: Was? War das der passende Moment für ein Glas Wein? Hatte ich in alledem plötzlich einen Grund zum Feiern entdeckt? Sie erhob sich vom Stuhl und sagte, sie müsse jetzt los. Dann sammelte sie alles auf, was sie abgelegt hatte, eines nach dem anderen, nur in umgekehrter Reihenfolge, Handy, Mantel und Tasche. Sie wollte auf keinen Fall etwas vergessen. Dann gingen wir zum nächsten Briefkasten, weiter unten an der Hauptstraße, und steckten den Brief vorschriftsgemäß im Beisein des jeweils anderen ein, um sicherzustellen, dass in der Zwischenzeit niemand die Beweise hatte fälschen können.

Ich umarmte Maeve, und sie erwiderte die Umarmung. Es war wichtig, keinen großen Abschied zu inszenieren. Sie machte sich ja nicht aus dem Staub oder verschwand auf Nimmerwiedersehen, sondern fuhr nach Hause, kehrte in ihre Wohnung zurück. Und sie wollte auch nicht, dass ich ihr auf der Straße nachsah, als würde sie nie wiederkehren. Das hatte ich früher immer getan, wenn sie zur Schule gegangen war, und nach Schulschluss erwartete ich sie, als hätte ich mich nicht vom Fleck gerührt. Ich wusste, dass es falsch war. Bleib cool, sagte sie zu mir. Nur dass sie es nicht sagte. Stattdessen ertappte ich mich dabei, diese Worte an ihrer Stelle vor mich hin zu murmeln.

35

Sobald das Ergebnis da war, rief ich Maeve an. Sie war ebenso wortkarg wie ich. Wir waren nicht miteinander verwandt. Sie nannte mich aus alter und zäher Gewohnheit trotzdem weiter Dad. Bist du noch dran, Dad?, fragte sie. Dad? Denn es war so still, als hätte ich aufgelegt. Ich wusste nicht, was ich sagen sollte. Für mich war es wie ein Übergang. Mir wurde bewusst, dass ich mein Leben im Stillen durchging, als wäre alles ein einziger großer Fehler gewesen. Mein Gedächtnis war unzuverlässig. Alles stand in Frage. Ich hatte das Gefühl, mich an nichts mehr festhalten zu können, keinen Boden mehr unter den Füßen zu haben.

Hast du das je für möglich gehalten?, fragte Úna.

Ja, ich hatte eine Ahnung. Ich wusste es, ohne es wirklich zu wissen. Und nun, da ich Gewissheit habe, rede ich mir ein, dass es unwichtig ist. Wer der Vater ist, kann mir egal sein. Absolut egal. Es gibt zwar Beweise, aber was bedeuten sie schon? Ich muss nicht daran glauben. Vorher war es schwieriger, denn ich hatte einen Verdacht, aber keine Bestätigung. Ich wollte über mein Leben verfügen, mit meiner Tochter darin. Ich hätte Emily nicht mit Fragen bedrängen dürfen, die sie nicht beantworten konnte. Ich war so unklug, schlafende Hunde zu wecken.

Du bist trotzdem ihr Vater, Liam. Und sie ist trotz allem deine Tochter.

Aber ja, sagte ich.

Natürlich ist sie meine Tochter. Ich habe sie großgezogen. Ich war es, der sie ins Tallaght Hospital fuhr, als sie vier Jahre alt war, um einen Bluttest machen zu lassen, nur vorsichtshalber, denn wir glaubten, sie wäre zu klein für ihr Alter. Ich befürchtete, dass sie nicht mehr wachsen würde. Ich weiß noch, dass ich Maeve, während die Krankenschwester die Blutabnahme vorbereitete, zur Ablenkung eine lange Geschichte erzählte, in der es um eine stürmische Nacht ging und in der Worte wie wilde Winde und himmelhohe Wellen vorkamen. Ich war es, der klären ließ, ob mit ihr alles in Ordnung war. Wie sich herausstellte, war sie von Natur aus eher klein, aber das könne sie ausgleichen, sagte der Arzt – in High Heels werde sie super aussehen. Ich war es, der ihr bei den Schulaufgaben half. Ich war es, der ihr die Vergärung und das Sonnensystem erklärte. Ich schmierte ihre Schulbrote. Wir waren oft unterwegs, brachten die großen Steine aus Kerry im Auto mit, ökologisch nicht sehr sinnvoll, wie ich heute weiß. Große, ovale Steine, regennass und glänzend. Die Eier eines Dinosauriers, wie wir damals glaubten. Hoffentlich glaubt sie es immer noch. Die vielen Fotos, die sie auf diesen Steinen zeigen. Die vielen Geschichten über brütende Dinosaurier, die wir uns ausdachten, unser Plan, die Steine zum Strand von Ventry zurückzubringen, weil dort die Dinosaurier lebten.

All das beweist in meinen Augen, dass ich ihr Vater bin. All die Geschichten. Die Fotos. Die Schulzeugnisse. Wenn sie aus den Ferien in Kanada bei Emilys Eltern zurückkehrte, war sie jedes Mal gewachsen, und ich musste meine Lücken füllen lassen: die lange Reise, was die Stewardess zu ihr gesagt hatte, die langen, geraden Straßen in Ontario, Kornfelder, so groß wie Wälder, in denen sich angeblich Kinder verirrten, die man erst während der Ernte wiederfand.

Ich erinnere mich an alles, was ihr Angst machte, und an alles, was sie zum Lachen brachte. Ich bewahre noch ihre Zeichnung der Burg mit den drei Toren auf – eines ist über eine Leiter zu erreichen, das zweite über einen langen, geflochtenen Zopf, das dritte über eine Brücke. Ich bewahre alles auf. Sogar die Wörter und Wendungen, die sie immer falsch aussprach, die Familienworte, könnte man sagen, zum Beispiel »Zwingelinge« statt »Zwillinge«. Oder »alt und barm« statt »kalt und warm«.

Für mich sind das die eigentlichen Beweise.

Und sonst? Die Geschichte, die ich Úna in Berlin erzählte, war nicht nur meine Geschichte, sie ist auch mein Wesen. Ich bin die Geschichte des Zweifels, der Ungewissheit und des Zwanges, ständig beweisen zu müssen, dass ich der einzige Vater bin, der zählt. Ich bin die Geschichte eines Mannes, der seine Tochter im Zweifel umso mehr liebt, die Geschichte eines Mannes, der ohne die Geschichte seiner Tochter nicht existieren würde.

Und deshalb weiß ich hundertprozentig, dass ich nach wie vor ihr Vater bin, nur eben nicht in biologischer Hinsicht.

Ach, Liam, sagt Úna.

Sie sammelt ihre auf dem Tisch liegenden Sachen wieder ein, wirft sie ungeordnet in die durchsichtige Tasche, als wären sie, nachdem sie alles sorgfältig geordnet hat, plötzlich unwichtig. Alles türmt sich in ihrer Tasche, einschließlich der Pergamon-Broschüre. Die Medikamente sind zuletzt an der Reihe, und sie klappert mit dem Xanax, bietet mir noch eines an. Schadet ja nicht. Also nehme ich noch eines, um wieder ganz ich selbst zu sein.

36

Manfred bringt sie im Fahrstuhl nach unten. Sie drückt die durchsichtige Tasche mit einem Arm gegen ihre Brust und winkt mir mit dem anderen. Manfred hilft ihr aus dem Lift in den Rollstuhl, den er unten bereitgestellt hat. Die Schiebetür des Autos steht schon offen, aber sie will vor dem Einsteigen noch eine Runde drehen. Sie will sich die Gegend anschauen, und zwar zu Fuß. Sie nimmt meine Hand und bittet Manfred, den Rollstuhl zu schieben. Wir gehen schweigend und Hand in Hand. Wir umrunden die Museumsinsel, kommen an weiteren Museen vorbei, für die uns leider die Zeit fehlt. Wir bleiben kurz auf einer Brücke stehen. Es ist noch warm genug, und sie trägt ihre Mütze. Ich möchte ein Foto von ihr machen, aber sie bittet Manfred, uns beide zu fotografieren.

Sie lässt meine Hand auch für das Foto nicht los. Wir sind wie ein Paar. Sie lächelt, und ich lächele.

Sie scheint mich ablenken zu wollen, denn sie fragt Manfred aus: Wo er geheiratet, wie er seine Frau kennengelernt, zu welcher Jahreszeit die Hochzeit stattgefunden habe. Manfred beginnt mit der letzten Frage. Sie hätten im Mai geheiratet, sagt er, ungefähr um diese Zeit. Er habe Olga bei einem Kochkurs kennengelernt. Sie hätten hier in Berlin geheiratet. War eine lustige Sache, sagt Manfred, eine große Hochzeit mit einer bunten Mischung von Gästen, Polen, Türken, Deutsche.

Die türkische Seite der Familie habe den meisten Krach veranstaltet, sagt er. Unvorstellbar. Seine Cousins hätten an dem Tag ihre ganze Wagenflotte zusammengetrommelt, und alle Autos hätten wie verrückt gehupt.

Warum?, fragt sie.

So macht man das in Berlin. Genau wie in der Türkei. Man fährt hupend durch die Straßen, um aller Welt mitzuteilen, dass eine Hochzeit stattgefunden hat.

Ich weiß, was Sie meinen, erwidert sie. Das sorgt für gute Stimmung. Jeder möchte einen Blick auf die vorbeifahrende Braut erhaschen.

Manfred erzählt, dass seine Cousins die ganze Flotte auf dem Potsdamer Platz angehalten hätten. Verrückt, sagt er. Mitten auf der Kreuzung. Viele tolle Wagen, Mercedes, Lexus, BMW, fast alle schwarz, sagt er, und mit Schleifen und türkischen Flaggen geschmückt, als wäre der Potsdamer Platz ein Dorf bei Antalya – können Sie sich das vorstellen? Alle stiegen aus und tanzten, Männer und Frauen, sagt er. Olga und ich mussten auch mitmachen, mitten auf der Straße. Der Verkehr stockte für mindestens fünf Minuten. Echt verrückt.

Manfred zeigt uns Fotos auf seinem Smartphone.

Und die Polizei hat nicht eingegriffen?, fragt Úna.

Bis die Polizei kommt, sagt er, sind alle weg. Ich habe das schon oft selbst erlebt. Wenn man eine Hochzeitskolonne sieht, sagt man zum Fahrgast: Okay, ganz ruhig, das kann ein Weilchen dauern. Wenn Sie es eilig haben, müssen wir eine andere Strecke fahren.

Wir betrachten die Fotos, die Manfred und Olga, seine Braut, beim Tanzen vor dem Hintergrund des Sony Center zeigen. Die Autotüren stehen offen. Schleifen und bunte Tücher sind an die Seitenspiegel gebunden worden. Die Hochzeitsgäste halten einander bei den Händen und tanzen im Kreis. Eine tanzende Menschenkette. Frauen in langen Kleidern. Große Männer, die einander an den kleinen Fingern eingehakt haben.

Stellen Sie sich das mal vor, sagt Manfred. Auf dem Potsdamer Platz. Überall wird gehupt. Verrückt! Wir tanzten zur Musik aus dem Auto und hatten einen Riesenspaß, sagt er. Die Passanten schauten zu. Total verrückt. Wirklich verrückt. Manche Männer pfiffen, sagt er. Und einige Frauen kreischten. Nein. Sie schrien. Tief in der Kehle.

Sie jodelten, sagt sie.

Genau, sagt Manfred. Die Frauen jodelten, und die Männer pfiffen. Dann stiegen alle wieder ein. Meine Cousins regelten den Verkehr, und es ging weiter.

Vielleicht kannst du dich davon inspirieren lassen, Liam, sagt sie.

Ich fahre zwanzigmal am Tag über den Potsdamer Platz, sagt Manfred, und zur Erinnerung würde ich jedes Mal am liebsten hupen.

Dann sollten Sie es auch tun, Manfred, sagt sie. Tun Sie es für Olga, egal, wer gerade mit im Auto sitzt. Versprechen Sie mir das? Sie müssen es tun.

Total verrückt, sagt er.

Dann sitzen wir wieder im Auto. Das Radio läuft noch, Manfred hat vergessen, es auszuschalten. Eine Frau singt. Úna erkundigt sich nach der Musik – ist sie türkisch? Ja, antwortet er, aber auf Berliner Art. Türkischer Hip-Hop, könnte man sagen.

Hört sich toll an, sagt sie. Lauter, Manfred.

Sie öffnet das Fenster und lässt die Musik auf die Straße schallen. In voller Lautstärke. Die Sängerin klingt sehr jung, ihre Stimme fächert sich in alle Richtungen auf. Da wir den Text nicht verstehen, denken wir uns selbst einen aus. Vielleicht geht es wie in den meisten Popsongs um Liebe, vielleicht auch um eine Hochzeit. Im Freien, während eines Sonnenuntergangs. Und die Sängerin wirft den Kopf hin und her. Beugt sich zurück, bis ihre Haare den Boden berühren.

37

Händchenhalten, ob mit Männern oder Frauen, das habe nicht zu ihr gepasst, erzählte man mir nach der Beerdigung. Man durfte sie nicht einfach in den Arm nehmen, das mochte sie nicht, sagte man, es gefiel ihr nicht, wenn man auf pubertäre Art an ihr hing. Sie schreckte vor Zuneigung zurück, und das betraf sogar Menschen, die sie liebten. Vielleicht lag das an einem Kindheitstrauma.

Noleen, erzählte man, habe Úna geliebt. Man sagte, Noleen liebe sie immer noch und würde gern die Berlin-Fotos sehen. Also schickte ich ihr die Bilder.

Man erzählte mir von einer Begebenheit in Dublin. Damals trafen sich viele Leute in einem Restaurant, Journalisten, Schriftsteller, Fernsehleute. Man diskutierte über die aktuellen Ereignisse in Nordirland, und als man sich umdrehte, sah man, dass Noleen einen Arm um Úna gelegt hatte. Also war das plötzlich die große Neuigkeit: zwei verliebte Frauen in Dublin.

Sie betrachteten die Fotos der Berlinreise und meinten, eine Baseballmütze würde auch nicht zu Úna passen. Sie habe ihre Locken nie bedeckt, nicht einmal bei Regen. Ich erklärte, dass ich ihr meine Baseballmütze geliehen hatte, damit sie am Kopf nicht fror.

Dann wurde mir Folgendes erzählt: Als sie mit Noleen in Rumänien unterwegs war, verschenkte sie all ihr Geld an eine Frau auf der Straße. Offenbar eine Riesensumme, die sowohl zu hoch als auch zu niedrig war. Die Frau nahm das Geld und starrte es an, als wäre es vergiftet. Sie stopfte das Geld in den Ausschnitt ihres Kleides, schnappte sich ihr Kind und lief davon. Úna und Noleen fragten sich plötzlich, was ihr Mann dazu sagen würde – vielleicht glaubte er, dass seine Frau samt Kind auf den Strich ging. Wie hätte sie andernfalls an eine so große Summe kommen sollen? Also machten sie sich auf die Suche nach der Frau. Nicht, um das Geld zurückzufordern, sondern um ihrem Mann zu erklären, dass sie es ihr gegeben hatten, und zwar mit besten Absichten.

Sie habe mir diese Geschichte in Berlin erzählt, erwiderte ich.

Sie stamme aus der Zeit der Großfamilien, sagte man. Als alle knapp bei Kasse waren. Als der Alkoholismus grassierte. Als viele Kinder an Atembeschwerden litten. Einer Zeit, als man mit einem Handtuch auf dem Kopf über einer Schüssel mit heißem Wasser und Eukalyptusöl inhalierte. Das galt als Allheilmittel für Atembeschwerden. Die Schüssel stand auf einem

Stuhl, und man saß auf einem anderen Stuhl wie unter einem Zelt und atmete den Dampf ein. Dort saß man, bis man fast erstickte, und war heilfroh, wenn man endlich wieder normale Luft einatmen konnte. Überall im Land säßen die Leute in der Küche mit einem Handtuch über dem Kopf, erzählte man.

Außerdem erfuhr ich, dass sich Úna einmal auf einer Party in Dublin betrunken hatte und dann mitten in der Nacht nach Westen gefahren war, bis nach County Clare. Das sei kurz vor Weihnachten gewesen, sagte man, und sie habe sich trotz der vielen Partygäste einsam gefühlt. Nach dem Saufgelage holte sie Buddy, ihren Hund, und die Katze, die sie damals hatte, und fuhr dann durch die Nacht, ließ die Städte und weihnachtlich erleuchteten Fenster hinter sich zurück. In Clare raste sie viel zu schnell über die schmalen, gewundenen Straßen, und schließlich überschlug sich ihr Auto. Man fand sie kopfüber in einem Graben, erzählte man mir. Sie konnte froh sein, dass sie mit dem Leben davongekommen war. Wie durch ein Wunder war sie unverletzt geblieben. Ihre größte Sorge galt der Katze – Buddy war noch da, aber die Katze war weg. Am nächsten Tag gab es einen Aufruf im Radio, in dem sie erzählte, sie wolle Weihnachten allein verbringen, nur sei ihre Katze leider an der Straße nach Corafin verschwunden. Oder war es die nach Ennistymon? Sie sagte, Buddy und sie würden furchtbar einsam sein, wenn sie aus dem Fenster in den Regen blickten. Zwei Tage später stand die Polizei mit der Katze vor ihrer Tür.

Sie habe nie nach Vollkommenheit gestrebt, erzählte man. Sie machte gern Fehler. Sie mochte Menschen, die ihre Patzer nicht unter den Teppich kehrten. Und sie fand es großartig, wenn sich jemand verhaspelte, unbedacht und aus Versehen, oder wenn jemand etwas Unüberlegtes tat. Oft habe sie gesagt, dass manche Menschen die Sprache wie Make-up benutzten, andere wie Essen und wieder andere wie eine Sonnenbrille, damit man ihnen nicht in die Augen schauen konnte. Man erzählte, dass sie nicht davor zurückschreckte, gemein oder ungeduldig zu sein, nein, »gedankenlos« war das Wort. Von sich selbst besessen. Einmal, erzählte man, sei sie gemeinsam mit einem Lyriker zu einem Podiumsgespräch nach Galway eingeladen worden. Wie immer war der Saal voll, der Lyriker hatte noch nie ein so großes Publikum gehabt. Sie bestand darauf, als Erste an die Reihe zu kommen, und redete dann über zwei Stunden, beantwortete jede Frage in aller Länge und Breite. Der Lyriker sei nicht mehr zum Zug gekommen, erzählte man, denn am Ende seien die Leute auf sie zugestürmt, um Bücher signieren zu lassen. Danach ging sie, und das Publikum verschwand auch.

Konnte ich dem noch etwas hinzufügen? Warum

sollte ich sie verteidigen? Ich wies nur darauf hin, dass sie der Kellnerin ein sehr üppiges Trinkgeld gegeben hatte.

Ich ergänzte, dass sie das Gefühl hasste, eingesperrt zu sein. Im Hotelzimmer musste das Fenster nachts offen bleiben. Sie hielt sich ungern in den Gewächshäusern des Botanischen Gartens auf, weil sie in der feuchten tropischen Luft kaum atmen konnte.

Man erzählte mir, dass sie gern allein im Lichtschein der Straßenlaternen in ihrem Zimmer gesessen habe. Sie habe es geliebt, wenn die Scheinwerfer der vorbeifahrenden Autos in ihrem Dubliner Haus über die Zimmerdecke glitten. Sie habe auch gern den Betrunkenen gelauscht, die draußen gegrölt oder gestritten hatten, dem Klirren von Flaschen und Dosen, den Geräuschen des Pinkelns und Kotzens, dem Gelächter und Kreischen der Frauen, die ihre hochhackigen Schuhe ausgezogen hatten, weil ihre Füße schmerzten, Frauen, die »Scheiße«, »Fotze«, »Schlampe« und »blöde Nutte« brüllten, dazu die Lieder, die manche Leute mitten in der Nacht anstimmten und die nach wenigen Versen wieder verhallten.

Ich erzählte, dass Úna sich im Hotel verirrt hatte.

Im Adlon verirrt?

Ich erklärte, dass ich draußen noch mit Manfred reden musste. Manfred war unser Fahrer, fügte ich hinzu. Unser letzter Termin an dem Tag war die

Aufführung von *Don Carlos*. Wir brauchten das Auto nicht mehr, denn wir konnten zu Fuß zur Staatsoper laufen. Ich brachte Úna zum Fahrstuhl und glaubte, sie würde sich schon zurechtfinden. Schließlich war sie eine selbständige Person. Sie hatte ja die Schlüsselkarte für ihr Zimmer.

Du hast sie allein gelassen, sagten sie.

Ja, weil sie es so wollte, erwiderte ich.

Ich nahm ihr die durchsichtige Tasche ab, erzählte ich. Ich hätte vielleicht bei ihr bleiben müssen, aber sie winkte mich weg und meinte, ich solle mit Manfred reden. Denn Manfred wollte nach der Oper unbedingt auf uns warten, falls es regnete. Er wiederholte mehrmals, dass meine Mutter und ich bei Regen nicht zu Fuß gehen sollten. Sie war natürlich nicht meine Mutter, aber ich beließ es dabei. Er fügte hinzu, dass er das nicht aus Geldgründen tue, nein, er wolle uns nur einen Gefallen tun. Ich warte vor der Oper, sagte Manfred. Aber Úna wollte nichts davon hören. Sie werden ganz sicher nicht vor der Oper warten, hatte sie zuvor schon zu Manfred gesagt, und es wird sowieso nicht regnen. Also musste ich ihm klarmachen, dass er zu Olga und seinen Kindern zurückkehren sollte, weil wir ihn nicht brauchten. Bleiben Sie bei Ihrer Familie, sagte ich, und warten Sie bitte nicht vor der Oper auf uns.

Sie fanden es unfassbar, dass ich mit ihr in *Don Carlos* ging.

Es war ihre letzte Chance.

Don Carlos?

Sie wollte unbedingt hin, sagte ich.

Sie erzählten mir von der Rückkehr ihres Bruders nach Dublin. Als sie ihn damals aus London nach Hause holte, war er ziemlich am Ende. Falls »nach Hause« in seinem Fall das passende Wort ist, setzten sie hinzu. »Zuhause« ist das einzige Wort, das man für seine Erinnerungen hat, für das, was man hinter sich zurücklässt. Ihr Bruder wollte dorthin zurückkehren – an den Ort, den er in seinem Inneren bewahrt hatte. Aber er war ausgebrannt, erzählte man mir. Er war jung, hatte aber das Gesicht eines Greises. Und er war abgemagert. Hatte schlechte Zähne. Beide Eltern waren tot. Er hatte immer noch die Augen seines Vaters, aber nachdem so viele Menschen in sein Leben getreten waren, ihn benutzt und dann wieder fallengelassen hatten, war sein Gedächtnis zerrüttet. Für ihn schien nichts mehr von Bedeutung zu sein. Die Heimkehr war schlimmer als der Abschied. Niemand fragte nach ihm. Du kannst dich in Dublin gern nach mir erkundigen – das war eine gängige Redewendung, aber was ihn betraf, so gab es niemanden, der ihn noch gekannt hätte. Die Stadt hatte sich während seiner Abwesenheit weiterbewegt. Die Straßen hatten seinen Namen vergessen. Die Orte seiner Kindheit und Jugend hatten nicht bemerkt, dass er fort gewesen war. Er hätte sich ebenso gut in einer fremden Stadt aufhalten und vergeblich nach vertrauten Gesichtern, Läden oder Straßennamen Ausschau halten können. Er sei umhergeirrt und habe Selbstgespräche geführt, erzählte man, habe mit den Granitplatten unter seinen Füßen geredet und erwartet, dass ihm wenigstens die Geländer antworteten.

Úna hielt sich damals in New York auf. Sie hatte ein Stipendium in Manhattan bekommen und musste immer wieder öffentlich auftreten. Sie konnte nicht zurückkehren, um sich um ihn zu kümmern, sagte man. Er schrieb ihr Briefe. Sie erkannte seine unscheinbare Handschrift. Aus seinen Worten sprach keine Verbitterung, selbst dann nicht, wenn er auf seinen Vater zu sprechen kam.

Ihr Bruder glich einem Kind. Da er unfähig war, sich selbst eine Bleibe zu suchen, besorgte sie ihm in Dublin eine Wohnung. Sie war erfolgreich genug, um sich das leisten zu können. Sie hoffte immer noch, dass er sich aufrappeln und sein Leben in die Hand nehmen würde. Aber sie hoffte vergeblich. Geld bekam er von ihr allerdings nicht, weil sie befürchtete, dass er enden könnte wie ihre Mutter. Also bettelte er Noleen an. Noleens Haustür, erzählte man, sei immer offen gewesen, während sie am Küchentisch gesessen und geschrieben habe, damit die Nachbarn jederzeit hallo sagen konnten. So war es während ihrer Kindheit gewesen, und so hielt sie es immer noch. Ihre Tür stand allen offen.

Das war lange, nachdem Noleen sich mit Úna zerstritten hatte, sagte man. Úna gewöhnte sich an die Auslandsaufenthalte, sie war allein unterwegs und sprach an vielen Orten in den USA, unter anderem in Aspen. Noleens Liebe zu ihr erlosch nie. Und als Únas Bruder schließlich bei ihr anklopfte, gab sie ihm jeden Penny, den sie auf dem Bankkonto hatte – alles aus Liebe zu Úna.

38

Manfred meint, man könne alles kaufen. Jeden beliebigen Mantel. Jedes Parfüm. Jeden Fernseher. Wenn man genug Geld habe, sei nichts unmöglich. Man kann sich Schuhe aus Aalhaut kaufen, sagt er. Aale haben nur einen schmalen Streifen Haut. Wenn sie ihre Reise durch die Meere antreten, hören sie auf zu fressen. Aale sind eigentlich gar nicht so hässlich, sagt er. Aale saugen Kindern nicht das Blut aus, und sie melken auch keine Kühe. Die Leute erzählen jede Menge Unsinn über Aale, sagt er. Der Aal ist fast ausgestorben. Er las kürzlich in der Zeitung, dass die Aale ihre Reise nicht mehr antreten können, weil sie sofort zu Schuhen verarbeitet werden. Man bezahlt teures Geld dafür. Eine Russin habe vor einiger Zeit drei Paar gekauft, ohne sie überhaupt anprobiert zu haben.

Úna erwidert, sie wolle ganz sicher keine Schuhe aus Aalhaut sehen.

Dort gibt es alles, was das Herz begehrt, sagt Manfred.

Auch Bettbezüge?

Sicher. Eine riesige Auswahl.

Sie fand es toll, dass ihr beim Betreten des KaDeWe warme Luft ins Gesicht schlug wie bei der Ankunft an einem warmen Urlaubsort. Sie fand die hohen Decken herrlich. Die Spotlights, die die ausgestellte Ware wie auf einer Bühne anstrahlten, als könnten jeden Moment die Schauspieler auftreten. Sie bewunderte die Vielfalt der Füllfederhalter und Armbanduhren für Männer. Sie genoss den Duft der vielen neuen Dinge. Sie liebte es, die Menschen zu beobachten, die auf den Rolltreppen nach oben und nach unten fuhren, an einem Fleck verharrten, aneinander vorbeiliefen.

In der Parfümabteilung bat sie den Angestellten, einen Duft auf einen der Pappstreifen zu sprühen, und sagte dann, der Geruch erinnere sie an Frauen bei einem Reitturnier, an große Hüte und Handtaschen mit Kaubonbons oder Pfefferminzdrops. Wenn sie die Zeit habe, erzählte sie, tue sie das immer, ob zu Hause oder im Ausland, dann probiere sie Parfüms aus. Nicht, um eines zu kaufen. Sondern um zu reden. Sie habe immer die Toiletten von Brown Thomas in Dublin aufgesucht, sagt sie, um sich dann gratis etwas Parfüm aufsprühen zu lassen, bevor sie in den Pub ging.

Na los, sagt sie, fragen wir den Mann in Uniform.

Sie bat mich, sie wieder in die Lobby zu schieben, um sich bei dem Mann mit Zylinder zu erkundigen, wo es die Bettbezüge gab. Er müsse sich nützlich machen, sagte sie, denn er werde irgendwann in Rente gehen, und dann werde man seine Stelle nicht mehr neu besetzen. Außerdem würden viele Menschen an ihm vorbeihasten, als würde er gar nicht existieren, obwohl er Schwalbenschwanz und Zylinder trage, wie für eine Hochzeit oder ein Pferderennen. Er nannte uns das Stockwerk. In einem Kaufhaus sind die Leute manchmal so blind, sagte sie, dass sie sogar ihre Eltern übersehen würden. Sie blieb eine Weile stehen, um eine Frau mit schwarzem Kopftuch zu beobachten, die eine rosa Reisetasche kaufte und dabei nicht in den Spiegel sah, sondern nur an der Tasche roch und sich dann bei ihrem Mann erkundigte, ob sie zu ihr passe, als wäre er der Spiegel.

Wenn man eine Neuerwerbung mit nach Hause genommen hat, sagte sie, verliert sie oft ihren Reiz. Dann fragt man sich, warum man sie überhaupt gekauft hat. Den Duft neuen Leders habe ich immer besonders gern gemocht, sagte sie. In einem Kaufhaus sind alle wie Kinder.

Die Angestellte fragte auf Englisch, ob sie helfen könne. Úna gab Angestellten gern die Gelegenheit, alles zu erklären und auf besonders Empfehlenswertes hinzuweisen. Man kann keine Bettbezüge kaufen, sagte sie, ohne den Angestellten die Möglichkeit geboten zu haben, die verschiedenen Stoffe vorzuführen. Und keine Angst, meinte sie, die sehen das nicht als

Zeitverschwendung, sondern machen es gern. Die Angestellten können anhand des Aussehens der Kunden den Geschmack erraten. Baumwolle. Satin. Leinen. Die Angestellte wies auf diverse Marken und Muster und die unterschiedlichen Stoffqualitäten hin. Es gab alle möglichen Muster. Schwarz-weiß gestreift. Diagonal gestreift. Eine Hälfte grün mit gelben Fröschen, die andere gelb mit grünen Fröschen. Leopardenfellmuster. Bezüge mit dem Kopf eines Zebras in der Mitte. Bezüge mit dem Alphabet. Bezüge mit rotem und gelbem Laub. Einige Betten waren bezogen, und man hätte sich am liebsten sofort hineingelegt, trotz der vielen Kunden, die einem beim Schlafen zuschauen konnten.

Während Úna die unterschiedlichen Muster betrachtete, ließ sie ihre durchsichtige Tasche auf dem Fußboden stehen, als würde sie ihr nicht gehören.

Die Angestellte war sehr groß. Sie kauerte neben dem Rollstuhl und präsentierte einen Bezug nach dem anderen. Úna durfte jeden Stoff betasten. Farbige Stoffe empfinde man oft als warm, weiße als kalt, sagte die Angestellte, obwohl das natürlich eine Illusion sei.

Hauptsache, man schläft gut darin, sagte die Angestellte.

Úna erwiderte, Schriftsteller würden nicht schlafen. Sie leide an Schlaflosigkeit und schlafe nur dann gut, wenn sie an einem Roman arbeite. Die Wahrheit hält einen nachts wach, sagte sie, und die Fiktion lässt einen einschlafen.

Die Angestellte meinte, seidenes Bettzeug fühle sich am besten an, sei aber auch am teuersten. Ich selbst finde, sagte die Angestellte, dass es zu empfindlich ist. Wenn man einmal mit einem Fingernagel oder Schmuckstück daran hängenbleibt, ist der Stoff ruiniert, und man kann ihn ebenso gut wegwerfen.

Die Angestellte klang wie ein Mann und kniete wie eine Frau, die Knie aneinander gedrückt. Während sie noch mehr Bezüge holte, wollte Úna meine Meinung hören.

Hat sie einen Adamsapfel? Was meinst du?

Die Angestellte?

Sie hat eine ziemlich tiefe Stimme.

Solche Männer oder Frauen verraten sich immer, sagte sie. Jeder verrät sich. Wir geben anderen stets Hinweise, kleine, scheinbar zufällige Details, die irgendjemand bemerkt. Wenn eine Frau husten muss, sagte sie, dann hebt sie nicht den Kopf und zeigt ihren Adamsapfel. Vielleicht war das ja beabsichtigt – sie wollte uns einen Tipp geben, darauf hinweisen, dass sie ein Mann ist, der sich als Frau ausgibt. Eine Frau, die sich als Mann ausgibt. Eine Frau, die sich als Frau ausgibt.

Dies ist unser hochwertigstes Bettzeug, sagte die Angestellte nach ihrer Rückkehr. Es kommt aus Frankreich. Oder aus der Schweiz. Auf jeden Fall gibt der Hersteller eine Garantie über zehn Jahre.

Zehn Jahre?

Minimum, erwiderte die Angestellte.

So lange brauche ich es nicht mehr, sagte sie. Ich will es nach Dublin mitnehmen.

Aha, Irland, sagte die Angestellte.

Für den langen Schlaf.

Für einen erholsamen Schlaf, sagte die Angestellte.

Den letzten Schlaf.

Ach, sagte die Angestellte.

Úna fragte mich später, was die Angestellte mit diesem Wort gemeint habe. Was »ach« bedeute. Denn im Irischen heißt es »aber«. Ich erklärte es ihr.

Ach was?, sagte sie.

Sie kaufte nur einen Bezug, einen besonders breiten Satin. In schlichtem Weiß. Keine Kopfkissenbezüge. Die Angestellte fragte nach den Maßen, aber Úna sagte, der Bezug sei nur für sie selbst und dürfe gern breiter sein. Die Angestellte legte den Bezug in einen Karton, den sie mit einem Band verschnürte. Sie bedankte sich bei uns wie ein Mann und lächelte wie eine Frau und hustete wie ein Mann mit einer Hand vor dem Mund.

39

Wir hatten Zeit. Sie wollte sich noch mehr anschauen. Dinge, die wir nicht brauchten, zum Beispiel Küchengeräte, Töpfe, Bestecke. Die Keramikmesser weckten ihr Interesse, ebenso die Bratpfannen aus weißer Keramik. Stell dir vor, du brätst Würste darin, sagte sie. Sie stöberte herum, bewunderte die Waren, fasste alles an. Sie drehte sich zu mir um und fragte fast mütterlich, ob ich etwas haben wolle, aber mir fiel nichts ein. Ich könne doch sicher etwas gebrauchen. Vielleicht ein Hemd. Eine neue Jacke, etwas für die Hochzeit. Ich erwiderte, mit meinem Anzug bestens bedient zu sein. Außerdem falle die Hochzeit doch aus, so wie es im Moment aussehe, erklärte ich ihr.

Kaufst du dir nie etwas, Liam?, fragte sie.

Ich lachte.

Du gehst nie in die Oper, kaufst dir keine anständigen Kleider und trägst Klamotten, in denen du aussiehst wie ein bejahrter Teenager. Zum Beispiel deine Jacke – so etwas haben irgendwelche Fußballspieler vor zehn Jahren getragen.

Sie ist zu meiner zweiten Haut geworden, sagte ich.

In der Kindermode-Abteilung betrachtete sie Sommerkleider. Sie erklärte der Angestellten, sich nur umschauen zu wollen. Ich sehe mich nur um, sagte sie und zeigte auf ihre Augen.

Dann begann sie wieder, mich auszufragen. Ob ich wisse, wer Maeves richtiger Vater sei. Der leibliche Vater. Ob ich eine konkrete Vermutung hätte.

Ja, antwortete ich.

Und du bist dir sicher?

Er war mein bester Freund, sagte ich.

Das hast du mir nie erzählt, Liam.

Ich befasse mich erst seit kurzem damit, sagte ich.

Er wollte ständig etwas mit mir unternehmen. Los, wir gehen einen trinken und hauen richtig auf die Pauke, sagte er dann. Man wusste nie, wohin das führen würde. Er war großzügig, erzählte ich ihr. So großzügig, dass man damit überfordert war – manchmal war es beinahe zum Fürchten. Ich hatte immer das Gefühl, in seiner Schuld zu stehen. Aber er war die beste Gesellschaft, die man sich denken kann. Er war sehr beliebt. Meist stand er ohne Vorwarnung vor der Tür und sagte lächelnd: *Ra Ra*. Immer der gleiche Spruch, die Aufforderung zum Kampftrinken. Ich kann mich nicht daran erinnern, jemals ein echtes Gespräch mit ihm geführt zu haben. Vielleicht mochte ich ihn so sehr, weil man in seinem Beisein nicht verpflichtet war, sich zu erinnern. Er wollte, dass man vergaß. Schau nie zurück, sagte er oft zu mir. Man muss weitergehen, immer weiter. Ich wusste, warum Emily fliehen wollte. Emily bat mich aus guten Gründen, sie wegzubringen, egal wohin. Also fuhr ich mit ihr nach Milltown Malbay, damit sie sich nicht mehr verfolgt fühlte, zu den Seetangbädern und den Badestellen bei den Pollock Holes und den Klippen.

Wie konnte er da mein Freund bleiben?

Er verschwand gleich nach Maeves Geburt. Ich war mir sicher, dass ich ihm früher oder später wieder über den Weg laufen würde, zwangsläufig, denn Dublin ist nicht sehr groß. Es war mehr als wahrscheinlich, dass ich ihn in einer der Bars sehen würde, die wir oft besuchten. Vor einer roten Ampel. Bei der Bestellung eines Kaffees zum Mitnehmen. Einmal, erzählte ich ihr, sah ich ihn im Foyer des Abbey Theatre. Nein, bei einem Konzert im Olympia. Jedenfalls vor langer Zeit. Lange, bevor ich herausfand, dass ich nicht Maeves leiblicher Vater bin. Ich ging damals auf ihn zu, legte ihm eine Hand auf die Schulter, fragte: Alles paletti? Eine idiotische Formulierung, klar. Alles paletti? Ich kenne niemanden, der diese Wendung noch benutzt, aber er fragte mich das ständig, und ich ahmte ihn nach. Außerdem hatte ich mich geirrt. Er war es nicht.

Er geht dir aus dem Weg, sagte sie.

Vielleicht kommt er zum Klassentreffen.

Dann fahr auch hin, sagte sie. Mach reinen Tisch.

Sie breitete ein Partykleid für ein Kind auf ihrem Schoß aus, als wollte sie es tragen.

Ich erzählte ihr, dass ich ihm einen Brief geschrieben hatte, an seine alte Adresse. Eine E-Mail oder eine Nachricht auf seinem Telefon wäre wohl unpassend gewesen. Ich wollte ihm auch nichts ins Büro schicken, weil es vielleicht von der Sekretärin geöffnet worden wäre.

Was macht er beruflich?

Privat und streng vertraulich, sagte ich, das habe ich oben auf den Umschlag geschrieben.

Du musst mir das nicht erzählen, sagte sie.

Warum nicht?, erwiderte ich. Er ist Anwalt.

Es sei ein sehr höflicher Brief gewesen, erzählte ich. Ich unterstellte ihm darin nicht, der Vater zu sein, denn ich hatte keine Beweise. Ich brachte ihn nicht einmal direkt mit Maeve in Verbindung, sondern gratulierte ihm zu seinen Erfolgen als Jurist und teilte ihm mit, dass meine Tochter auf der Suche nach ihrem leiblichen Vater sei, was sich nicht gerade als einfach herausstelle. Gut möglich, dass mein Brief ein wenig wie ein juristisches Schreiben klang. Ich bat ihn, in sich zu gehen, vielleicht erinnere er sich ja an etwas, das Maeve helfe, ihren leiblichen Vater zu finden. Sollte er etwas wissen, schrieb ich, dann wäre ich sehr dankbar, von ihm zu hören.

Hast du von ihm gehört?

Nein.

Vielleicht hat er den Brief nicht erhalten.

Sie hatte nicht die Absicht, ein Kleid für eine Fünfjährige zu kaufen. Aber sie hatte noch gut in Erinnerung, wie sie einmal Limonade auf ihr Lieblingskleid gekleckert hatte. Seither hatte sie sich immer gewünscht, das gleiche Kleid noch einmal zu besitzen.

Der Brief sei ein Fehler gewesen, sagte ich. Ich hätte ihn nicht abschicken dürfen, und ich ärgerte mich über mich selbst. Weil ich ihn ins Bild gesetzt, weil er mir meine Tochter geraubt hatte. Ich hätte es am liebsten rückgängig gemacht, aber das ging natürlich nicht. Man kann nicht einfach anklopfen und einen Brief zurückfordern. Man kann niemanden zu Hause aufsuchen und sagen: Tut mir leid, aber das geht dich nichts an. Du bist der falsche Empfänger.

Nein, das tut man nicht, sagte sie.

Er lebt jetzt auf dem Land, sagte ich. In der Nähe von Trim. Der Ort ist schwer zu finden, das Navi schickt einen um die halbe Welt. Ein tolles Anwesen mit langer Auffahrt, Rasenflächen und Tennisplatz. Die Haustür hat ein Oberlicht und wird von den Steinskulpturen zweier Windhunde flankiert, die von gelben Flechten bedeckt sind. Im Wohnzimmer stehen Bücherregale an allen Wänden. Über dem Kaminsims hängt ein Gemälde, das ein Weizenfeld nach einem Gewitter zeigt. Und die Küche ist diagonal in Schwarz und Weiß gefliest.

Woher weißt du das alles?, fragte sie.

Stell dir vor, ich hätte das Haus heimlich durch die Hintertür betreten, sagte ich, durch die Küche. Stell dir vor, ich wäre die Treppe hinaufgegangen, und beide, er und seine Frau, hätten gerade im Bett gelesen. Er eine juristische Fachzeitschrift. Und sie? Gedichte? Und ich hätte plötzlich in der Schlafzimmertür gestanden. Gib mir den Brief zurück. Bezüglich meiner Tochter. Tu einfach so, als hättest du ihn nie erhalten.

Das kannst du nicht getan haben, Liam.

Ja, das geht nicht, sagte ich. Seine Frau hätte sich bestimmt vor Schreck übergeben. Auf Buch und Bettzeug. Und er hätte gesagt: Schon gut, Julia, ist nur ein alter Schulfreund, den ich seit Jahren nicht mehr gesehen habe.

Tu das nicht, Liam.

Ich bin nicht mehr wie früher, sagte ich.

Auch nicht nach meinem Tod, sagte sie.

Ich bin nicht mehr wie früher, das schwöre ich.

Und dann sah ich mich im Spiegel. Ich glaubte zuerst, dass mich jemand beobachtete. Jemand vom Sicherheitspersonal, der mich argwöhnisch im Auge behielt. Aber es war nur ein Spiegel, und da stand ich, leibhaftig, und erkannte mich nicht.

Die Schuhe fielen mir zuerst auf. Sie waren genau

wie meine, nur dass sie hier, wo alles neu war, etwas schäbig wirkten. Danach die Hosenbeine, die sich auf den Schuhen stauchten. Ich sah aus wie gebraucht. Ich wirkte gedankenverloren oder als hätte ich mich verlaufen, wäre mir nicht sicher, ob ich am richtigen Ort war. Ich konnte mich sehen, wie ich wirklich war, unverhüllt und so, wie andere Menschen mich wahrnahmen. Ich war hundertprozentig ich selbst. Ich erkannte die Nase, die spiegelverkehrt noch krummer wirkte. Anhand dieses Spiegelbilds in einem Berliner Kaufhaus, unter dem Arm eine Schachtel mit einem Bettbezug, wurde mir zum ersten Mal bewusst, wie ich inzwischen aussah. Ich wirkte wie auf frischer Tat ertappt.

40

Man will von mir wissen, ob ich in Berlin noch mehr über Úna herausgefunden habe. Als würde ich den entscheidenden Hinweis für mich behalten, ein winziges Detail, das die ganze Wahrheit über sie enthüllt. Aber ich kann ihr Leben leider auch nicht schlüssig erklären. Wir waren nur gut befreundet. Ich war ihr Gefährte, nicht ihr Liebhaber. Wir hatten keine gemeinsame Vorgeschichte.

Wenn jemand wissen will, wer sie war, kann ich nur sagen: Lest ihre Bücher. Redet mit den Menschen, die ihr nahestanden. Zum Beispiel mit Noleen. Oder mit den Männern in ihrem Leben. Mit ihren Angehörigen, ihren Freunden, den Menschen, mit denen sie arbeitete, Menschen, die sie viel besser kannten als ich. Ich kann nur ergänzen, dass sie das Reisen liebte. Wir flogen nach Berlin, und sie genoss jede einzelne Minute, jedenfalls sagte sie das. Sie wollte nicht mehr weg. Sie habe genug Zeit, sagte sie.

Was will ich damit sagen? Ich kann zusammenfassen, was ich weiß, aber eigentlich müsste man ihr gegenüberstehen und sie für sich selbst sprechen lassen. Ist das vielleicht der fehlende Hinweis? Ihre Gegenwart? Ihre leibhaftige Anwesenheit? Ein Buch voller Erinnerungen kann den lebendigen Menschen nicht ersetzen, egal, wie viele Wahrheiten darin enthalten sind. Das ist es wohl, was ich zu sagen versuche. Ich weiß, dass dies ihrer Theorie widerspricht, nach der jeder Mensch die Summe seiner Geschichte ist – eine Geschichte auf zwei Beinen, wenn man so will. Aber es ist nun einmal so, dass eine Aufzählung all dessen, was Úna sagte, weder ihre eigenen Worte noch den Klang ihrer Stimme ersetzen kann.

Sie war einer jener Menschen, die schlecht im Erfinden sind. Sie bevorzugte Tatsachen. Und sie verfügte gern über diese Fakten. So schrieb sie auch ihre Bücher: Sie legte Listen mit Tatsachen an. Und manchmal vermischte sie die Wahrheit mit den Tatsachen. Sie fand, dass man alle Tatsachen auf den Tisch packen musste, um die Wahrheit erzählen zu können. Manche Tatsachen, sagte sie, seien so wahr, dass man sie unmöglich erfinden könne, und manche Tatsachen seien so wahr, dass sie für sich selbst sprächen.

Sie konnte nichts für sich behalten. Sie sprach auf der Straße jeden an. Sie nahm den Zettel entgegen, der mit kostenloser Pizza warb, sie unterschrieb die Petition für eine Studie über Umweltschäden, sie blieb stehen, um den Mann mit den beiden Hunden zu begrüßen, den Mann, der mit Hilfe eines tragbaren Verstärkers »Angie« sang. Sie brachte die Leute dazu, von sich zu erzählen, ganz egal in welcher Stadt, denn sie wusste nur zu gut, wie es war, wenn die Leute so taten, als würde man nicht existieren. Manchmal kam es aber auch vor, dass sie es zu eilig hatte, um von den Menschen Notiz zu nehmen. Am meisten verabscheute sie Leute, die sie anbettelten, als hätten sie sie nie gesehen, obwohl sie ihnen kurz zuvor Geld gegeben hatte.

Sie war wütend, unglaublich wütend. Und das gab sie auch offen zu, denn es war ja normal. Wer von uns war nicht hin und wieder wütend? Sie kannte auch Gefühle wie Eifersucht oder Verletztheit, alles, was man im Laufe seines Lebens empfindet. Sie kannte den Neid auf Menschen, die erfolgreicher waren, mehr Geld hatten, auf Frauen, die schöner waren. Sie war auf der Seite der Frauen, aber sie fürchtete die Frauen auch. Sie setzte sich für Frauen ein und war gleichzeitig eifersüchtig. Wenn sie einen Mann wollte, der schon vergeben war, spannte sie ihn der betreffenden Frau einfach aus, ohne jeden Skrupel. Sie war hetero, und sie war lesbisch. Sie kannte keine Scheuklappen, wenn es um die Liebe ging.

Sie liebte Glocken. Einmal, wir waren gerade in Berlin unterwegs, wollte sie unbedingt die Glocken hören. Sie beugte sich vor und bat Manfred, anzuhalten. Ich dachte schon, es würde ihr nicht gut gehen. Manfred, rief sie, anhalten! Sofort. Anhalten. Genau hier, sagte sie. Also musste Manfred an einer Stelle parken, wo man nur zum Entladen halten durfte, und sie ließ das Fenster herunter, um den Glocken zu lauschen.

Wir standen direkt neben einer Kirche, und die Glocken waren so laut, dass man sein eigenes Wort nicht verstand. Die Glocken schienen verrückt geworden zu sein. Es war, als würde sich über der Stadt eine Kuppel schließen. Sie läuteten wie wild. Man konnte nicht einmal mehr den Verkehr hören. Manfred stellte den Motor aus, und wir lauschten, als wäre Weihnachten. Das Läuten war körperlich spürbar. Und nach einer Weile wurde uns bewusst, dass wir auch die Glocken weiter entfernter Kirchen hörten. Sie läuteten im Einklang. Nicht harmonisch, aber so, dass sich ein Läuten über das andere legte. Es dröhnte in unseren Ohren. Und als die Glocken verstummten, hörte das Läuten nicht wirklich auf. Sie wurden leiser, ja, aber wir konnten sie noch hören, wie jemand, der wieder zu Atem zu kommen versuchte.

Sie ging nicht oft in die Kirche. Sie hatte keine Zeit für Gott, wurde die Angewohnheit, ihn im Munde zu führen, aber nicht los. Allmächtiger! Gott helfe uns! Sie sah keinen Sinn darin, an Gott zu glauben, bestand aber auf einem kirchlichen Trauergottesdienst und wollte auch die Kaiser-Wilhelm-Gedächtniskirche in Berlin besuchen, um dort eine Kerze für ihren Bruder zu entzünden. Diese Kirche stand noch auf der Liste, die Manfred auf das Armaturenbrett gelegt hatte.

Trotz all ihrer Wut und Trauer um ihren Bruder bewunderte sie ihren Vater. Sie konnte nicht anders. Sie fand es großartig, wenn jemand auf sie zukam und sagte, sie sei ganz der Vater. An seiner Beerdigung nahmen sehr viele Menschen teil, denn er war sehr beliebt, er war der König. Nach seinem Tod war sie untröstlich und begann zu trinken wie ihre Mutter. Sie sagte, wenn man schon trinke, dann richtig, alles andere sei Unsinn. Als Kind war sie an Betrunkene gewöhnt. Wenn jemand spät nach Hause kam, rechnete sie immer damit, dass gelacht oder getobt wurde oder dass jemand gegen Möbel torkelte. Das alles werde sie ihrem Vater nie verzeihen, sagte sie, aber wenn sie seine Stimme im Radio hörte, zerriss es ihr die Brust. Sie versuchte, mit ihrer Mutter zu reden, aber die war meist zu betrunken. Wenn sie wieder einmal ihre wie tot auf dem Fußboden liegende Mutter fand, konnte sie nur verzweifelt gegen das Fenster hämmern. Und dann wurde ihre Mutter tatsächlich tot aufgefunden, sie lag im Badezimmer auf dem Bauch, gezeichnet von den Spuren vieler Stürze.

Eines Tages, auf einer Fahrt in den Westen, wurde

Úna bewusst, dass sie ihre Gefühle ausschalten konnte wie das Autoradio. Es war, als hörte sie nichts mehr. Als wäre sie unter Wasser. Sie fand heraus, wie sie ihr eigenes Leben führen und nach Glück streben konnte, ohne sich ununterbrochen um ihre Familie zu sorgen.

Sie hatte ein Händchen für Kinder. Sie vergaß keinen Geburtstag. Sie stellte Kindern gern Scherzfragen, brachte sie dazu, die Zahl ihrer Brüder und Schwestern zu nennen oder zu erzählen, was sie später werden wollten. Sie wusste ganz genau, warum Kinder so gern in den Schuhen Erwachsener durchs Haus wackelten. Sie kitzelte aus ihnen heraus, was sie für die Ferien in ihren Koffer gepackt hatten.

Überraschenderweise hatte die Gedächtniskirche wenig zu bieten. Der zerstörte Turm sah aus, als wäre der Krieg erst am Vortag zu Ende gegangen. Wir schauten uns das Innere der Ruine an. Das Deckenmosaik war nur noch an einer Stelle erhalten, dort aber trotz einiger Risse in gutem Zustand. Wir betrachteten Fotos, die die Kirche vor dem Krieg zeigten, als niemand geahnt hatte, dass sie irgendwann in Trümmern liegen würde. Stell dir vor, du hättest damals gelebt und nichts geahnt, sagte sie. Gleich neben der Ruine hatte man eine neue Kirche erbaut, modern und mit achteckigem Grundriss und vielen kleinen blauen Bleiglasfenstern. Eine Million blauer Quadrate, durch die das Licht fiel. Man hatte das Gefühl, sich in einer blauen Vase aufzuhalten. Egal wie das Wetter war, die ganze Kirche war immer von blauem Licht erfüllt, machte Fußboden und Bänke blau, fiel blau auf unsere Gesichter.

An der Tür stand ein Korb mit Äpfeln. Man sollte einen Apfel nehmen und dafür etwas spenden. Úna betrachtete die Madonna, eine ovale Gestalt, die ein Kind an sich drückte, um es zu wärmen, eine Zeichnung, die während des Krieges mit Kohle auf der Rückseite eines Stadtplans von Stalingrad angefertigt worden war.

Am Kerzenstand hing eine Dose mit Schlitz an einer Kette. Die Münzen klimperten, als ich sie hineinwarf. Auf dem Tischchen brannten echte Kerzen und nicht die elektrischen Lichter, die es in manchen Kirchen gibt. Ich entzündete eine Kerze für ihren Bruder Jimmy, stellte sie auf einen freien Platz, und wir betrachteten eine Weile die Flammen.

Ich fragte, ob es noch jemanden gebe. Ob sie eine Kerze für ihre Eltern entzünden wolle?

Eine für deine Mutter und deinen Vater, sagte ich.

Nein, sagte sie.

Sie wollte keine Kerze für ihre Eltern entzünden, auf keinen Fall, nur für ihren Bruder. Ich konnte sie nicht dazu bringen, ihnen zu vergeben. Man kann nur vergeben, was einem selbst angetan wurde, sagte sie, aber nicht das, was einem anderen angetan wurde.

Ich habe nicht das Recht, Vergebung für das zu gewähren, was meinem Bruder angetan wurde, sagte sie.

Ihr Bruder sei damals noch klein gewesen, sagte sie. Er wusste, was geschah. Er konnte es nicht aufhalten. Er berichtete ihr in seinen Briefen davon. Er schrieb ihr, hielt alles auf Papier fest, als könnte er ihr seine Erinnerungen so zur Aufbewahrung überlassen. Er schrieb alles für sie auf, weil sie die Schriftstellerin in der Familie war und wusste, wie damit umzugehen war. Sie trug seine Berichte überall auf der Welt bei sich, und die Geschichte ihres Bruders wurde zu einem Teil ihrer eigenen Geschichte. Und obwohl sie in ihren Büchern alles erzählte, kam er nicht gegen den Lärm in seinem Kopf an. Dieser Lärm hatte ihn von Kindesbeinen an begleitet wie ein Gefährte, der ihm ständig ins Ohr flüsterte. Er konnte nicht vergessen, was er erlebt hatte, obwohl seine Eltern lange tot waren. Er konnte so viele Briefe schreiben, wie er wollte, die Erinnerungen wurde er nicht los.

Er war ihnen ausgeliefert, sagte sie.

Er hörte, wie seine Mutter um Hilfe schrie. Er hörte, wie sein Vater zuschlug, wie die Faust gegen das Gesicht seiner Mutter klatschte. Er hörte eines Nachts, wie die Liebe seine Mutter verließ, um nie zurückzukehren, und er konnte ihr nicht helfen. Also verkroch er sich im Schrank. Er war damals gerade einmal vier Jahre alt, und er wollte nichts mehr hören. Am nächsten Morgen fand man ihn schlafend im untersten Fach des Garderobenschranks.

41

Ob es etwas geändert hätte, wenn sie etwas über die Zukunft erfahren hätte? Ich hätte ihr gern erzählt, dass ich Berlin später noch einmal besuchte und dass die Kirche unverändert war. Ringsumher die blauen Glasquadrate, die jeden, der hereinkommt, in blaues Licht tauchen. Während man in sich geht, werden die eigenen Hände blau und still. Man tritt auf die helle Straße hinaus, und die blauen Finger erzittern im Verkehrslärm. Ich würde ihr gern erzählen, dass inzwischen Herbst ist. Die Stadt ist einem schon ein Stück voraus, sie hat ihre Farben geändert, Braun-, Rot- und Kupfertöne in allen Nuancen. Trockenes Laub knistert unter den Schuhen. Am Rand des Weges im Park liegen Blätter, Männer und Frauen harken sie zu großen Haufen zusammen. Sie hätte die Stadt in dieser Jahreszeit sehen sollen. Blätter, die im Schaufenster um die ausgestellten Schreibwaren drapiert wurden, mit der Hand aufgesammelte Blätter in den unglaublichsten Farben, rot wie Blut, gelb wie Flammen, manche noch mit grünem Rand, und alle zwischen Stiften,

Tagebüchern und in Leder gebundenen Fotoalben verteilt.

Und Laternen.

Ja, sie hätte die Laternen sehen sollen. Eines Abends, es war schon dunkel, ging ich durch den Park und sah zehn, vielleicht auch fünfzehn Laternen auf einem freien Feld. Weitere Laternen kamen zwischen den Bäumen am Rand des Parks hervor und gesellten sich dazu. Die meisten waren orange, aber es gab auch andere Farben. Ich musste an leuchtende Unterwasserwesen denken, die sich unablässig bewegten und ihre Gestalt änderten. So hätte ich es ihr geschildert. Und dann merkte ich, dass es sich um Kinder und ihre Eltern handelte. In manchen Fällen waren es keine Laternen, sondern vom Schein der Laternen erhellte Gesichter. Eine Laterne trennte sich vom Rest und bewegte sich rasch einen niedrigen Hügel hinauf, gefolgt von einer zweiten Laterne. Dann kehrten beide zu den anderen zurück, und alle Laternen bewegten sich langsam auf mich zu. Insgesamt dreißig oder vierzig, schätze ich, die immer näher kamen, bis sie mich erreichten, und als sie an mir vorbeizogen, wurde gesungen.

Das hätte ihr gefallen.

Ich würde ihr gern etwas Optimistisches erzählen. Hätte das etwas an der Meinung geändert, die sie von mir hatte, an dem Gesamteindruck, den sie mit ins Grab nahm?

Mach dir keine Sorgen um deine Tochter, sagte sie zu mir.

Die Erinnerung an diese Worte tut gut. Sie versuchte, über ihr Ableben hinauszudenken, mich zu beruhigen, mir zu sagen, dass sich manches von allein einrenkt, dass man nicht alles im Voraus planen kann. Doch was ihre Meinung von mir betrifft, so tappe ich im Dunkeln. Ihr stand jede Vermutung frei, und sie war gut darin, sich alles Mögliche vorzustellen. An der Meinung, die sie von mir hatte, kann ich nichts ändern, und das gilt auch für das, was andere von mir halten. Es liegt nicht in meiner Macht, die Erinnerung anderer Menschen zu verändern.

In Berlin erzählte ich ihr, dass mein Bruder das Haus instand hält, in dem wir aufwuchsen, dass Haustür und Fenster unverändert sind. Das gilt auch für die Bilder und Bücher und das Tischchen im Flur, ja sogar für die Mäuse, die bis heute durch dasselbe Loch unter der Treppe hereinkommen. Würde ich dort leben, erzählte ich, dann hätte ich alles herausgerissen, einschließlich der alten Rohrleitungen, so bin ich nun einmal, ich habe einen Hang zum Renovieren. Aber mein Bruder möchte weiter in der Atmosphäre seiner Kindheit leben.

Alles ist noch da, erzählte ich ihr. Der Blick auf den Garten hinter dem Haus, die Apfelbäume, die Granitmauer mit den Schnecken, die sich im Efeu verstecken, die rückwärtige Pforte, die nie richtig schloss. Sogar der Himmel ist derselbe, er zittert noch von der Wucht, mit der mein Vater die Faust auf den Tisch sausen ließ. Und das Schiebefenster, das während eines nächtlichen Sturms kaputtging. Mein Vater kam wütend ins Schlafzimmer, um mich zu bestrafen, wie ich glaubte, aber er wollte nur das klappernde Fenster schließen. Das waren die Tage von Holz und Kitt, und der Rahmen war so morsch, dass er zerbröselte, als mein Vater daran zog. Das Glas war kaputt. Mein Vater, der es abdichten wollte, knipste das Licht an und sah sich im Zimmer um. In einer Ecke lag eine große, aufgerollte Weltkarte, die noch aus seiner Zeit als Lehrer in Dunmanway stammte. Er rollte sie aus und nagelte sie auf den Fensterrahmen. Nur vorübergehend, sagte er zu mir. Schlaf weiter. Und so hatte ich, während ich mit dem Rücken zur Wand einschlief, die ganze Welt vor Augen. Die ganze Wut war draußen. Die Äste der Bäume warfen Schatten auf die Welt, der Wind ließ die Ozeane flattern.

In meinen Augen war die Wut in Irland ein fester Bestandteil des Lebens. Vielleicht glich mein Vater auch dem König in *Don Carlos*. Er trug Liebe und Schuld in sich und fürchtete sich vor dem Verlust seiner Macht. Aber er versuchte nicht, mich zu töten. Er war nur sehr geräuschempfindlich. Er schrak sogar zusammen, wenn das Telefon klingelte. Keine Ahnung, woran das lag, vielleicht horchte er immer noch auf das, was ihm während seiner Kindheit Angst eingejagt hatte, einschließlich des fehlenden Vaters. Kinderlärm machte ihm Angst, denn er konnte genauso wenig dagegen tun wie gegen das Klopfen in den Wasserrohren. Er wusste nicht, wie mit lärmenden Kindern umzugehen war. Und was das Klopfen betraf, so hätte er alle Rohre herausreißen und neu einbauen müssen. Er war auf seine Art kinderlieb. Geburtstage vergaß er nie. Er war gut darin, Mundharmonikas und Geographiezeitschriften zu kaufen und uns Schach beizubringen. Aber er ertrug es nicht, wenn wir durch das Haus rannten, auf Betten hüpften oder von der dritten Treppenstufe sprangen – wenn das geschah, sprang er aus seinem Sessel, und das Buch flog ihm aus der Hand. Wir waren noch schlimmer als das Klopfen in den Rohren.

Úna half mir dabei, mich selbst zu verstehen. Sie führte mir vor Augen, dass ich meine Lebensgeschichte nicht als nutzlos abtun durfte, sondern die richtigen Fragen stellen musste. Ich fand erst in Berlin heraus, wie meine Erinnerung funktionierte, kam darauf, dass die Zeit in unserer Familie rückwärtslief. Wie Úna war ich ein Kind, das alles ratlos beobachtete. Erklärungen fand ich erst, als ich die Erinnerungen meines Bruders zu teilen begann.

Warum fiel es dem Bruder meines Vaters so schwer, meine Mutter zu besuchen? Wieso war meine Mutter so unglücklich über sein Ausbleiben? Ich begriff nicht, warum man jemanden herbeiwünschte, der so hartnäckig schwieg, jemanden, dessen Stummheit so schrecklich war. Heute halte ich das Schweigen des Jesuiten für eine stille Aggression. Er verweigerte Worte. Nichts zu sagen ist offenbar grausamer, als das Schlimmste auszusprechen. Und ich verstehe erst heute, dass meine Mutter das Schweigen des Bruders meines Vaters bewunderte. Nach dem Tod meines Vaters saß sie weiter am Fenster zum Garten und wartete auf ihn. Doch er war in meine Tante verliebt. Der Jesuit kam nicht, weil meine Tante befürchtete, er könnte vielleicht noch meine Mutter lieben. Weil der Bruder meines Vaters so viele Erinnerungen mit meiner Mutter teilte. Jede Taufe, jede Kommunion. Wenn wir an Asthma litten, kam er nach oben und schlug stumm das Kreuz über uns, damit wir wieder Luft bekamen. Er kam, um für bessere Schulnoten zu beten, und jedes Mal, wenn ich Streit mit meinem Vater hatte, erschien er, um zu vermitteln, nur dass er niemals etwas sagte, sondern Schweigen bewahrte.

Wenn uns der Bruder meines Vaters besuchte, herrschte immer große Aufregung. Meine Mutter sorgte dafür, dass wir unsere beste Kleidung anzogen, sie legte das beste Tischtuch auf, sie backte den besten Kuchen, und wenn die Türklingel schellte, legte sie rasch die Schürze ab. Der Bruder meines Vaters brachte in seinen Jackentaschen Süßigkeiten mit, er brachte Bücher, und er brachte das Schweigen. Ein Schweigen, das in meinem Vater Eifersucht weckte. Bücher, die ihn misstrauisch machten. Mein Vater bestand darauf, jedes Buch zuerst zu lesen, weil er wissen wollte, worum es darin ging, was sein Bruder meiner Mutter durch diese Bücher womöglich sagen wollte. Mein Vater liebte meine Mutter durch die Musik, und sein Bruder liebte sie durch die Bücher. Und dann verliebte sich der Bruder meines Vaters in meine Tante. Er lebte weiter bei den Jesuiten, hielt sich aber oft bei meiner Tante auf. Und er stellte seine Besuche bei meiner Mutter ein.

Ich weiß nicht, wie mein Vater damals über all das dachte. Ich habe nie versucht, mich in ihn hineinzuversetzen. Außerdem waren seine Gedanken für uns tabu. Er zeigte nur seine Wut, aber keine anderen Gefühle. Ich weiß auch aus der Distanz nicht, ob es mir zusteht, mich in ihn hineinzuversetzen, zumal er uns kaum Hinweise hinterließ. Ich kann mich nicht daran erinnern, dass er je eine Bemerkung über seinen Bruder gemacht hätte. Vermutlich ging es ihm wie uns: Er fürchtete seinen Bruder, den Jesuiten. Mein Vater liebte meine Mutter offenbar so sehr, dass er jedes Mal Angst hatte, wenn sie mit jemandem sprach, selbst mit uns. Aber vor allem fürchtete er den Jesuiten. Weil er nichts zu bieten hatte, das dem Schweigen seines Bruders gleichgekommen wäre.

Davon abgesehen habe ich keine Ahnung, was er dachte. Aber ich nehme ihn in Schutz, denn ich bin jetzt auch Vater.

Ich weiß noch, dass er damals mit uns angeln ging, mit meinem Bruder und mir. Wir fingen viele Makrelen, und mein Vater ließ ein Lächeln im Boot zurück. War es ein Lächeln? Vielleicht war es auch nur die Sonne, die ihn beim Rudern blendete. Mein Bruder und ich haben die gleichen Erinnerungen an den Tag: Unser Vater lächelte mit geschlossenen Augen, die Ruder knarrten, das Wasser tropfte schneller von den Blättern als Honig von einem Löffel, und mein Bruder tauchte eine Hand in das Wasser, um das Boot zu bremsen. Ja, wir sehen alles in der gleichen Reihenfolge: Unser Vater band das nasse Tau an den rostigen Ring in der Hafenmauer, und als das Tau gestrafft wurde, versprühte es Wasser, wir hatten Salz auf den Händen, und die Makrelen in der Plastiktüte hüpften und bebten noch. Wir standen hungrig auf dem Pier, mit leerem Magen nach der Angeltour, und mein Vater sagte, er werde uns jetzt Pommes frites kaufen.

Vielleicht hat sich der Tag uns beiden so stark eingeprägt, weil das Angebot unseres Vaters, Pommes frites zu kaufen, wie aus heiterem Himmel kam. Als wollte er plötzlich wie andere Väter sein. Mein Bruder und ich tauschten einen Blick und fragten uns, was diese Veränderung bewirkt hatte. Auf einmal war er der tollste Vater der Welt. Er kaufte nie Pommes frites. Er war strikt dagegen, Essen mitzunehmen. Er wollte, dass man dort aß, wo gekocht wurde oder wo man das Essen bestellt hatte. Denn unser Haus war eine Portion von der Pommesbude entfernt. Aus dem Pub kommende Leute hatten ihre Fish and Chips immer genau dann aufgegessen, wenn sie unser Haus erreichten, und warfen die leere Tüte in unseren Vorgarten. Mein Vater meinte, sie würden den Garten als Mülleimer missbrauchen. Manchmal stand er am Schlafzimmerfenster und hielt Wache. Jeden Montagmorgen las er die leeren Tüten auf, und wenn er wieder hereinkam, wusch er sich die Hände. Einmal sagte er, dass er den ganzen Müll sammeln und am Ende des Jahres zur Pommesbude zurückbringen werde. Hin und wieder landeten halbvolle Portionen in unserem Garten, und wenn wir im Bett lagen, dachten wir an die leckeren Reste. Auf jeden Fall war unser Garten die Grenze, hinter der die Pommes frites kalt wurden. Mein Vater verabscheute alles, was mit Pommes frites zu tun hatte. Das Gleiche galt für Salz und Essig. Schwer zu sagen, warum er damals plötzlich seine Meinung änderte und mit den eigenen Regeln brach, nachgab und gegen seine Prinzipien verstieß.

Wenn ich mich mit meinem Bruder darüber unterhalte, sind wir uns meist darin einig, dass unser Vater der Sache auf den Grund gehen wollte. Er wollte wissen, ob unser Haus tatsächlich eine Portion Pommes frites von der Bude entfernt war. Also kaufte er drei Portionen. Und als wir sie aufgegessen hatten, waren wir zu Hause.

42

In Berlin absolvierten wir ein umfangreiches Programm. Nicht nur im Hinblick auf die Orte, die wir besuchten, sondern auch was Zeit und Worte betraf, die Gespräche, die wir führten. Úna war nicht in Berlin, um die Sehenswürdigkeiten wie eine Touristin abzuhaken und danach zu verschwinden. Sie wollte mehr. Sie war gekommen, weil sie in sich selbst etwas suchte, so viel war mir klar. Etwas, das noch nicht gesagt worden war. Einen auf den Straßen Berlins liegenden Hinweis. Wie viele Informationen braucht man wirklich? Wann kennt man eine Stadt durch und durch? Oder einen Menschen? Weiß man, wann man sich selbst wirklich kennt?

Wir kamen zweimal an der Siegessäule vorbei. Sanssouci fand sie nicht sehr beeindruckend, sie empfand die Pracht als erstickend und wollte rasch weiter. Das Schloss sehe aus wie eine Hochzeitstorte, sagte sie, und dafür habe sie keine Zeit. Auf der Rückfahrt wollte sie die Wannsee-Villa sehen, Ort der Wannsee-Konferenz, die sie dann schweigend verließ.

Wir kamen an dem Flughafen vorbei, den die Amerikaner während der Blockade Westberlins zur Versorgung der Bevölkerung genutzt hatten. Wir sahen die Synagoge mit der goldenen Kuppel. Wir sahen die türkischen Gemüseläden, und Manfred zeigte ihr seine Straße. Wir sahen ein noch nicht renoviertes Haus mit bröckelnder Fassade und Müll auf den Balkonen. Fahrräder. Parolen von Freiheit und Gerechtigkeit, Slogans, die nicht ganz einleuchtend waren, zum Beispiel »Freiheit für alle Gefangenen«, »Für eine Welt ohne Geld«. Sprüche, wie man sie sich zu später Stunde ausdenkt. Úna fand es großartig, wenn jemand unkonventionell dachte. Leute, die noch künstlerische Wut in sich tragen, sagte sie. Wir sahen eine alte Holztür, so voller Graffiti, dass man beim Eintreten das Gefühl haben musste, durch ein abstraktes Gemälde zu gehen, im Inneren eines Kunstwerks zu sein. Und auf dem Bürgersteig lagen alle möglichen Dinge, ein Fernseher, eine gebrauchte Matratze, kaputte Möbel, ein Sofa, das nur darauf zu warten schien, dass man sich setzte, eine alte Leselampe. Ausrangierte, inzwischen leblose Teile des Lebens.

Die Stadt besteht aus lauter Gegensätzen, sagte sie.

Sie bestand auch aus Gegensätzen, das gab sie gern zu. Sie sagte: Es ist mein Leben, und deshalb habe ich das Recht, mir zu widersprechen. Oder: Ich bin ein weites und willkürliches Stück Leben, voller wirrer Gegensätze. Und an einem bestimmten Punkt verbinden sich die Gegensätze eines Menschen zu einem Leben, werden zu einer Geschichte. Wie in der Stadt alle Gegensätze zusammenfinden.

Wollte man beschreiben, wer sie wirklich war, dann vielleicht mit folgendem Schlüsselsatz: In ihrem Inneren fehlte immer irgendetwas. Dort gab es einen unerreichbaren Ort. Etwas, das nicht aufgelöst werden konnte und im Verborgenen blieb. Sie sagte, sie sei so wechselhaft wie das Wetter und lebe in einem Zustand der Uneindeutigkeit. Ihr Leben schwinge zwischen Traurigkeit und Freude, zwischen großer Liebe und tiefer Reue hin und her.

Sie erzählte mir von einem ihrer schönsten Lebensabschnitte. Damals waren sie in Italien unterwegs. Noleen und sie. Sie fuhren im Zug an der Küste entlang. Am Rand der Klippen, durch Tunnel. Der Wagen wurde immer wieder in Dunkel getaucht. Die Einfahrt in einen Tunnel habe dem Anbruch der Nacht, die Ausfahrt dem Anbruch des Tages geglichen, sagte sie. Ich kenne das Gefühl. Plötzlich sei das Meer wieder durchs Fenster geflutet. Man habe kaum hinschauen können, sagte sie, und Tränen in den Augen gehabt, so sehr habe das auf dem Wasser glitzernde Licht geblendet. Sie saßen allein im Abteil, das Fenster war offen, der Fahrtwind zerzauste ihre Haare und zerrte an den dünnen Sommerkleidern.

Wir hatten nur ein Buch dabei, erzählte sie mir. Und wir stritten uns darum, wer es als Erster lesen durfte. Ich behielt die Oberhand, denn ich war die schnellere Leserin und hatte das Buch eingepackt, sagte sie. Aber dann begann Noleen, mich abzulenken, zeigte aus dem Fenster und wies mich mit ihrer tiefen Stimme auf etwas hin, brachte mich zum Lachen. Ja, sie sang sogar ein Lied. Gott sei Dank gab es keine Zuhörer, sagte sie. Ich weiß nicht mehr, welches Lied es war, aber zum Glück keines von Bob Dylan. Ich hoffe jedenfalls, dass sie nicht »Girl from the North Country« sang. Das sangen wir manchmal im Duett, wir ruinierten es. Noleen imitierte Johnny Cash mit ihrer tiefen Stimme, und ich Bob Dylan, denn ich konnte nicht singen.

Noleen war wie eine große Schwester, sagte Úna. Sie brachte mich zum Lachen, erinnerte mich daran, dass das Leben mehr zu bieten hatte als Romanfiguren. Und weißt du, was wir dann taten?, sagte Úna. Wenn ich eine Seite durchgelesen hatte, riss ich sie heraus und gab sie ihr.

So lasen wir den Roman, sagte sie. Sobald ich eine Seite beendet hatte, rupfte ich sie aus dem Buch und reichte sie an Noleen weiter. Und wenn sie mit der Seite fertig war, legte sie sie fein säuberlich neben sich auf den Sitz. Und dann, wir fuhren aus einem Tunnel, sagte sie, fuhr der Wind wie eine unsichtbare Hand in das Abteil, wie die Hand des nächsten Lesers, schnappte sich ungeduldig die Seiten, wirbelte sie durcheinander und riss sie aus dem Fenster. Manche Seiten flogen zu den Klippen, sagte sie. Andere schossen steil in die Höhe und danach über das Dach des Zuges. Einige flatterten am Zug entlang, als wollten sie durch weiter hinten liegende Fenster oder Türen wieder hinein. Sie sahen aus wie Vögel, sagte sie. Weiße Vögel mit schwarzer Schrift. Auf dieser Reise ließen wir einen ganzen Roman voller Vögel zurück.

Wie hieß das Buch?

Habe ich vergessen, sagte sie.

Worum ging es?

Wenn ich das noch wüsste, sagte sie.

Sie erinnerte sich nur noch an die davonfliegenden Seiten. Dann hielt der Zug mitten auf der Strecke. Wir standen irgendwo an der Küste, sagte sie, irgendwo im Nirgendwo, und hörten nur das Knirschen und Knacken des Metalls unter unseren Füßen. Das vergesse ich nie, sagte sie. Wir saßen allein im Abteil, und Hitze und Wind drangen, vom Meer kommend, durch die offenen Fenster. Anfangs erklärte uns niemand, warum wir hielten. Der Zug stand drei Stunden, und wir erfuhren erst später, dass er durch einen Waldbrand aufgehalten worden war. Wir konnten den Rauch im Abteil riechen, sagte sie. Für uns stand die Zeit still. Alles war angehalten worden. Zwei Frauen, sagte sie, in einem Zug mit Blick auf die Adria. Das blaue Meer vor Augen. Und die hinabstoßenden Seeschwalben. Sie stießen kreischend hinab, sagte sie, wie die Seiten eines Buches, denn sie konnten urplötzlich die Richtung ändern.

43

Ich sprach über meine Tochter. Úna wollte hören, wie es Maeve bei dem Versuch ergangen war, ihren leiblichen Vater kennenzulernen. Ich erzählte, dass er nicht mit ihr reden wollte.

Überleg dir das gut, sagte ich zu Maeve. Er wird sich bestimmt nicht bei dir melden. Und es wäre sinnlos, ihn zu Hause zu besuchen, sagte ich, das würde nur weiteren Ärger bedeuten. Überleg dir, was wichtig ist, Maeve, sagte ich. Du solltest an das Gute denken, so wie ich versuche, an das Gute an meinem Vater zu denken. Denk daran, wie du dich an Halloween als Einhorn verkleiden wolltest, sagte ich. Als goldenes Einhorn. An die Mühe, die es kostete, das Kostüm zu basteln – und dann hast du dich in letzter Sekunde anders entschieden und wolltest als Engel gehen, und ich musste auf die Schnelle Flügel auftreiben. Ich weiß zwar nicht, wie viele solcher Erinnerungen Maeve noch hat, aber ich helfe ihr auf die Sprünge.

Man kann nicht im Voraus planen, woran sich das eigene Kind später erinnert.

Maeve ging sehr gelassen mit der Sache um. Ich hatte sie noch nie selbstbewusster erlebt. Sie legte mir die Hände auf die Wangen, nannte mich Dad und sagte, dies müsse sie allein regeln. Sie benutzte das Wort Identität.

Sie wusste, wie ihr leiblicher Vater aussah. Sie hatte sich Fotos aus dem Netz heruntergeladen. Fotos, die ihn bei Konferenzen in Amerika, Deutschland, Kairo und so weiter zeigten. Ich muss gestehen, dass er gut aussah. Wie früher. Ernsthaft, furchtlos und zugleich mit einem Lachen auf den Lippen. Seine Haare wirkten allerdings dunkler. Nur sein Schnurrbart war gleich geblieben.

Sie wollte sich mit ihm verabreden, aber er hatte nie Zeit. Er wurde von seiner Sekretärin vor Leuten beschützt, die nicht von anderen Kanzleien zu ihm geschickt worden waren, vor Leuten, die mit einem privaten Anliegen, also ungebeten kamen. Daher beschloss Maeve, Gerichtsverhandlungen zu besuchen. Das Gericht ist ein öffentlicher Ort, jedermann hat Zugang.

Maeve fand heraus, wo er sein würde. So ist sie, sagte ich, wie ihre Mutter, fest entschlossen. Sie ging also hin und musterte die Anwälte, die auf den Beginn der Verhandlung warteten. Versuchte, ihren Vater zu finden.

Ihren leiblichen Vater, ergänzte Úna.

Ja, stimmt, sagte ich. Und sie fand ihn. Er stand in einer Gruppe, aber sie erkannte ihn sofort, er trug einen Anzug und darüber einen schwarzen Umhang. Maeve sagte, er habe sehr ruhig und entschlossen gewirkt, hochkonzentriert. Er nahm eine Akte entgegen und bedankte sich mit einem Nicken oder einer angedeuteten Verbeugung bei dem Überbringer. Er gab ein oder zwei anderen Anwälten lächelnd die Hand. Sie sah, wie er den Kopf senkte, als ihm jemand auf den letzten Drücker eine Information zuflüsterte.

Sie ging direkt auf ihn zu, entschuldigte sich für die Störung, bat um ein kurzes Gespräch, redete ihn mit Namen an.

Er reagierte nicht, erzählte Maeve. Sie wiederholte ihre Worte, nur dass sie jetzt ihren eigenen Namen nannte. Ich bin Maeve, sagte sie zu ihm. Sie stellte sich nicht als seine Tochter vor, um ihn vor einer peinlichen Situation zu bewahren. Doch er bereitete sich gerade auf die Verhandlung vor. Er wandte sich ab. Er wollte nicht durch ferne, längst vergessene Dinge abgelenkt werden, dazu fehlte ihm jetzt die Zeit.

Er hat sie nicht gehört, sagte Úna.

Doch, er muss sie gehört haben, sagte ich. So etwas kann man nicht überhören. Man spitzt die Ohren, wenn der eigene Name fällt. Wenn man etwas hört, das für einen bestimmt ist, dann horcht man auf.

Wie konnte er sie überhören?

Dann nannte sie den Namen ihrer Mutter, sagte ich. Emily.

Daraufhin drehte er sich zu ihr um. Er betrachtete sie, studierte ihr Gesicht. Vielleicht fühlte er sich in die Vergangenheit zurückversetzt und sah Emily vor sich, eine Miniaturausführung Emilys mit den gleichen Lippen und dem gleichen Lächeln, den gleichen Haaren. Wahrscheinlich hatte er das Gefühl, in der Zeit stehengeblieben und so jung wie damals zu sein, als er mit Emily zusammen gewesen war. Er ging zu Maeve und gab ihr die Hand, führte sie ein Stück zur Seite. Er habe gerade wenig Zeit, sagte er. Könne er sie anrufen?

Gib deine Nummer meiner Sekretärin, sagte er.

Das habe ich schon getan, sagte Maeve.

Sehr gut, sagte er. Ich melde mich bei dir.

Ich komme wieder, sagte Maeve. Wenn ich nichts von dir höre.

Er sagte nichts, sondern lächelte nur. Wahrscheinlich mochte er das an ihr, sie war genau wie Emily, ließ sich nicht durch Ausreden hinhalten. Also blieb es dabei. Sie lächelte ihn an und strich ihr Haar zurück, als würde sie einen Vorhang öffnen. Dann machte sie kehrt und ging.

Ich glaubte, Maeve wollte ihn nur einmal mit eigenen Augen sehen, sagte ich. Sie wollte wissen, wie er leibhaftig aussah. Sie wollte seinen Namen aussprechen. Ich glaubte damals, dass sie nur ihr Spiegelbild sehen wollte.

Ich weiß, dass sie sich seither getroffen haben, erzählte ich Úna. Sie hat ihren leiblichen Vater zu Hause besucht. Ich habe nichts dagegen. Da gibt es keine Konkurrenz. Maeve vergleicht ihre Väter nicht, aber sie möchte mehr erfahren. Sie erzählte mir von seinem Haus, von den Windhunden mit den gelben Flechten links und rechts der Tür. Sie erzählte mir von dem Oberlicht, dem Wohnzimmer mit den Bücherregalen aus Eiche und dem Gemälde des Weizenfeldes im Abendsonnenschein. Maeve wurde durch das Haus geführt, sie sah die Schlafzimmer mit den Büchern auf dem Nachttisch. Sie lernte Julia kennen, seine Frau. Die große Küche ist diagonal in Schwarz und Weiß gefliest, und mitten darin stehen wie eine Insel eine Spüle mit zwei Becken und ein Profi-Gasherd mit sechs Flammen. Er kocht offenbar leidenschaftlich gern, hätte auch Chefkoch werden können, alles, wonach ihm der Sinn gestanden hätte. Er sah fit aus, erzählte Maeve, trug einen Jogginganzug. Er war zum Laufen angezogen. Er bot ihr einen Drink an, und sie saßen eine Weile im Wohnzimmer, er am einen Ende und sie am anderen. Sie saßen weit auseinander, erzählte sie, einen langen Teppich zwischen sich, denn der Raum war riesengroß.

44

Darüber hinaus hatte ich in Berlin keine weiteren Neuigkeiten für Úna. Ich hätte ihr gern erzählt, dass die Hochzeit ein gelungenes Fest war, ein herrlicher Tag bei strahlendem Sonnenschein. Ich hätte ihr gern erzählt, dass meine Tochter sehr glücklich war und nun ein Kind erwartete. Ich hätte ihr so gern viele gute Neuigkeiten aus aller Welt erzählt, nur gab es diese Welt noch nicht.

Ich trug ihr meine Hochzeitsrede vor.

Mehr hatte ich damals nicht zu bieten. Ich fragte Úna, ob ich sie probehalber halten dürfe. Sollte meine Tochter jemals heiraten, sagte ich zu ihr, dann stehe immerhin schon die Rede. Ob ich sie üben dürfe, fragte ich, denn sie werde ja auch dann nicht bei der Hochzeit anwesend sein, wenn diese doch noch stattfinde.

Die übliche Rede eines Vaters, sagte ich. Wie sie alle Väter halten. Du kennst das bestimmt. Eines Nachts hielt ein Taxi um vier Uhr früh vor unserem Haus, und der Fahrer bat mich, zum Auto zu kommen, um nachzuschauen, ob es sich bei dem Mädchen, das auf der Rückbank schlief, tatsächlich um meine Tochter handelte. Könne ich sie vielleicht wecken? Er wolle sie nicht wecken, jedenfalls nicht mit der Hand, und er habe alles ausprobiert, einschließlich Jethro Tull in voller Lautstärke, ein Trick, der bislang immer funktioniert habe, und er fahre seit dreißig Jahren Taxi. Aber gern, erwiderte ich. Wie sich herausstellte, war es Maeve, meine Tochter, ganz eindeutig. Ja, ich sei ihr Vater, wiederholte ich mehrmals, und sei es immer gewesen. Der Taxifahrer sah mich plötzlich so skeptisch an, als glaubte er, doch an der falschen Adresse zu sein, aber ich bezahlte ihn und trug meine Tochter hinein. Ich war Weltmeister darin, schlafende Kinder vom Auto ins Bett zu tragen, ohne sie zu wecken. Ich schaffte es, ohne dass der Kopf absackte, öffnete die Türen mit einer Hand, achtete darauf, dass ihr kein Licht ins Gesicht schien, schlug sogar das Oberbett zurück. Darin hatte ich im Laufe der Jahre viel Übung bekommen. Ich trug sie vom Taxi bis in ihr Schlafzimmer, legte sie in ihr Bett und zog ihr die Schuhe aus, und als ich sie zudecken wollte, erwachte sie. Sie setzte sich auf, schien anfangs nicht zu wissen, wo sie sich befand, fragte mich, ob es noch Schinken gebe. Ein Königreich für ein Schinkensandwich mit Mayonnaise, sagte sie.

Jeder Vater erzählt so etwas, ich weiß, aber es ist meine Geschichte.

Leider war der Schinken alle. Ihr kennt das sicher: Niemand hat eingekauft, und der Kühlschrank ist leer. Wenn ich mich recht erinnere, gab es nicht einmal mehr Toastbrot. Also beschloss ich, Pommes frites zu machen. Ich wusste, wie gern sie selbstgemachte Pommes frites aß. Während ich Kartoffeln schälte, kam sie im Bademantel und in Hausschuhen in die Küche, setzte sich an den Tisch und sah mir zu. Das war im Sommer, und der Morgen graute schon. Ich erkundigte mich nach ihrem Abend. Das war eine dieser Fragen, wie man sie als Vater stellt, ohne eine Antwort zu erwarten: Hast du dich gut amüsiert? Sie grinste mich an und schwieg. Wir hatten keine Friteuse, sondern nur Speiseöl und einen Topf, dessen Boden noch eine Kruste aus Kartoffelresten vom letzten Mal hatte. Ich schnitt die Kartoffeln zu Stäbchen, trocknete jedes auf einem frischen Geschirrtuch ab. Das Öl zischte, und als ich die Pommes frites hineingab, warf es Blasen. Das sieht richtig schön aus, dachte ich mir. Ich kam mir vor wie der Mann in der Pommesbude, beäugt von Kunden, die auf ihre Bestellung warteten. Es war zu laut zum Reden, weil ich die Dunstabzugshaube eingeschaltet hatte. Trotzdem stellte ich Maeve eine Frage nach der anderen, als wollte ich sie ausquetschen. Sie grinste wieder und zog mit dem Finger einen Teefleck auf dem Holztisch nach. Sie drückte den Bademantel oben zusammen, ihr auf dem Kopf zusammengebundenes Haar sah aus wie ein nach vorn geneigter Federschmuck. Ich achtete auf die Pommes frites, hob sie immer wieder aus dem Öl, damit sie nicht zusammenbackten, wartete darauf, dass sie hellbraun und knusprig wurden.

Ja, so habe ich es in Erinnerung. Die Pommes frites in einer Schale, auf einer doppelten Lage Haushaltspapier, und Maeve, die Salz daraufstreute, Ketchup auf die Schale spritzte und sie dann aß, obwohl sie noch viel zu heiß waren. Sie biss ein Stückchen ab und ließ den Mund offen, als würde sie eine Information zurückhalten oder hätte Lava auf der Zunge, bewegte den Happen hin und her und hechelte dabei. Ihr könnt euch das sicher vorstellen – ich habe das vor der Pommesbude oft beobachtet, und ich mache es genauso. So machte es auch mein Vater, als er uns damals ausnahmsweise Pommes frites kaufte, er hechelte, als würde er nach Worten suchen. Die Pommes frites müssen abkühlen, damit man sich die Zunge nicht verbrennt.

Ich wollte das während meiner Rede natürlich nicht in aller Ausführlichkeit erzählen. Aber so habe ich es in Erinnerung. In Berlin erzählte ich Úna die ungekürzte Version und bat sie um Rat. Ich wollte wissen, ob die Rede funktionierte oder ob sich die Gäste langweilen würden.

Halt es möglichst kurz, Liam, riet Úna mir. Die Hochzeitsgäste werden nicht an allen Details interessiert sein. Sie werden irgendwann tanzen wollen, falls sie dann noch aufstehen können.

Ich lachte.

Komm auf den Punkt, sagte sie.

Eigentlich möchte ich nur erzählen, wie schön ich es fand, Maeve ins Haus zu tragen, erwiderte ich. Wie schön es war, Pommes frites für sie zu machen. Wie gern ich zusah, während sie aß, auf dem Stuhl wippend, die nackten Füße auf der Strebe unter dem Tisch.

Schließlich kam Emily in einem ganz ähnlichen Bademantel die Treppe herunter. Sie sah Maeve zum Verwechseln ähnlich. Beide hatten ihr Haar auf die gleiche Art hochgebunden. Sie sahen aus, als wollten sie gleich schwimmen gehen. Mutter und Tochter. Eine schwamm der anderen davon. Machst du etwa schon wieder in aller Herrgottsfrühe Pommes frites?, fragte Emily. Ja, wir essen einen Happen, antwortete ich. Emily setzte sich an den Tisch und probierte, und da begann Maeve zu erzählen. Sie erzählte uns alles. Sie habe jemanden kennengelernt, sagte sie. Er hieß Shane, und er brachte sie immer wieder zum Lachen.

Draußen wurde es hell, und ich konnte die Vögel hören. Das Licht war an, wir befanden uns in der Grauzone zwischen Nacht und Tag. Ich stand auf, um noch eine Portion Pommes zu machen. Warum nicht? Ich hörte Maeve weiter zu, während ich Kartoffeln schälte, ich fand kein Ende beim Kartoffelschälen.

45

Eigentlich müssten wir längst auf dem Rückweg zum Hotel sein. Ich weiß nicht, ob sie weitere Sehenswürdigkeiten schafft, und es ist schon später Nachmittag. Sie kann nichts mehr aufnehmen. Sie wirkt erschöpft, und ihr geht etwas durch den Kopf, das sie mir verschweigt. Sie ist besorgt, das erkenne ich an ihrem Blick. Der Tag war warm, aber inzwischen ist es ziemlich kalt, man spürt es, wenn man aus dem Auto steigt. Sie will trotzdem unbedingt zum Mahnmal. Es steht auf der Liste mit den Dingen, die sie sehen möchte, die Liste, die ich Manfred gegeben habe. Sie will es nicht ausfallen lassen, auf gar keinen Fall.

Anfangs glaubt man, es wäre unfertig, denn es wirkt wie ein Bauplatz. Die vielen grauen Stelen oder quadratischen, glatten Betonpfeiler, für jeden zugänglich. Aber wenn man Menschen zwischen den Stelen sieht, begreift man, dass diese Wirkung beabsichtigt ist: leer, uneben, unterschiedlich hoch, Reihen von Stelen, die abfallend oder aufsteigend in die Ferne führen. Deshalb kommen die Menschen hierher.

Der Himmel ist bewölkt, und der Wind pfeift. Hier gibt es keinen Schutz. Úna wird diese Kälte nicht lange ertragen können, dachte ich. Das wird sicher nur eine Stippvisite, und wir lassen alles im Auto. Sie braucht ihre Tasche nicht. Ich sorge dafür, dass sie die Mütze aufsetzt. Warum trägt sie keinen Schal?

Manfred wartet im Auto.

Einen offiziellen Eingang gibt es nicht. Man kann das Stelenfeld von jeder Seite betreten, auf der mit den niedrigen oder auf der mit den hohen Stelen. Ich schiebe den Rollstuhl durch eine Reihe, die zum Mittelpunkt zu führen scheint. Der Boden ist mit Kopfsteinen gepflastert. Die Vorderräder klappern, und der Rollstuhl neigt sich zur Seite. Ich schiebe ihn weiter, bis ich das Gefühl habe, unter der Erde zu sein. Úna möchte anhalten und sich umschauen. Wir sind allein. Man hört kaum noch etwas. Wir könnten uns auch unwiederbringlich verirrt haben, obwohl wir uns mitten in der Stadt befinden. Hier fühlt man sich alleingelassen und vergessen. Nichts als graue Stelen und graues Kopfsteinpflaster. Eigentlich müsste es hier unten geschützt sein, aber der Wind kommt einem noch schneidender vor, er pfeift wie durch einen Tunnel, scheint von den Lücken zwischen den Stelen angezogen zu werden. Man fühlt sich schutzlos.

Ich glaubte, für ihr Schweigen sei die Kälte verantwortlich. Aber sie sagte, ihr sei warm. Später erzählte sie mir, dass sie sich schuldig gefühlt habe. Sie konnte mir nicht erklären, warum. Vermutlich bringt jeder Besucher des Mahnmals seine eigene Schuld mit und lässt sie dann zwischen den Betonblöcken. Aber dieser Gedanke kam mir erst später. Ich hatte das Gefühl, als wäre alle Schuld der Welt hierhergebracht worden, als würde sie immer neue Stelen aus dem Boden wachsen lassen. Als wäre dies ein Sammelpunkt, an dem ab jetzt alle Schuld aufbewahrt wurde.

Ob Stille ein gutes Wort dafür ist? Schwer zu sagen. Zwischen den grauen Stelen hörte man all jene Worte, die immer noch darauf warten, ausgesprochen zu werden.

Wir fuhren wieder zum Hotel. Dort wollte sie allein zu ihrem Zimmer hinauffahren, und ich respektierte ihren Wunsch. Sie wollte eine Weile ungestört sein, keine Fragen beantworten. Sie schien mich selbst dann als wandelndes Gewissen zu empfinden, wenn ich keine Fragen stellte.

Also ging sie auf ihr Zimmer, und ich sprach mit Manfred. Ich klärte ihn über die Pläne für den Abend auf und teilte ihm mit, dass wir ihn nicht mehr brauchten. Ich redete nur kurz mit Manfred. Er protestierte zunächst, aber dann machte er sich auf den Heimweg. Währenddessen war sie im Fahrstuhl nach oben gefahren. Da ich den Knopf für sie gedrückt und danach die Anzeige im Auge behalten hatte, wusste ich, dass sie im vierten Stock angekommen war. Sie kannte ihre Zimmernummer, sie konnte sich nicht verlaufen.

Nach dem Gespräch mit Manfred ging ich auf mein Zimmer. Ich konnte verstehen, dass sie allein sein wollte, rief aber an, um zu fragen, ob sie etwas brauche. Sie nahm nicht ab. Also ging ich zu ihr und klopfte. Aber sie schien sich auszuruhen, und ich wollte sie nicht stören. Ich lief im Flur auf und ab und klopfte dann noch einmal. Es war untypisch für sie, mich einfach ohne Grund zu überhören. Sie hätte sagen können, dass es ihr gut gehe, dass ich mir keine Sorgen machen müsse. Als immer noch keine Antwort kam, befürchtete ich, dass etwas nicht stimmte. Vielleicht brauchte sie Hilfe. Ich wollte mich zwar nicht verrückt machen, aber da ich nichts hörte, befürchtete ich das Schlimmste. Ich konnte sie auch auf dem Handy nicht erreichen, denn es war aus und steckte in der durchsichtigen Tasche, die ich bei mir trug. Ich rief noch einmal in ihrem Zimmer an, wieder vergeblich. Also fuhr ich in die Lobby. Vielleicht suchte sie mich dort. Eine andere Erklärung fiel mir nicht ein. Ich versuchte, mir nicht gleich eine Katastrophe auszumalen. Ich schaute sogar auf der Straße nach, denn vielleicht hatte sie doch noch mit Manfred reden wollen. Ich lief wieder hinein, fuhr nach oben, pochte gegen ihre Tür, fragte laut, ob es ihr gut gehe. Danach begann ich, das

Hotel zu durchkämmen, die Lobby, das Restaurant, die Flure, alle Orte, wo sie sich auf der Suche nach mir verlaufen haben konnte. Ich erkundigte mich an der Rezeption, ob sie eine Nachricht für mich hinterlegt hatte. Sie konnte nur in ihrem Zimmer sein. Ich war überzeugt, dass ihr etwas passiert war. Vielleicht war sie gestürzt. Mir blieb keine Wahl, ich musste zur Rezeption zurückkehren und einen Notfall melden. Nicht, dass ich jemanden in Panik versetzen wollte, nein, ich bat nur darum, dass man die Tür zu ihrem Zimmer öffnete. Ich hatte mir leider keinen Schlüssel geben lassen. Es dauerte eine Weile, denn bevor man mit mir auch nur über einen anderen Hotelgast reden durfte, musste man meine Identität überprüfen. Ich sei für sie verantwortlich, erklärte ich, und da ich immer aufgeregter wurde und fast die Beherrschung verlor, begriff man endlich, dass es mir ernst war. Man rief in ihrem Zimmer an, aber sie nahm natürlich nicht ab, das hätte ich ihnen gleich sagen können. Und dann dachte ich: Ist das deine Art, dich um sie zu kümmern? Ich hätte sie nicht aus den Augen lassen dürfen.

Was hatte ich mir dabei gedacht, ein Kind allein im Fahrstuhl fahren zu lassen?

Einer der Angestellten an der Rezeption willigte ein, mich zu begleiten. Eine Fahrstuhlfahrt kann länger dauern, als man meint. Wir hatten einander nichts zu sagen, und ich hatte keinen Anlass, mich mit diesem Mann anzufreunden oder durch eine Bemerkung über das Wetter sein Vertrauen zu gewinnen. Er beäugte mich skeptisch, wollte lieber Abstand wahren, bis die Sache geklärt war. Der Fahrstuhl kroch in die Höhe. In der vierten Etage öffnete sich die Tür, und der Angestellte ging mir in normalem Tempo voraus, er hatte keine Eile. Er klopfte, rief höflich Únas Namen. Er verplemperte kostbare Sekunden mit Floskeln. Schließlich sah er mich an, schaute wieder zur Tür, gab mir durch einen Wink zu verstehen, ich solle ein Stück zurücktreten, und öffnete die Tür. Er trat ein, hüstelte gekünstelt und rief nach ihr, war vorsichtig, denn wer weiß schon, was einen erwartet? Sie war nicht da. Ich hatte es geahnt. Ich rannte an ihm vorbei und schaute im Bad nach, aber auch dort gab es keine Spur von ihr.

Offensichtlich hatte sie sich im Hotel verlaufen. Nur wo?

Der Angestellte rief bei der Rezeption an, um einen Gast als vermisst zu melden. Eine Rollstuhlfahrerin. Er nannte ihren Namen und die Zimmernummer. Das Gespräch drehte sich nur um Vorschriften und nächste Maßnahmen. Aber ich durfte keine Zeit verlieren. Ich fuhr wieder nach unten, versuchte nachzuvollziehen, was passiert war. Wie vermutet, hatte sie ihr Zimmer nicht gefunden. Mir blieb also nichts anderes übrig, als alle Etagen systematisch nach ihr abzusuchen.

Da hörte ich ihre Stimme. Im Fahrstuhl. Sie rief nach mir. Sie befand sich nicht in der Fahrstuhlkabine, aber ich konnte sie klar und deutlich hören.

Liam. Liam. Mehr hörte ich nicht.

Ich wusste beim besten Willen nicht, woher die Stimme kam. Ich erwiderte ihren Ruf. Mit Koffern bepackte Gäste haben sich bestimmt gewundert, mich rufend aus dem Fahrstuhl kommen zu sehen, nach rechts und nach links schauend, als hätte ich mich verlaufen oder wäre verrückt. Ich fuhr in die erste Etage, aber dort hörte ich sie nicht mehr, und deshalb kehrte ich zurück. Unten hörte ich sie wieder. Ich glaubte, sie wäre im Fahrstuhlschacht, in der Wand, im Treppenhaus oder in einem Lagerraum gefangen. Ich konnte sie nicht orten. Schließlich kam ich auf den Keller. Dort musste sie sein, eine andere Möglichkeit gab es nicht. Warum hatte es so lange gedauert, bis der Groschen gefallen war?

Meine Erklärung lautete wie folgt: Sie war mit dem Fahrstuhl in das Untergeschoss gefahren. Dort hatte ich nicht gesucht. Alle Fahrstühle endeten im Erdgeschoss, aber sie war ausgerechnet in den einzigen gestiegen, der bis in die Tiefgarage fuhr.

Als ich sie fand, war sie sehr verstört, verängstigt und verwirrt. Sie atmete hektisch und redete wirr. Sie hielt die Schlüsselkarte fest in der Hand, wollte sie nicht loslassen. Sie sah sich unentwegt um, weil sie wissen wollte, wo sie war, aber die Umgebung war ganz anders als oben – keine Holzvertäfelung, keine dicken Teppiche. Hier unten war es kalt, das Licht war grell, und da keine Notwendigkeit zur Dekoration bestand, gab es nur einen abbröckelnden Anstrich. Während all der Zeit, die ich damit verbracht hatte, herauszufinden, ob sie in ihrem Zimmer war, hatte sie hier im Untergeschoss zitternd in der Falle gesessen.

Liam, sagte sie, ich habe meinen Bruder gesehen.

Ich versuchte, sie zu beruhigen.

Ich habe ihn gesehen, sagte sie. Jimmy.

Ich wollte ihre Hand ergreifen, aber sie zog sie fort, wich mir aus. Offenbar dachte sie, ich würde ihr nicht glauben, denn sie wiederholte beharrlich, sie habe ihren Bruder gesehen. Sie habe versucht, den Fahrstuhl zu rufen, sagte sie, aber dann sei da ihr kleiner Bruder gewesen, der ihr etwas zugeflüstert habe, nur habe sie seine Worte nicht verstanden.

Er hat mir in die Augen geschaut, sagte sie. Er ist in Schwierigkeiten, Liam, er braucht mich.

Vielleicht lag es an den Medikamenten. Sie zitterte und bekam kaum noch Luft. Und sie beklagte sich über einen schrecklichen Geschmack im Mund. Ein Geschmack nach Vanillesoße und Kalk, nach Tabak und Seetang, sagte sie, den sie hinten im Hals habe. Ich gab ihr die durchsichtige Tasche, denn sie brauchte vielleicht ihre Medizin, etwas, das sie beruhigte und ihr half, wieder zu sich selbst zu finden. Oder ein Stück Schokolade, um den Geschmack nach Vanillesoße und Seetang loszuwerden. Und dann begann ich mit dem Atem-Lied. Ich bat sie, sich zu entspannen und langsam ein- und auszuatmen. Denn sie war völlig außer Atem, wie nach einem Wettrennen, und ihre Nase lief. Wenn du bereit bist, sagte ich, dann hol tief Luft und halt sie so lange wie möglich an, ja, sehr gut, anhalten, anhalten. Dann forderte ich sie auf, auszuatmen, tief, sehr tief, ganz tief, aber sie konnte die Luft nur stoßweise entlassen. Ich bat sie, es noch einmal zu versuchen, aber sie war zu aufgewühlt. Sie atmete flach. Als würde es mit ihr zu Ende gehen. Sie suchte immer wieder nach ihrem Bruder, fragte, ob ich ihn sähe, ob ich in den Kammern nachschauen könne, den Wandschränken, vielleicht verberge er sich dort, in den Lagerräumen für Putzmittel und Teppichschaum, für Badematten, Duschkappen und die Fläschchen mit Shampoo, die man gern mitnehme und die für jeden Gast neu hingestellt werden müssten, sie habe ja selbst beim Zimmerservice gearbeitet und wisse deshalb, wo man diese Dinge aufbewahre. Vielleicht versteckt er sich dort, sagte sie, in einer leeren Kiste, in der Nachschub für das Hotel angeliefert worden ist, oder hinter einem Wagen mit überzähligen Kopfkissen, Oberbetten und Tagesdecken, vielleicht verbirgt er sich, um dem Lärm zu entkommen, der seit der Kindheit in seinem Kopf tobt. Oder ist er im Raum, wo man die Wäsche macht, duckt sich hinter die rotierenden Wäschetrockner, hockt im Lager mit der Bettwäsche? Oder hat er hinter einer der Heißmangeln Schutz gesucht, auf der man die frische Bettwäsche gestapelt hat?

Sie musste rasch von hier fort. Komm, sagte ich, lass uns nach oben fahren. Ich drückte den Knopf für den Fahrstuhl, um sie auf ihr Zimmer zu bringen, aber sie sorgte sich weiter um ihren Bruder, sagte, er habe sich verirrt, und sie dürfe ihn hier unten nicht allein lassen. Sie müsse sich erst aufwärmen, erwiderte ich, danach würden wir ihn suchen. Zuallererst musste ich sie auf ihr Zimmer schaffen und dafür sorgen, dass sie nicht mehr zitterte. Außerdem mussten wir uns für die Oper fertig machen, und ich musste die Tickets für *Don Carlos* abholen.

46

Wir hatten noch viel Zeit, als wir das Hotel verließen. Nicht mehr lange, dann würde sie ihre Familie sehen, ihr ein letztes Mal begegnen, denn ihre Eltern würden leibhaftig auf der Bühne stehen. Ihr Bruder. Ihre Familie erwartete sie in der Berliner Staatsoper.

Wir kamen an der russischen Botschaft vorbei. Draußen standen ernste und stille Wachtposten, die sie Wärter nannte. Was mag sich in dem Gebäude abspielen, hinter diesen Gittern?, fragte sie. Wir passierten Souvenirgeschäfte mit vielen Postkarten und Berlin-Führern, Bechern und T-Shirts mit dem Ampelmännchen. All den Sehenswürdigkeiten, die typisch für Berlin sind, zum Beispiel einem kleinen Brandenburger Tor aus Plastik, das man als Beweis mit nach Hause nehmen konnte. Wir folgten der Straße Unter den Linden, bis wir den weiten, offenen Platz vor der Universität erreichten. Dort betrachteten wir die unter einer Glasplatte in den Boden eingelassenen weißen, leeren Regale. Und da Úna schwieg, da sie nicht sagte: Kehren wir um, es reicht, schob ich ihren Rollstuhl vom Platz und steuerte die erleuchtete Fassade der Staatsoper an.

Don Carlos.

Ich schob sie durch den Eingang, mitten zwischen die Menschen im Foyer, die in der Schlange standen, um ihre Mäntel abzugeben. Die Räder des Rollstuhls glitten lautlos über den Teppich. Ich holte ihr ein Programm und gab ihr die Brille mit dem roten Gestell. Sie brauchte das Programm nicht, hielt es aber fest umklammert, und es war offensichtlich, dass sie das ganze Drumherum, die Leute, das Stimmengewirr, die Aufregung genoss.

Die Saaldiener baten das Publikum auf Deutsch und Englisch, die Plätze einzunehmen. Mit den Kronleuchtern und den mit goldenen Perlen verzierten Wänden glich das Foyer einem Palast. Die Leute waren elegant, trugen sozusagen ihren Opernstaat. Frauen in schulterfreien Kleidern. Männer in teuren Anzügen. Nur ein einziger Mann, mitten in der Menge stehend, trug eine zerknitterte Jacke und ein verblichenes, rosa T-Shirt. Eleganz schien ihn nicht zu interessieren. Er starrte ins Leere, als würde er sich auf die bevorstehende Aufführung konzentrieren. Er war so mager, als würde er nur von der Musik leben, wäre ein Ohr in Gestalt eines Mannes.

Während wir uns zu unseren Plätzen begaben, lächelte sie, als wäre sie endlich wieder zu Hause. Ein

Saaldiener stellte den Rollstuhl direkt vor die Tür und versprach, ihn zur Pause zurückzubringen. Das Opernhaus war voll besetzt, einschließlich der Logen. Úna betrachtete die Kuppel und die Kronleuchter. Und dann kam der Moment, auf den sie gewartet hatte – die Instrumente wurden gestimmt, und die Töne vermischten sich mit dem Geplapper des Publikums, eine Million Wörter und dazu die Geräusche des Orchesters, ein wildes Durcheinander von Tönen und Stimmen, bevor die Lichter erloschen, Stille eintrat und die Aufführung begann.

Kann ich meine Liebe zum Verstummen bringen?

Sie erinnerte mich an die Handlung der Oper.

Kann ich diese Liebe zum Verstummen bringen? Auf den Schlüsselmoment muss man warten, sagte sie, allerdings eher zu sich selbst.

Warum floh Don Carlos nicht? Ich hätte es getan. Das wäre mein erster Gedanke gewesen. Tut das nicht jeder? Laufen wir nicht alle davon? Aber ich bin nicht Don Carlos, und man kann der Liebe nicht entkommen. Denn Don Carlos liebt die Königin, jene Frau, die ihm von seinem Vater geraubt wurde. Deshalb kann er genauso wenig davonlaufen wie wir. Er sitzt in seinem Leben in der Falle. Alle Personen auf der Bühne sitzen in ihrem Leben oder in ihrer Familie in der Falle. Sie können nicht weglaufen, weil das Leben sie sowieso einholen würde.

Dann geschah auf der Bühne etwas Sonderbares. Als die Oper an Dynamik gewinnt und der König beschließt, die Liebe in seinem Inneren zu ersticken, beginnt er, seine Macht hemmungslos auszuüben. Auf der Bühne erscheinen an Händen und Füßen gefesselte, halbnackte Gefangene. Man hat sie gefoltert, man hat sie hungern lassen, sie sind von Peitschenhieben gezeichnet. Ich weiß noch, dass ich an einem stürmischen Sommertag, ich wanderte mit meiner Mutter an der Küste entlang, einen Mann mit vielen Schnittwunden sah. Wie ein Gekreuzigter, sagte meine Mutter. Er war von den Wellen gegen die Felsen geschleudert worden. Ich weiß noch, dass er am ganzen Körper zitterte. Unter seinem Schulterblatt war die Haut abgerissen, seine Knie waren aufgeschrammt, sein Handtuch war blutdurchtränkt, und er starrte nur die Wellen an, die ihn fast getötet hätten. Etwas ganz Ähnliches ließ der König in *Don Carlos* den Gefangenen antun, er sorgte dafür, dass sie aussahen wie gekreuzigte Männer und Frauen.

Während der König im Beisein seiner Familie speist, erhebt sich sein Sohn und droht dem Vater mit einem Dolch. Bei einem Handgemenge wird Don Carlos der Dolch entwunden. Danach werden die gekreuzigten Menschen erhängt. Männer in schwarzer, paramilitärischer Uniform übergießen sie mit Benzin. Man hängt die nackten, geschundenen, von Benzin triefenden Menschen kopfüber an den Füßen auf. Im Ernst. Die halbtoten Männer und Frauen hängen an Stricken über der Bühne, über ihre Körper und Haare laufen Blut und Benzin und tropfen auf den Boden. Sie gleichen Kadavern. Und derweil speist der König und trinkt Wein dazu, und die Königin muss ihm Gesellschaft leisten, obwohl sie nicht ihn, sondern seinen Sohn liebt, Don Carlos.

Was soll das?, fragte Úna. Was haben diese armen, nackten Leute auf der Bühne zu suchen?

Sie sollen wohl Opfer darstellen. Menschen, die gegen den König aufbegehrt haben.

Ist doch lächerlich, sagte sie.

Sie lachte sogar laut auf. Genau genommen war es sowohl ein Lachen als auch ein Ausruf. Was? Schließlich hatte sie diese Oper schon sehr oft gesehen, aber nie in einer solchen Inszenierung. Noch nie, sagte sie. So etwas kenne ich nicht aus der Metropolitan Opera. Haben die Leute denn keine Phantasie mehr? Muss man das Barbarische auf der Bühne so barbarisch darstellen?, fragte sie.

Ja, das ist schon ziemlich barbarisch, stimmte ich zu.

Das ist grauenhaft, Liam. So geht das nicht.

Sie wurde immer aufgewühlter. Das ist doch Scheiße, sagte sie, und da ihr die Oper so viel bedeutete, hatte sie wohl auch das Recht dazu. Im Publikum ertönten hin und wieder Bravorufe, mit denen die Leute signalisieren wollten, dass sie aufpassten. Warum sollte Úna nicht auch ihre Meinung äußern?

Das ist grauenhaft!, rief sie. Grauenhaft. Grauenhaft.

Ich bat sie vergeblich, die Stimme zu senken. Sie hatte zu viel Phantasie. Und da sie ihre Tasche nicht bei sich trug, gab es auch keine Beruhigungspillen.

Leise!, sagte einer unserer Sitznachbarn.

Zum Glück war bald Pause. Vorher steckten die Paramilitärs aber noch die nackten Menschen in Brand. Ich rannte los, um den Rollstuhl zu holen. Auf dem Weg aus dem Saal zeterte Úna immer noch, rief, dass es falsch sei, dem Publikum nicht die Möglichkeit zu geben, sich das Schlimmste selbst auszumalen. Aber ich ahnte, dass nicht die nackten Menschen ihr Unbehagen ausgelöst hatten, sondern ihr auf der Bühne stehender Bruder. Ihre Familie, die sie hier vor sich sah.

Nach der Pause blieben wir im Foyer, und als das Publikum wieder in den Saal strömte, legte sie mir eine Hand auf das Knie und sagte, sie wolle nicht wieder hinein.

So will ich meinen Bruder nicht sehen, sagte sie.

Wir blieben im Foyer und sahen zu, wie sich die Menschen in den Saal begaben. Man stimmte wieder die Instrumente, dieses Mal ohne uns. Wir hatten das Foyer für uns allein. Es gab nur einen Saaldiener, der sich erkundigte, ob wir ein Taxi wünschten. Úna wollte weder bleiben noch gehen, aber sie wollte zuhören, ohne etwas zu sehen. Sie wollte die Arie hören, in der sich der König über die fehlende Liebe seiner Königin beklagt.

Ich war neugierig auf das Ende und hätte gern gesehen, wie der Vater seinen Sohn tötete. Ich fragte sie, wie Don Carlos starb, aber sie schien nicht mehr zu wissen, welche Familie ich meinte. Er sei nach Dublin zurückgekehrt, sagte sie, und habe nie wieder Fuß fassen können. Sie habe ihm eine Wohnung gekauft, aber das habe ihm kaum etwas bedeutet, und er sei allein nicht klargekommen. Sie gab ihm kein Geld mehr, weil sie befürchtete, dass er sich damit umbringen würde. Sie sagte: Ich wollte ihn nicht mit Geld töten. Er nahm Drogen, und er trank, und niemand konnte ihn retten. Sie war damals in New York und erkundigte sich immer wieder nach ihm. Sie hätte es nicht ertragen, wenn sie miterlebt hätte, wie es mit ihm bergab ging. Er aß kaum noch etwas. Er trank nur noch und zog sich zurück, um alles zu vergessen. Und schließlich lag er wie seine Mutter mit dem Gesicht nach unten im Garten hinter dem Haus.

Sie sagte, ihr Vater habe ihn nicht getötet. Ihre Eltern hätten einander geliebt, und wenn zwei Menschen so verrückt nacheinander sind, besteht oft die Gefahr, dass sie ihre Kinder vernachlässigen. Ihr Bruder sei ein Opfer der Liebe, sagte sie.

Dieses Mal klagte sie nicht ihren Vater an, sondern zeigte mit dem Finger auf sich selbst. Es fiel ihr bestimmt schwer, das zu sagen. Sie hätte sich mehr um ihren Bruder kümmern müssen, sagte sie, sie hätte ihn retten können.

Das kann ich mir nicht verzeihen, sagte sie.

Es war nach der Pause im Foyer. Sie sprach leise, lauschte immer noch mit einem Ohr. Vielleicht hatte ihr die Musik etwas bewusst gemacht, das sie zuvor nicht laut hatte aussprechen wollen. Ich kann mir nicht verzeihen, sagte sie, dass ich meinen Bruder im Stich gelassen habe. Dass ich ihm in London, als er mich brauchte, nicht erlaubte, mir in die Augen zu schauen. Er war der Jüngere, und ich hätte mich um ihn kümmern müssen. Ich hätte ihm eine Mutter sein müssen. Ich hätte ihm ein Vater sein müssen. Aber ich habe ihn allein in die Welt hinausgeschickt.

Du hast getan, was du konntest.

Ich habe ihn getötet, sagte sie.

Nein, bestimmt nicht. Das darfst du nicht sagen.

Ich hätte ihn retten können, Liam. Das wäre meine Aufgabe gewesen. Sobald ich begriffen hatte, dass er von unseren Eltern abgeschoben worden war, unterstand er meiner Obhut, und ich – nur ich – war für ihn verantwortlich. Wie soll man glücklich sein, wenn man den eigenen Bruder aufgegeben hat? Was nützen mir da mein Künstlerleben, meine Wut, meine Bücher, die öffentliche Aufmerksamkeit? Worin bestand der Preis für meinen Erfolg? Hat er für mein Glück bezahlt? Denn ich wusste ja, dass er allein und ohne Hilfe nicht leben konnte. Ohne mich war er verloren. Er hatte von Anfang an Probleme, und ich habe ihm nicht geholfen, sagte sie. Ich war nicht bereit, zurückzustecken und auf das bisschen Talent zu verzichten, das ich besaß, auf die kleinen Tricks mit Wörtern, mit denen ich andere beeindrucken konnte, die paar Geschichten, die ich zur Schilderung meines Lebens im Kopf hatte. Ich mochte nicht auf das Recht verzichten, ich selbst zu sein, aber das hätte ich tun müssen, um meinen Bruder zu retten. Ich liebte ihn, aber dazu war ich nicht imstande, Liam, ich wollte mein Leben für ihn nicht aufgeben.

Sie lauschte weiter der Musik.

Ich hätte ihn mitnehmen müssen, sagte sie. Ich hätte mit ihm auf Reisen gehen müssen.

Die Musik untermalte ihre Worte, als sie auf all die Orte zu sprechen kam, die sie nicht kannte, weil sie nie auf die Idee gekommen war, ihren Bruder mitzunehmen. Hätte ich ihn nur nicht im Stich gelassen. Mit ihm hätte ich den Mut gehabt, überallhin zu fahren, an Orte, an die ich bis dahin nicht einmal im Traum gedacht hatte, sagte sie.

Ich hätte alles hinschmeißen müssen, sagte sie. Ich hätte mir nicht so viele Sorgen um mich selbst, meine Unabhängigkeit und all das machen dürfen, was ich noch erreichen wollte. Denn was bleibt mir am Ende? Er ist meine Geschichte, und er ist ein Spiegelbild meiner Schwäche. Ich hätte seine große Schwester sein müssen, seine Freundin, seine Reisegefährtin. Ich hätte zu ihm sagen sollen: Pass auf, Jimmy, wir gehen auf Reisen. Du und ich. Auf geht's, Jimmy, hätte ich sagen sollen, lass uns aufbrechen.

Irgendwohin. Egal wohin. Einfach nur fort.

Wenn ich die Zeit zurückdrehen könnte, sagte sie, dann würde ich ihn mitnehmen. Das würde ich im nächsten Leben tun. Falls es ein nächstes Leben gäbe. Ich würde ihn mitnehmen und nie mehr aus den Augen lassen. Bist du bereit, Jimmy?, würde ich zu ihm sagen. Die Tickets sind gebucht. Das wäre unser Leben. Wir würden in Berlin beginnen und dann mit dem Zug ganz Europa erkunden. Und danach würden wir nach Asien und Lateinamerika fahren, wir würden ganz Südamerika bereisen. Ich würde keine Bücher mehr schreiben und keine Vorträge mehr halten. Ich würde nicht mehr über meine Familie, mein Leben, meine Erinnerungen reden. Wir würden vergessen, woher wir kommen und was zu Hause geschehen ist, wir würden immer weiterreisen, nur wir beide, mein Bruder Jimmy und ich.

In der Todesanzeige hieß es, dass sie jetzt mit ihrem Bruder vereint sei.

Ist doch egal, dass er trank, sagte sie.

Auf dem Grabstein steht der Name ihres Bruders und darunter der ihre.

Ist doch egal, dass er Drogen nahm.

Nur diese beiden Namen und die Lebensdaten.

Wir hätten die schönste Zeit unseres Lebens haben können, sagte sie, wenn wir gemeinsam um die Welt gereist wären, zigmal über den Äquator, zu den Galapagos-Inseln und dem Indischen Ozean, bis nach Sri Lanka und Tibet, in jeden Winkel der Welt, an fremde Orte, egal in welcher Reihenfolge. Ach, all die Menschen, denen wir begegnet wären, die überfüllten Züge, überall Koffer, Leute, die auf der Gepäckablage schlafen, bis nach Afrika, wo das Leben auf Erden seinen Anfang nahm, und Gott allein weiß, wohin wir von dort gereist wären, vielleicht bis ans Ende der Welt. Ja, ich hätte für Jimmy bis ans Ende der Welt gehen müssen.

Alles egal, Hauptsache, wir wären unterwegs gewesen, sagte sie. Alles egal, Hauptsache, wir wären gereist.

47

Die Schuhe. Die roten Segeltuchschuhe. Ich würde sie sehr gern wieder nach Berlin bringen, nur besitze ich sie nicht. Berlin wäre nach meinem Gefühl der richtige Ort für die Schuhe. Irgendwo in der Stadt, an einem der Plätze auf ihrer Liste, ihrem Terminplan, einem, den sie tatsächlich betreten hat. Das male ich mir oft aus. Hätte ich ihre Schuhe, dann würde ich sie in meine Tasche stecken und einen Ort suchen, wo sie gut aufgehoben wären. Aber ich weiß natürlich nicht, wo ihre Schuhe jetzt sind, Sneakers, Converse oder wie auch immer sie heißen, die Schuhe mit den weißen Gummisohlen, den groben, weißen Nähten und den Metallösen für die Schnürbänder, eines davon gerissen. Wenn es an mir wäre, wenn ich ihre Schuhe aufbewahren würde, dann würde ich sie irgendwo in der Stadt abstellen. Nur wo? Ich denke da an die U-Bahn, ja, ich würde sie gern auf einen der gelben Wagen stellen, mit verknoteten Schnürbändern, damit sie nicht getrennt werden. Dann würden sie bis in alle Ewigkeit unter der Stadt hin- und herfahren. Andererseits werden die Züge regelmäßig gereinigt, und die Schuhe könnten auf Nimmerwiedersehen verschwinden. Vielleicht gäbe es eine bessere Idee. Wenn ich sie hätte, ihre Schuhe, könnte ich sie vielleicht in das Pergamon-Museum mitnehmen, in den Raum mit den Bruchstücken aus Marmor. Dort steht eine mittelhohe Säule, auf die ich die Schuhe ohne weiteres hinaufwerfen könnte. Da würden sie dann für immer bleiben, als fester Bestandteil der Ausstellung griechischer Artefakte. Aber das ist natürlich nur eine Idee, und sie wird nie zur Ausführung kommen. Am angemessensten wäre es wohl, ihre Schuhe nach Clare zu bringen, denn das ist genau genommen ihre Heimat. Dort haben sie die längsten Wege zurückgelegt. Vielleicht sollte ich sie zum Burren bringen und irgendwo auf die Klippen stellen. In einem Moor versenken, in dem sie konserviert und tausend Jahre später gefunden werden. Aber ich habe sie nicht. Die Schuhe. Die roten Segeltuchschuhe. Ich weiß nicht, wo sie sind.

48

Ich schaue die Berlin-Fotos an. Eines zeigt sie im Mahnmal, mitten zwischen den grauen Stelen. Man sieht sie von der Seite, im Rollstuhl sitzend, sie hat die Schultern wegen des kalten Windes hochgezogen und drückt den Kragen ihres schwarzen Mantels vor dem Hals zusammen. Sie sieht aus, als würde sie frieren, hat den kahlen, unbedeckten Kopf gesenkt. Starrt zu Boden. Auf den meisten anderen Fotos bemüht sie sich, in die Kamera zu lächeln, auf diesem aber nicht.

Sie hat die Mütze abgesetzt. Warum? Ich weiß es nicht.

Es fällt mir nicht leicht, dieses Foto zu betrachten, ihren kahlen Kopf und die grauen Stelen ringsumher, die nicht alle gerade stehen, sondern zur Seite geneigt und unregelmäßig hoch sind.

Das war kein einfacher Ort für sie, denke ich. Sie starb bald, und trotzdem wollte sie dieser Millionen Toter gedenken. Es fiel ihr vermutlich schwer, sich selbst einzugestehen, dass sie weniger wichtig war als diese vielen Menschen. Wie sie mir hinterher erzählte, hatte sie sich klein und unbedeutend gefühlt. Als wäre ihr bevorstehender Tod an jenem Ort unwichtig. Genauso der Tod ihres Bruders. Sie fand es bedrückend, zwischen den grauen Stelen zu sitzen. Das Mahnmal hatte etwas von einer Kirche ohne Dach und Fenster, in der man kein Wort sprechen durfte.

Ich schätze, dass ich eher instinktiv fotografiere. Ich hole die Kamera aus der Tasche und mache ein Foto, einfach so. Gut möglich, dass ich etwas bewahren, Úna festhalten wollte. Sie nahm die Mütze erst ab, als ich zurücktrat, um sie fotografieren zu können. Mit einer Hand drückt sie den Kragen vor dem Hals zusammen, in der anderen hält sie die Mütze. Ich weiß nicht, warum sie die Mütze damals absetzte. Da es so kalt war, wäre es besser gewesen, die Mütze aufzubehalten. Sie tat es vielleicht aus Respekt. Sie sieht aus wie kahlgeschoren, ihr Kopf ist dem schneidenden Wind ausgesetzt. Sie scheint dem Tod so nahe zu sein wie noch nie. Sie sieht aus, als wäre sie mit dem Tod auf Tuchfühlung. Trotzdem ist sie auf diesem Foto lebendig. Sie konnte das Mahnmal noch verlassen, in das Auto steigen und zum Hotel fahren, sie konnte ihre Familie in der Oper sehen, und sie konnte vor ihrem Tod noch nach Dublin zurückkehren.

Wir sind schon eine ganze Weile hier am Mahnmal, und sie hat sich nicht über die Kälte beklagt. Ich merke erst, dass sie zittert, als Manfred mich darauf hinweist. Er setzt die durchgefrorene Úna ins Auto, und als er den Rollstuhl zusammenklappt, dreht er sich zu mir um.

Ihre Mutter zittert, sagt er.

Wir fahren so schnell wie möglich zum Hotel. Es ist nicht weit, gleich um die Ecke. Wir könnten auch laufen, aber es ist zu spät, und ihr ist zu kalt, und dies ist nicht der Augenblick zum Bummeln. Im Adlon beteuert sie, es gehe ihr gut. Als ich sage, dass sie zittert, bestreitet sie das. Dann verläuft sie sich zu allem Überfluss auch noch, und als ich sie im Untergeschoss des Hotels finde, zittert sie tatsächlich wie Espenlaub.

Da hilft nur ein heißes Bad, denke ich. Ihr muss wieder warm werden. Ich muss ihre Lebensgeister wecken. In ihrem Badezimmer drehe ich den Hahn auf, und das Wasser sprudelt mit großem Druck aus einer Messingarmatur in die Wanne. Der schwere, wunderschöne Stöpsel hängt an einer Kette. Das geräumige Bad ist bald voller Dampf, das Rauschen des Wassers hallt von den Kacheln wider.

Ihre Hände sind eiskalt, und ich reibe sie, damit sie warm werden. Ich rubbele jede ihrer Hände einzeln ab. Ich rubbele ihre Handgelenke, als wollte ich sie auf Hochglanz polieren. Dann ziehe ich ihr die Schuhe aus, die roten Segeltuchschuhe, die trotz der Strümpfe keinen Schutz vor Kälte bieten. Es sind

Sommerschuhe. Ich reibe ihre Füße und Fußknöchel mit raschen, fast roboterhaften Bewegungen, um den Blutkreislauf anzuregen.

Danach beeile ich mich, die Handtücher bereitzulegen, sehr große und dicke Handtücher. Ich lege sie auf einen Stuhl. Ich kippe alle verfügbaren Badesalze in die Wanne, außerdem die halbe Flasche des bernsteinfarbenen Badezusatzes, der für so viel Schaum sorgt, dass das klare, grüne Wasser kaum noch zu sehen ist. Ich weiß nicht, wie viel ich hineingeben muss. Besser zu viel als zu wenig, und deshalb schütte ich auch noch etwas aus der jadegrünen Flasche dazu. Das Bad duftet herrlich, das Licht ist gedämpft, und vielleicht tut es ihr gut.

Gleich wird dir wieder warm, sage ich zu ihr.

Sie bekommt kein Wort heraus. Sie ist wie betäubt. Sie nimmt nicht wahr, dass ich sie ausziehe. Ihre Augen sind trübe, und sie merkt nicht, dass sie im Hotelzimmer ist, dass nebenan die Wanne vollläuft, dass der Schaum immer höher wird.

Ihre Arme sind schlaff. Ich kann sie leicht anheben, um ihr den Pullover auszuziehen, muss sie aber stützen, weil sie so kraftlos ist. Ich brauche eine Weile, um den BH ohne ihre Hilfe zu lösen. Ich lege ihre Kleider auf einen Stuhl. Danach stelle ich das Wasser ab, tauche probehalber eine Hand ein und lasse etwas kaltes Wasser nachlaufen. Am Ende prüfe ich die Temperatur noch einmal mit dem Ellbogen, wie man es für ein Baby tut.

Mit dem Schaum habe ich es wirklich übertrieben.

Ich hebe sie aus dem Rollstuhl und bringe sie ins Bad. Dort bugsiere ich ihre Beine nacheinander in die Wanne, so dass sie steht und ich sie festhalten kann. Lasse sie dann langsam hineinsinken. Die Temperatur scheint richtig zu sein. Erst als sie eine Zeitlang im warmen Wasser sitzt, kommt sie langsam wieder zu sich, kann auch endlich wieder etwas sagen.

Danke, Liam, sagt sie.

Sie beugt sich etwas vor und umschließt die Knie mit den Armen. Der Schaum reicht ihr bis zum Hals, läuft über den Rand, tropft auf den Boden. Ich kann hören, wie er knistert, an meinen Armen hängen Flocken.

Dann erbebt sie. Als hätte sie Angst. Ihr Körper bebt im warmen Wasser, und ihr entweicht ein Laut, kein Wort, nur ein Ausruf. Als würde sie nicht mehr vor Kälte, sondern vor Wärme zittern. Sie zittert, weil das Leben in sie zurückkehrt. Es ist wohl ein Schock für sie, nach dem kalten Ort mit den grauen Stelen plötzlich in einem warmen Bad zu liegen.

Ich tauche den Waschlappen in das schäumende Wasser und lege ihn auf ihren Rücken. Ihre Haut ist glatt und weich. Durch meine Handfläche kann ich spüren, wie sie atmet. Sie sitzt gekrümmt da, die

Hände vor dem Gesicht, und ich lasse den Waschlappen behutsam auf ihrem Rücken kreisen.

Alles okay, sage ich zu ihr.

Denn ich weiß, dass sie weint. Ihr Rücken bebt unter meinen Händen. Ich kann ihr Gesicht nicht sehen, aber das stille Beben ihres Rückens verrät mir, dass sie weint, und ich kann nur den Waschlappen weiterkreisen lassen und ihr sagen, dass alles in Ordnung ist.

Alles gut, mach dir keine Sorgen.

Sie weint, weil ihr endlich warm wird. Sie spürt ihren Puls, das Zirkulieren ihres Blutes. Das Leben kehrt in sie zurück, das ist der Grund für ihre Tränen. Sie weint, weil sie am Leben ist und sich besser fühlt, wieder zu sich kommt. Sie weint wegen der Kälte und wegen der Wärme. Sie weint wegen all dem, was einmal kalt war und warm wird und wieder kalt.

49

Ich sitze im Zug und fahre nach Osten. Wie gern würde ich ihr davon erzählen. Ich wünschte, ich könnte ihr berichten, wie ich von Berlin aus weitergereist bin. Unterwegs habe ich einen Zwischenstopp eingelegt, kurz vor der polnischen Grenze. Ein Fotograf hat mich auf einen Bauernhof eingeladen, wo er eine begehbare Kamera installiert hat. Eine Lochkamera, wenn man so will, nur lebensgroß. Es ist ein fensterloser, aus Holzabfällen erbauter Raum oder Schuppen. Die Innenwände sind schwarz ausgekleidet, Tageslicht fällt nur durch ein winziges Loch herein. Sogar vor der Tür hängen schwarze, schwere Tücher, so dass man nach dem Eintreten in tiefster Finsternis steht. Man erkennt nicht einmal mehr die Hand vor Augen. Direkt hinter mir kicherten Kinder. Wie sich herausstellte, saßen sie auf dem Fußboden und konnten sehen, dass ich wie ein Blinder herumstolperte. Ich brauchte eine Weile, um mich an das Dunkel zu gewöhnen, aber dann wurde es etwas heller, und ich entdeckte, dass an der Wand gegenüber dem Loch alles

Kopf stand. Aus diesem Grund kommt man hierher. Alles steht Kopf, das kannte ich aus dem Schulunterricht, habe es aber noch nie mit eigenen Augen gesehen. Himmel und Wolken befanden sich dicht über dem Fußboden. Unter der Decke sah man Bäume und rote Hausdächer, alles verkehrt herum. Schließlich konnte ich auch die Kinder ausmachen, die mit ihren Müttern im Raum saßen und ihren Vätern zuschauten, die draußen mit ausgebreiteten Armen herumsprangen, kopfüber, sozusagen vom Himmel fallend. Ich verweilte lange in dieser riesigen Lochkamera und betrachtete die verkehrte Welt, dann ging ich und stieg wieder in den Zug.

Nachwort

Jede einzelne Minute« ist ein Buch über die Reise eines Mannes namens Liam mit einer älteren Frau namens Úna durch Berlin. Úna wird bald sterben und hat sich diese Reise gewünscht. In dieser Handlung spiegelt sich eine Reise, die Hugo Hamilton vor einigen Jahren selbst unternommen hat, und zwar mit der irischen Schriftstellerin Nuala O'Faolain, die 2008 an Krebs starb und mit Hamilton ihre letzte Reise nach Berlin gemacht hatte. Ist also Hugo Hamilton Liam? Ist oder war Úna Nuala O'Faolain? Und was nun ist das: ein Stück Biographie? Ein Stück Autobiographie? Oder ein Roman?

Es ist all das. Hamilton erzählt von sich und seiner Engelsgeduld mit dieser sterbenden Frau, es ist Únas bzw. Nuala O'Faolains Leben, um das es hier geht, ihr Leben, ihr Schreiben, ihr Ende, und es ist erzählt wie ein Roman. Nehmen wir es also so: als Roman. Hugo Hamilton hat, denke ich, diese erzählerische Distanz gebraucht, um auch das zu erzählen, was nicht geschah oder zwischen den Zeilen gesagt wurde. Um seiner Erinnerung nicht so trauen zu müssen, dass die Gefühle dabei zu kurz kämen. Es war eine gute Wahl, diese Geschichte als Roman zu schreiben.

Da bürdet sich ein Mann eine schwerkranke Frau auf, die immer noch aufsässig, rechthaberisch, leidenschaftlich, egoistisch und beherrschend ist, aber die auch leise, großzügig, liebevoll und zärtlich sein kann, und er quartiert sich mit ihr im feinen Hotel Adlon in Berlin ein. Ein Fahrer, Manfred, wird angemietet, der die beiden durch die Stadt kutschiert und sie für Mutter und Sohn hält. Das könnten sie auch fast sein, nur wird, denke ich, kein Sohn mit seiner eigenen Mutter so geduldig sein, wie es dieser Schriftsteller mit dieser Schriftstellerin ist: Man kennt und respektiert einander, und bei aller Zuneigung weiß einer wie Hamilton sehr wohl, dass diese Reise auch ein Stoff ist für einen, der schreibt. Und auch Úna alias Nuala weiß das jeden Augenblick.

Sie hat ohnehin immer nur am eigenen Leben entlanggeschrieben, vom ersten, aufsehenerregenden Buch an: »Nur nicht unsichtbar werden«. Um eine irische katholische Kindheit ging es da, um eine Mutter, die dreizehnmal schwanger war, neun Kinder überlebten, um einen dandyhaften, sich nicht kümmernden Vater, es ging um Alkohol und Lieblosigkeit und eine Einsamkeit, die so groß war, dass man »Hallo!« zum Kühlschrank sagte, wenn er wieder ansprang. In einem ihrer anderen Bücher gibt Nuala O'Faolain einmal ausdrücklich die therapeutische Wirkung autobiographischen Schreibens zu. Man schreibt sich sozusagen alles von der Seele.

Das Schreiben hilft, und das Lesen hilft. Immer wieder taucht die lebensrettende Kraft der Literatur als Motiv in Nuala O'Faolains Werk auf: »Das Beste, das ich in meiner Kindheit mitbekam, ist das Lesen.« Und: »Wenn es auch sonst nichts gäbe – für das Lesen lohnte sich das Leben schon.« (»Nur nicht unsichtbar werden«)

Auf dieser letzten Reise durch Berlin, die die schwer Erkrankte sich gewünscht hat, wird immer wieder der Sinn dieses autobiographischen Schreibens reflektiert. Liam sagt: »Sie war einer jener Menschen, die schlecht im Erfinden sind. Sie bevorzugte Tatsachen. Sie stand gern im Zentrum der Fakten. So schrieb sie auch ihre Bücher: Sie legte Listen mit Tatsachen an.« Und Úna sagt über ihr Schreiben: Ich wollte »...mit der Welt ins Reine kommen. Kraft meiner Worte. Das ist die Wut der Künstler, Liam. Sie brodelt in allen Schriftstellern, (...) denn ohne sie wären es keine Schriftsteller.« Diese Wut ist in Úna spürbar, sie kann jeden Moment ausbrechen. Sie zieht ein Fazit ihres Lebens, und es lautet: »Ich habe nur geatmet und erzählt.« Sie atmet noch, in diesem Buch, und sie erzählt noch. Und sie verzeiht nicht. Und sie fordert ein besseres Leben, ein anderes, aber es ist zu spät. Der jüngere Mann Liam fängt geduldig alle Stimmungen auf, massiert ihr die Füße, hilft ihr in den Rollstuhl, den Fahrstuhl, ins Bett, schneidet ihr die Nägel, hört zu. Warum tut er das, liebt er sie? Ich glaube, hier hat ein Schriftsteller großen Respekt vor einer Frau, der Schreiben das Leben gerettet hat. Kann man sie mögen oder lieben? »Ich bin zu besessen von mir selbst, sagte sie, darum mag mich niemand. Ich kann immer nur daran denken, was mir angetan wurde.« Und Liam sagt: »So ist das eben, man steht zu jemandem, ob es gut läuft oder nicht.«

Was für eine seltsame Verbindung. Sie ist das aufregende Rätsel dieses Buches, denn Geschichten von Menschen, die Abschied nehmen müssen, haben wir schon öfter gelesen. Diese Úna nimmt zornig und unversöhnt, aber immer noch bis zuletzt neugierig und der Welt zugewandt Abschied. »Ja, ich sterbe, sagte sie, aber davon abgesehen geht es mir doch prima!« Sie will jeden Rest Glück noch ergattern. Was bewegt Liam aber dazu, sie dabei zu begleiten? Es ist Freundschaft, Respekt und der Blick des Schriftstellers, der hier leibhaftig sieht, was Dylan Thomas, der große Waliser, in seinem stärksten Gedicht auf den Tod des Vaters so eindrücklich beschrieben hat: »Do not go gentle into that good night, (...) rage, rage against the dying of the light...« Geh nicht fügsam in die lange Nacht, wüte gegen das Schwinden des Lichts. Das fasziniert und beschäftigt Liam, das wird – ohne dass er die Freundin ausbeuten würde – der Stoff zu einem Roman, er weiß es.

Und auch wenn sie ihn beleidigt, ihn ein Wrack nennt und er sich gekränkt zurückzieht, weiß er doch: Sie benimmt sich einfach wie eine Mutter. Sie wollte, in Erinnerung an ihre Kindheit mit acht Geschwistern bei ständig betrunkenen Eltern, keine Familie, keine Kinder, und nun betrachtet sie alle als ihre Kinder und nörgelt und sorgt an ihnen herum, auch an Fahrer Manfred, auch an Liam. Man kann das verzeihen, und Liam verzeiht und sagt treuherzig: »Sie stand ja auch zu mir, wenn ich schlecht drauf war.« Und wir denken an einen Satz aus Nuala O'Faolains Roman »Ein alter Traum von Liebe«: »Aber was soll ich tun, wenn ich nicht so sein kann, wie ich gerne wäre?«

Was für eine seltsame Geschichte von Ungeduld und Zuneigung, Verzweiflung und Glück, Abschied nehmen müssen und festhalten wollen. Sie zieht den Leser tief mit hinein, wie er auch in die Lebensbücher der Nuala O'Faolain hineingezogen wurde. »Das Schreiben«, hat sie gesagt, »hat mich aus der Unterwelt heraus geleitet. Ich war mein eigener Orpheus.« Auch das Lesen ihrer Bücher leitet aus den Unterwelten der eigenen Kindheit heraus, hier macht jemand die Qualen des Erwachsenwerdens in einer Familie, die keine Chancen mitgibt, so deutlich, dass man sich selbst getröstet wiederfindet in der Geschichte.

Mir ist es mit Nuala O'Faolain so gegangen – mit ihren leidenschaftlichen, zornigen Büchern und mit ihr selbst, als ich sie 2004 kennenlernen durfte. Da steckte ich gerade in einer tiefen Krise, kam verheult zu unserem Interview, und sofort nahm sie mich in den Arm, ließ mich erzählen, heulte mit. Dann trockneten wir die Tränen, lachten und gingen zusammen zu einer Lesung auf die Bühne vor Hunderten von Menschen. Neben ihr fühlte ich mich gut aufgehoben, verstanden, geborgen. Sie, die keine Geborgenheit in ihrem Leben hatte, konnte Wärme und Liebe sehr wohl vermitteln. Und das spürt auch Hamilton alias Liam auf dieser ungeduldigen letzten Reise durch Berlin, die ich auch gern mit Nuala alias Úna gemacht hätte. Diese Figur springt den Leser förmlich an mit ihrer Lebensliebe, auch wenn aus allem, was sie sagt, noch der Kummer über dieses trotz aller Erfolge missglückte Leben dröhnt. In einem ihrer Bücher dachte Nuala O'Faolain darüber nach, ob es wohl stimmte, dass ungeliebte Kinder ihr Leben lang nach Liebe suchten oder ob es nicht vielleicht so war, dass sie alles tun, um nicht geliebt zu werden, dass sie jede Liebe zerstören, um in diesen frühen Zustand des Nicht-geliebt-Werdens zurückzukehren? »Heute denke ich, dass ich mich vor dem Glücklichsein gescheut habe. Ich steuerte immer einen Kurs, der mich gefährlich nahe an Abgründe führte, als wollte ich es dem Schicksal leicht machen, mein Glück zu zerstören. Denn das war das, was ich *kannte.* Ich wusste, was es hieß, enttäuscht zu werden.« (»Ein alter Traum von Liebe«) Eine Frau, zerstört durch Familienstrukturen, unfähig, eine eigene Familie zu gründen, stirbt allein, begleitet hier von einem Freund, der die ganze Wucht ihrer Verzweiflung, aber auch ihres Lebenshungers noch einmal abkriegt, der das annimmt, der es begreift. Und der sogar sagt: »Úna half mir dabei, mich selbst zu durchschauen. Sie führte mir vor Augen, dass ich meine Lebensgeschichte nicht als nutzlos abtun durfte, sondern die richtigen Fragen stellen musste.« Einer der ersten Sätze in Hugo Hamiltons Roman »Der irische Freund« lautet denn auch: »In diesem Land ist die Freundschaft einmalig, ich kenne nichts Vergleichbares.«

Von einer solchen Freundschaft handelt dieses wunderbare, erstaunliche, zarte Buch. Ein Glücksfall, für die beiden Freunde, und für uns, die Leser.

Elke Heidenreich, Februar 2014

Vielen Dank an Peter Straus, Nicholas Pearson, Olly Rowse, Robert Lacey, Colm Tóibin, Daniel Arsand, Vera Michalski-Hoffmann, Petra Eggers, Georg Reuchlein und nicht zuletzt an Mary (Boyce) Doorly (Limerick/Ottawa 2011), der ich den Titel dieses Buches verdanke.